背包二十年

小鹏——著

中信出版集团 | 北京

图书在版编目（CIP）数据

背包二十年 / 小鹏著 . -- 北京 : 中信出版社，
2020.9（2025.12重印）
ISBN 978-7-5217-1784-6

Ⅰ . ①背… Ⅱ . ①小… Ⅲ . ①散文集－中国－当代
Ⅳ . ① I267

中国版本图书馆 CIP 数据核字（2020）第 064593 号

背包二十年

著　　者：小　鹏
出版发行：中信出版集团股份有限公司
（北京市朝阳区东三环北路 27 号嘉铭中心　　邮编　100020）
承 印 者：北京盛通印刷股份有限公司

开　　本：880mm × 1230mm　1/32　　印　　张：10.5　　字　　数：293 千字　　插　　页：14
版　　次：2020 年 9 月第 1 版　　印　　次：2025 年 12 月第 2 次印刷
书　　号：ISBN 978-7-5217-1784-6
定　　价：48.00 元

献给自己

我拍下鹰隼划空而过的羽翼

和北极熊缓缓踱出的脚步

我看到狮王眼中的一缕阳光

和猫头鹰瞳孔中的那份宁静

我仰望极光把夜色揉成翡翠

也凝视跳动在冰心的一抹幽蓝

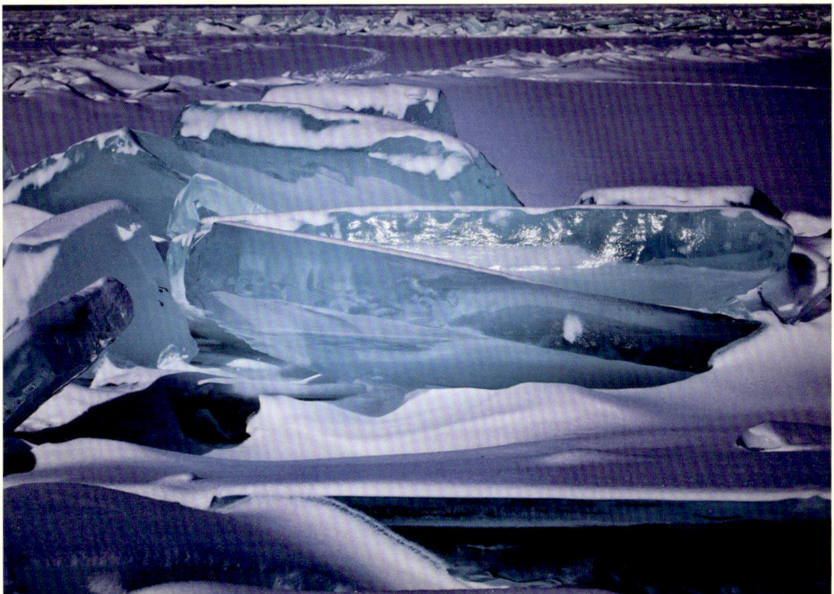

我听见经幡的窃窃私语

也看见青山之外还有青山

我在五彩之城迷失方向

也遥望村庄被灯火点亮

我搭乘雪国列车穿越崇山峻岭

也从空中俯瞰旭日的万丈光芒

我分享他们胜利时的喜悦

也理解她崇拜亡灵的信仰

我猜不透他脑子里的异想世界

但我知道这一刻会因爱情而不朽

二十年旅行记录

2001 年

6 月：中国（桂林、阳朔、龙脊梯田、武汉）；9 月：中国（太原、五台山）

2002 年

6 月：中国（广州、深圳）；9 月：荷兰（格罗宁根）—德国（杜伊斯堡、杜塞尔多夫、科隆）；12 月：英国（伦敦、剑桥、伯明翰、爱丁堡）

2003 年

1—2 月：法国（巴黎）—西班牙（巴塞罗那）—安道尔—意大利（米兰）—瑞士（日内瓦）—比利时（布鲁塞尔）—卢森堡；5 月：荷兰（库肯霍夫、海牙、鹿特丹）；6—7 月：丹麦（哥本哈根、欧登赛）—德国（汉堡、柏林、慕尼黑、新天鹅堡）—奥地利（萨尔茨堡、维也纳）—意大利（威尼斯、佛罗伦萨、罗马、庞贝、维苏威火山、那不勒斯）—梵蒂冈—希腊（雅典、圣托里尼）—意大利（布林迪西、佛罗伦萨、比萨）—摩纳哥（蒙特卡洛）—法国（尼斯、戛纳、马赛、里昂）—瑞士（因特拉肯、洛桑、伯尔尼）—德国（黑森林、杜伊斯堡）；8—9 月：荷兰（阿姆斯特丹、马斯特里赫特）—比利时（布鲁塞尔、布鲁日）—法国（巴黎、尼斯、戛纳）—摩纳哥（蒙特卡洛）；11—12 月：中国（上海、丽江）

2005 年

1 月：法国（戛纳）；3 月：中国（南阳）；6 月：德国（纽伦堡）；11 月：越南（河内、会安、芽庄、胡志明市）

2006 年

2 月：泰国（曼谷、芭提雅）；6—7 月：中国（敦煌、格尔木、拉萨、山南、加查、拉姆拉错、纳木错、日喀则、樟木）—尼泊尔（加德满都、巴德冈、博卡拉）—中国（香港）

2007 年

1—2 月：印度（新德里、斋浦尔、布什格尔、焦特布尔、詹斯米尔、比卡内尔、阿格拉、克久拉霍、瓦拉纳西、加尔各答、阿旃陀、埃洛拉、孟买、果阿、韩皮、班加罗尔、迈索尔、金奈、庞迪切瑞、马杜赖、库米里、科钦、椰林水乡、科摩林角）—斯里兰卡（科伦坡、康提、雅拉、蓝宝石城）—马尔代夫（天堂岛）；6 月：法国（巴黎、阿维尼翁、雷堡、阿尔勒、圣雷米、艾克斯、戛纳、尼斯、昂蒂布、圣保罗·德旺斯）—摩纳哥（蒙特卡洛）；11 月：塞班（天宁岛、军舰岛）—菲律宾（薄荷岛、宿务、忘忧岛、马尼拉）；12 月：中国（凤凰、张家界）

Life is a journey, Live like a traveler

2008 年

1月：突尼斯（突尼斯市、西迪布赛、苏斯、多加、艾尔杰姆、凯鲁万、柏柏尔人、马特马塔、度兹、托泽尔）；5—7月：中国（成都、昆明）—老挝（琅勃拉邦、廊多、孟威村）—泰国（清莱、清迈、曼谷）—中国（澳门）；9月：加拿大（尼亚加拉、多伦多、金斯顿、渥太华、卡尔加里、班夫、落基山、露易丝湖、梦莲湖、冰原大道、阿萨巴斯卡河、加斯帕、埃德蒙顿）；10月：法国（戛纳）；12月：塔希提（帕皮提、茉莉雅岛、波拉波拉岛）—突尼斯（突尼斯市、哈马马特、苏斯、杰尔巴岛、艾尔杰姆、凯鲁万、度兹、托泽尔、西迪布赛）

2009 年

3月：美国（纽约、费城）；4月：中国（洛阳）；6—8月：法国（巴黎、勒芒、拉瓦拉、蒙彼利埃、卡尔卡松、乐考比利、东比利牛斯、孔弗朗自由城、高利乌尔、提涅、安纳西、霞穆尼、里昂、尼斯、戛纳）—摩纳哥（蒙特卡洛）—意大利（比萨、佛罗伦萨、圣吉米亚诺、锡耶纳、威尼斯）—斯洛文尼亚（卢布尔雅那）—奥地利（萨尔茨堡）—捷克（克鲁姆洛夫、布拉格、昆塔霍拉）—匈牙利（布达佩斯、山丹丹）—斯洛伐克（布拉迪斯拉发）—波兰（克拉霍夫、奥斯威辛、华沙）—立陶宛（维尔纽斯）—拉脱维亚（里加）—爱沙尼亚（塔林）—芬兰（赫尔辛基、拉普兰）—俄罗斯（圣彼得堡、莫斯科、克拉斯诺戈尔斯克、贝加尔湖、伊尔库茨克、乌兰乌德、赤塔、后贝加尔）—中国（满洲里）；9月：阿联酋（迪拜）—爱尔兰（都柏林、考夫镇、齐拉尼、莫赫悬崖、金赛尔、本拉提、阿黛尔村、比尔城堡）；12月：泰国（曼谷）—柬埔寨（暹粒、金边）—泰国（曼谷、普吉）

2010 年

1月：南非（约翰内斯堡、茨瓦内、非洲之傲、德班、开普敦）—中国（香港、武夷山）；4—6月：荷兰（阿姆斯特丹、沃伦丹、阿克马、丽门、荷恩、羊角村、库肯霍夫、海牙）—法国（巴黎、圣米歇尔山、戛纳）—西班牙（巴塞罗那、里奥哈、马德里、托雷多、堂吉诃德之路、马拉加、隆达、格拉纳达、塞维利亚、科尔多瓦）；6月：中国（峨眉山）；7月：中国（丽江）；8月：土耳其（博德鲁姆、棉花堡、塞尔柱、乌岛库夏达斯、伊兹密尔、贝尔加马、伊斯坦布尔）；10月：加拿大（布鲁斯小路、枫叶大道、蒙特利尔、魁北克城）—突尼斯（西迪布赛、撒哈拉）；11月：澳大利亚（墨尔本、塔斯马尼亚）

2011 年

1月：菲律宾（马尼拉）；2—3月：中国（重庆、丽江、昆明、香港）—马尔代夫（新月岛）；5月：新西兰（奥克兰）；6月：中国（香港）；7月：日本（大阪、神户、京都、东京）；8月：中国（丽江）；9月：法国（南特、卢瓦尔河谷）—西班牙（加纳利群岛）；10月：中国（喀什、塔县、红旗拉普）；11月：中国（丽江、大理）

2012年

1月：中国（三亚、神州半岛）；2月：菲律宾（马尼拉）—印度尼西亚（巴厘岛）—新加坡—马来西亚（吉隆坡、槟城、马六甲）；3月：美国（费尔班克斯、安克雷奇）；4月：中国（大理、丽江）—美国（夏威夷、洛杉矶、拉斯维加斯、旧金山、休斯敦、纽约）；5月：中国（四川马边）；8月：中国（拉萨）—以色列（特拉维夫、海法、耶路撒冷、死海、戈兰高地）；11月：中国（丽江、香格里拉）

2013年

1月：泰国（清迈、曼谷）—老挝（四千美岛）—泰国（清迈）；2月：日本（长崎）；3月：泰国（清迈）；4月：中国（澳门）；5—7月：智利（圣地亚哥）—阿根廷（布宜诺斯艾利斯、科尔多瓦、上格拉西亚、马德普拉塔、布兰卡斯、圣马丁－德洛斯安第斯、巴里洛切）—智利（巴拉斯港、圣地亚哥、瓦尔帕莱索、圣克鲁斯、齐洛埃岛、阿塔卡马、卡拉马、阿里卡）—秘鲁（塔克纳、库斯科、马丘比丘、普诺、的的喀喀湖、阿雷基帕、齐瓦伊、科尔卡峡谷、纳斯卡、伊卡、利马、普卡尔帕、依基托斯）—古巴（哈瓦那、比尼亚莱斯、圣克拉拉、巴拉德罗）；9月：韩国（首尔）—肯尼亚（内罗毕—马赛马拉—安博塞利）；10月：中国（台北、基隆、宜兰、九份）；12月：马来西亚（兰卡威、吉隆坡）—中国（海拉尔）

2014年

2月：中国（澳门）；3月：法国（里昂、勒皮、克莱蒙费朗、巴黎）；10月：美国（波多黎各、纽约）；11月：中国（拉萨、羊湖、日喀则）

2015年

1月：泰国（芭提雅）；4月：中国（香格里拉）—马尔代夫；6月：土耳其（恰纳卡莱、安塔利亚、卡帕多奇亚、伊斯坦布尔）；7月：美国（夏威夷）—日本（东京）—中国（拉萨）

2016年

1月：美国（纽约）—西班牙（马德里）；4月：缅甸（仰光、蒲甘）；5月：韩国（首尔、束草、大邱、庆州）、马来西亚（吉隆坡）；6月：泰国（曼谷、罗勇、沙美岛、尖竹汶、象岛）；7月：法国（兰斯、香槟、特鲁瓦、斯特拉斯堡、巴黎）；8月：中国（西宁、黄河源、玛多、年宝玉则、色达）；9月：中国（遵义）、瑞典（马尔默）—丹麦（哥本哈根）—英国（格拉斯哥、天空岛、尼斯湖、爱丁堡）；10月：德国（慕尼黑）—泰国（清迈）；11月：中国（普洱）；12月：印度尼西亚（巴厘岛）—柬埔寨（暹粒）—中国（通辽、赤峰）

Life is a journey, Live like a traveler

2017 年

1 月：中国（大理、六库、贡山）；2 月：印度（加尔各答、大吉岭、噶伦堡）；3 月：美国（休斯敦、圣安东尼奥、弗雷德里克斯堡）；4 月：新加坡—中国（青藏线）；5 月：法国（巴黎、圣马洛）；6 月：中国（大理、瑞丽）；7 月：泰国（曼谷）—老挝（琅勃拉邦、孟威村）；8 月：中国（拉萨、库拉冈日）；9 月：加拿大（维多利亚、惠斯勒、落基山、奥索尤斯、温哥华）；10 月：法国（欧什、图卢兹、巴黎）；11 月：突尼斯（西迪布赛、突尼斯市、托泽尔、撒哈拉、苏斯）；12 月：奥地利（米特希尔、滨湖采尔、玛丽亚阿尔姆、萨尔茨堡）—荷兰（阿姆斯特丹、马斯特里赫特、乌特勒支、鹿特丹）—奥地利（维也纳）

2018 年

1 月：智利（蓬塔阿雷纳斯、百内、圣地亚哥）；2 月：马来西亚（吉隆坡）；3 月：俄罗斯（伊尔库茨克、贝加尔斯克、贝加尔湖）—约旦（安曼、佩特拉、月亮峡谷、死海）；4 月：日本（京都、东京、熊野古道、大阪）；6 月：泰国（曼谷）；7 月：挪威（朗伊尔城、斯瓦尔巴群岛）；8 月：中国（香格里拉、稻城、亚丁、康定）；9 月：卢森堡（卢森堡、申根）—比利时（瓦隆、布鲁塞尔）；10 月：马来西亚（吉隆坡）—泰国（曼谷）—中国（云丘山）；11 月：澳大利亚（悉尼）；12 月：瑞士（苏黎世、卢塞恩、因特拉肯、贝林佐纳、卢加诺）—印度尼西亚（西巴布亚）

2019 年

1 月：印度尼西亚（西巴布亚）—坦桑尼亚（阿鲁沙、乞力马扎罗）；2 月：中国（澳门）；3 月：澳大利亚（悉尼、蓝山）；4 月：不丹（廷布、普那卡、帕罗）；6 月：马来西亚（吉隆坡）—中国（澳门）；7 月：中国（阿坝、甘南、青海湖）；8 月：中国（台北）；8—9 月：意大利（科尔托纳、五渔村）—法国（马赛、梅纳村）—瑞士（日内瓦）—法国（霞慕尼）—瑞士（马尔蒂尼）—法国（霞慕尼）—意大利（科莫）—法国（霞慕尼）—意大利（威尼斯、那不勒斯、波西塔诺、阿马尔菲、罗马）；10—11 月：墨西哥（墨西哥城、瓜纳华托、辛祖坦村）；11 月：西班牙（马德里、圣地亚哥之路）；12 月：中国（宝山石头城）—美国（纽约）

2020 年

3—5 月：中国（丽江）

旅途还在继续……

目录

2013 年

第二章［2014—2017］

重新启程

2014 年

2015 年

2016 年

2017 年

第三章［2018—2020］

自由之路

2018 年

2019 年

序
言

为那些迫不及待

2019年中秋夜，回家。我爸做的饭，我妈刷的碗，我又什么都没干。吃完饭就上了床，也就八点来钟，打开一本书，没看几页就困得不行，自然而然地睡了过去。这一觉很短，醒来时不过十点半。

仍旧保持躺着的姿势，侧着身子，抓着手机，刷朋友圈里全世界的“中秋快乐”跟“阖家幸福”。还刷到两首歌，赵雷的《理想》和王菲的《但愿人长久》，依次点开来听。朋友说，还是更喜欢王菲的版本，邓丽君的太甜了，中国人的中秋不是那么甜的，有一些微苦才是中秋，犹如人到中年。看到这句，我在心里点了点头。

紧接着我因为想起了什么，迅速打开摆在床头的笔记本。很厚的一个本子，B5纸那么大，内页没有格子，一片空白，特别适合美术生写字涂鸦。这样的本子平均一两个月就会被我用完一本，旅行计划、设计图，还有旅途中那些灵光乍现的想法……

最近几页是一份写了一半的目录，每张纸的页眉上都是一个年份，从 2010 年到 2019 年，每一个年份对应着几个旅行故事。有的年份多，比如最近几年，几乎每个月都要旅行一次；有的年份少，比如 2014 年，那一年大部分时间都用来建造我的第一间青年旅舍了。

就在刚刚，我在 2017 年的那一页写下：10 月，我和齐勇姐在巴黎见了一面，那是她在法国旅游局工作时的最后一次出差，我想对她说一声谢谢。刚写完这句，又马上在同一页稍微靠上的位置写下：7 月，重返孟威村，见到了独臂阿仔，他给我讲起孟威村九年间的变化。

完成这份目录就是最近几天我在舟车劳顿之余一直在做的事。虽然电脑里有一份完整的旅行清单，明明白白地写着哪年哪月去了哪里，可是从这种简单粗暴的时间地点罗列中根本看不出十年里命运的变化和转折，以及它究竟被哪些事哪些人影响和左右。于是我决定换一种思维，从线性变成发散式：这几天脑子里转着的都是这十年最重要的时刻，有高光有低谷，想起一个就在本子上记下一个，连起来就是一份完整的《背包二十年》目录。

就在刚刚我把齐勇姐和孟威村写在本子上的时候，字迹潦草得也就只有自己能看懂。想来还有点可笑，真是人到中年了吧，就怕手底下慢半拍，思路会断篇儿。这个过程很有点迫不及待的意思，紧接着我就朝“迫不及待”这个思路继续往下想，想起生活中还有很多迫不及待想要完成的小事。比如下个月打算去墨西哥感受亡灵节的气氛，有了这个想法后就迫不及待地找到一本墨西哥版《孤独星球》，翻到相关章节查看历史背景和出行攻略，又赶紧上网比较了几家航空公司那段时间的票价，琢磨究竟是从北京飞还是上海飞更划算；比如刚刚签约的背包十年重庆店，有一个像厂房一样的开阔空间，最高点足有 6 米多，看到它的第一眼，我就迫不及待地开始在脑子里盘算，哪里可以放电影，哪里可以做摄影展，哪里又将成为旅行杂货铺……

在所有这些迫不及待的背后，其实都有一件我在当下最想去做的事。组成我们人生的无非就两类事，一类是自己想做的，一类是不想做又不得不做的。我们的幸福指数显然由前者定义。

我很幸运，可以一直把自己认为最迫不及待的事摆在第一位，并为此不管不顾。当然你也可以说我自私，可我们也许都是第一次也是最后一次当人，为自己而活，又有什么错。

小鹏

2019 年 9 月 13 日，中秋

楔子

开始的开始

我记得那是在很小的时候，可能也就刚记事。我家住在天津市和平区哈密道，出门左拐不到百米就是一条主干道——南京路，孩子们管它叫大马路，用来跟哈密道这种小马路区分。虽然长大后才知道大马路也不过五公里长，可在年幼的孩子心中，它仿佛是没有尽头的。同样是在那个孩子的心中，也不知从哪个时刻开始，突然产生了这么一个想法，他想要看看大马路的尽头到底在哪里，由于这想法无法对大人解释和描述，反倒让它散发出一种神秘的吸引力。

就在一天下午吧，一个再普通不过的下午，有没有太阳我不记得了，刮没刮风我也不记得了，我只记得自己又一次从小马路拐到大马路上，那个神秘的想法也再一次出现了。心里还是有一些担心吧，怕自己会走到天黑，怕妈妈找不到我。可我还是迈出了第一步，并向前走了两个路口。

在许多人的一生中都会经历大起大落，

可这事真在自己身上发生时，

竟也不知该何去何从。

第一章

［2010—2013］

潮起潮落

2010 年 9 月［加拿大，欧文桑德］

奔跑吧，鲑鱼！

欧文桑德位于多伦多西北偏北，紧挨着北美五大湖之一的休伦湖，白求恩医生在这儿念完了大学预科。这恐怕是我唯一能找到的一个中国旅行者和一个加拿大城市之间的联系，虽然这种联系看起来微茫而遥远，不过寻找交集正是了解一个陌生目的地的方式之一，可以天然拉近一些距离。

欧文桑德市内有座公园，毕竟已是秋天了，也到了加拿大景色最美的季节，每棵树都顶着火红的树冠，就像刚染了最新一季的时髦发色。

公园里有条小溪，看起来宽不过三米，一脚踩下去也就刚没过膝盖。就在这浅浅的水洼里，却看到好几条深灰色的几十厘米长的大鱼，鱼背上散布着黑色的斑点，有的在水中缓慢地游着，有的已经翻起肚皮。

这些都是从湖区逆流而来的鲑鱼。它们通常在产卵后死亡，幼鱼以父母的尸体为养料，长大后顺流进入大海，在生命结束前再逆流回到生命的起点，颇有一种叶落归根的味道。大家都知道鱼的记忆只有七秒，那为何鲑鱼能准确记住回家的路？生物学家这样解释，鲑鱼的脑细胞中含有微量铁元素，能够精准感知磁场变化，再根据这种变化寻根溯源。不过河道中形成的天然落差给洄游造成很多阻碍，就像眼前这条小溪，看起来水流平缓，可在有落差的地方，流速就陡然加快，鲑鱼要想游到上一层水域，就得拧着身体对抗水流的冲击力。我亲眼看到四条鲑鱼做着相同的尝试，但其中三条都失败了。这样的阻碍在漫长的洄游之路上

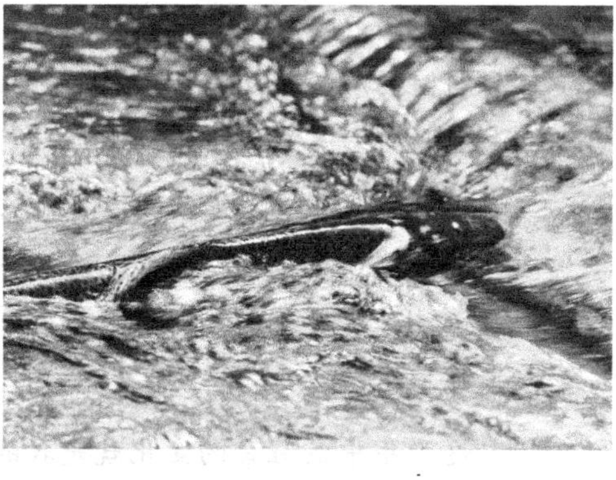

不知还会遇到多少，除此之外，熊的爪子，鹰的眼睛，都有可能让这条回家的路戛然而止。一对鲑鱼可以产下大约一千枚鱼卵，也许最终只有一对可以回到家乡。这就是自然法则，永远会残忍地淘汰掉大多数，也永远会慈悲地放出一条生路。

鲑鱼的一生颇有一种宿命的意味，其实旅行者的一生又何尝不是如此。只不过微量的铁元素被替换成一代代遗传下来的基因片段。是的，人类的祖先都是旅行高手，否则也不会从起源地非洲一路向北，穿过欧亚大陆后再经过白令海峡，最终抵达美洲大陆的最南端。直到现在，仍旧有很多民族继承了这种远行的基因，比如在天山南北逐水草而居的哈萨克人，游走在欧洲各地以卖艺为生的吉卜赛人，生活在西亚沙漠中的贝都因人，骑在驯鹿上的鄂温克族，还有到处流浪的嬉皮士……另一些人则习惯了安稳的生活，他们在医疗、教育、养老、法律、金融等体系的保障下，一代代安居乐业。两种生活模式并无高下之分，只是不同的人做出的不同选择罢了。

对我来说，显然更喜欢那种每天都不一样的生活，喜欢身体里流淌着最新鲜的血液，喜欢长年累月跋山涉水并乐此不疲。我知道这是遗传自祖辈的基因在发挥着作用，我也知道世界上还有很多人和我一样，所以并不觉得孤单。

这本书会延续《背包十年》的写作风格。文章前半部分记录当下那个时段发生的故事，后半部分大致包括两类内容，一类是由前半部分的旅途故事触发的心灵感悟，另一类则是我以2020年的“上帝视角”来回顾当时的那段经历对人生走向产生的影响，有一种俯瞰下的把握，走过后的轻松，远望时的宁静。

这十年我又去了很多地方，如果全都付诸文字，可能这本书再增加三倍的厚度都放不下。于是我只选择那些难忘的瞬间，比如在阿拉斯加拍极光，寻找北极熊，登顶乞力马扎罗……这些旅途中的高光时刻，都将成为记述的焦点。

这十年中最醒目的变化就是我的兴趣点在“去旅行”和“写游记”之外，又增加了一个“造青旅”。不过这仍是一本以旅行为主的书，我也不想喧宾夺主地占用过多篇幅去描写造青旅的经历。但仍会有所涉及，因为某几次旅行的动机来源于此，我也无法把这段经历从时间线中完全抽离。我想未来还会专门写一本《我要造青旅》，来记录这一段特殊的人生旅程。

创作这本书就像把来时路重新走了一遍，原来已经走了那么远，走了那么久，看着旅途中拍摄的照片，写下的只言片语，无论幼稚还是深刻，全都成了最宝贵的人生财富。

我的背包二十年，正好也是中国旅行者走向世界的二十年，能够从微小的个人视角切入这个时代的起伏变化，也让我与有荣焉。

2010年10月［加拿大，魁北克］

在魁北克晃荡的灵魂

从蒙特利尔开往魁北克的火车晚上九点钟抵达。下车时的气温比白天又低了三四摄氏度。不知从哪儿吹来的夜风让我像是用凉水洗了一把脸，有一种催醒的效果。虽然只是十月初，可这里已经有了北京深秋的味道。

站台几十盏老式煤油灯里散发出的黄色暖光，让眼前这座哥特风格的火车站看起来像从大革命时期的法国直接搬来的，跟那些傻大笨粗的北美建筑相比更是天差地别。

酒店班车沿着一条蜿蜒向上的小路穿过城墙和连成一片的小酒馆，当我看到酒店那扇吱吱作响的旋转木门时，就像看到《盗梦空间》里永远都在旋转的陀螺，真不知道它会把我转到哪个世纪。显然我不想等到第二天再去城里游荡，洗了个热水澡就拎着相机出门了。老城的布局比想象中简单，从酒店大门拐个弯就能看到一座居高临下的城堡，以它为参照，怎样走都不会丢了。

此时店铺已经打烊，可橱窗里依旧灯火通明，就像店员开小差把店铺临时交给空气管理。一家印第安纪念品专卖店让我驻足最久。聚光灯下摆着一件插满羽毛的酋长头饰，羽毛根根血红，像是蘸了敌人的鲜血。还有一个狼头标本，狼眼中杀气腾腾，标本师留下了它在临死前的仇恨与绝望。从10月初开始，北美就迎来了节日季，万圣节、感恩节、圣诞节、新年，打头阵的是主打妖魔牌的万圣节。我在老城里看到数不清的南瓜灯，

▼ 他把悠扬的音符吹进清冷的空气

从镂空的三角眼和月牙嘴里冒出的也是暖光。市政厅的正门口还站着一个真人大小的尖鼻女巫，她手里提着的篮子里爬满黑色的毛绒蜘蛛。

在夜色中晃荡的灵魂可不只有我。路边一个吹萨克斯风的先生把悠扬的音符吹进清冷的空气，那声音仿佛是有温度的，让每个听到的人顿时觉得温暖。几个只穿单衣的酒吧招待抽空在路灯下抽烟，烟瘾面前寒冷就不算什么了。酒馆里还有很多人聚着不散，他们制造的热闹跟曼谷纽约的歇斯底里不同，更像是一群普罗旺斯农民干完一天农活后的聚会，他们大声聊天，猛撞酒杯，用力拍着对方的肩膀。

回到酒店时已过午夜。脚下那层厚实的红地毯从旋转门铺到电梯间，又从电梯间铺到客房。从窗子往外看去，对面的尖顶塔楼被暗绿色的冷光照耀，跟远方那连成一片的暖黄色灯光形成鲜明对比，让它看起来像是关着被恶魔囚禁的公主似的。此时一阵浓雾飘过，眼前的魁北克分明就是一个童话。

当我还在加拿大游荡的时候，《背包十年》出版了。由于时差原因，我在凌晨三点被主编打来的越洋电话叫醒。主编的声音听起来有点颤抖："小鹏，咱的书加印了！才上市第二天！就加印了！"听到这话时我还没有完全清醒，只含糊地重复着："真的吗？真的吗？"主编继续说道："你现在能不能上网？你上亚马逊，不要看旅行书排行榜，你看所有图书的总排行榜，你的书在第十位！"

这时我才彻底清醒过来。那个晚上我失眠了，就像刚走下舞台的演员，因为谢幕时掌声太热烈，还有点缓不过来。我真怕这只是美梦一场。

可美梦依旧持续着。《背包十年》在出版后的第五天、第十天又加印了两次，印量也像雪球一样越滚越大，从一次加印五千册到一次加印五万册。亚马逊图书总销量排行榜上，差不多半年时间里，这本书一直稳居前三名。当时在出版界有这样一种说法，如果一本书能卖到三万册就算畅销书，十万册只有著名作家能做到。一次我小心翼翼地问主编："咱的书能到二十万册吗？"她坦然地笑着说："二十万？太保守了吧，得五十万。"那是我连做梦都不敢想的数字。

因为《背包十年》的持续畅销，一些其他效应也逐渐显现出来。

一年内相继出了台湾版、香港版和图文版。

当然也出现了盗版。当我在街边看到《背包十年》的盗版书时，第一反应并不是义愤填膺，而是觉得高兴，我想只有真正的畅销书才会引起盗版书商的注意吧。

我和我的故事被许多高三学生当成素材写进他们的高考语文作文。

在《背包十年》和其他几本同类书籍的带动下，图书市场猛然刮起一股旅行书的龙卷风，几年内出版了几百本，一些实体书店甚至开设了旅行书专柜，风头一时无两。

我火了，火得突如其来，火得不可思议。我和主编探讨过这种不可思议的成因。她说现在中国人富裕了，出境旅行的需求越来越强烈，而市场上这种类型的书还是空白，你的书正是借着这个势头飞起来的。还有一个原因是这本书跟其他旅行书的侧重点不同，虽然都写旅行，但你更关注内心的成长，你用了十年时间，从菜鸟背包客变成职业旅行者，读者很好奇你的故事。

2011 年 6 月［日本，京都］

半碗茶汤

直到走完茶道体验的全套流程，我才意识到，最后喝下的那半碗抹茶茶汤仅仅只是最细枝末节的一件事，其实人家让你体验的是无处不在的设计感。茶室的设计，喝茶步骤的设计，甚至茶碗的设计，就这样一步一步，让人从“茶”入“道”。所以真正的流程并不是从端起茶碗的那一刻开始，也不是从走进茶室的那一刻，而是在高台寺门口，看到净因和尚双掌合十笑脸相迎的那一刻，就已经开始了。

这位净因和尚身材高大，面如满月，如同一尊站着的弥勒。他的深蓝色袈裟宽袍大袖，胸前挂着一个米黄色方形布袋，走起路来，上上下下，好似晃动着一道流动的曲线，也像裹着一缕风。

▲ 宝相庄严的净因和尚

整个高台寺就像一个超大号盆景，把盆景深藏于细小处的精致放大到让人可以穿行其间，会让人的步子慢下来，声调降下来，似乎有种无形的力量，让我们急躁的心定了定。

净因和尚带我们穿过方丈庭院的枯山水。这是最经典的日式园林造景了，全部由细碎砂石铺成，聚拢为山，起伏为水，专供僧侣禅修时使用。在枯山水四周，几乎看不到开花植物，想走神都找不到寄情之物。这恐怕也是把茶道体验放在寺庙的原因，这个环境本身就与那个道字无限接近。试想一下，如果把场景换成印度街头，虽然到处都能看到茶摊，可你的眼睛已经被熙熙攘攘的人流填满，耳朵也被车水马龙的噪声充斥，哪儿还有心情琢磨道不道，喝茶的目的只是为了解渴罢了。

走进茶室，身穿素色和服的茶师已经等候在这里。茶室的唯一装饰物就是挂在墙壁上的一幅卷轴书法作品，上书“无心”二字，在我看来这是一种心理控制的技巧。茶师轻施粉黛，与极简风的茶室相映衬。

茶室正中摆着一张茶台，茶师跪坐其后，拿出复杂的煮茶工具，烧水、煮茶、搅拌，不过几个简单的动作，由于神情的专注，气息的平和，动作的娴熟，让人如同观赏一支正在缓慢进行的舞蹈。

净因和尚亲自敬茶。他以跪姿将一碗碗茶汤放在每位客人面前。由于抹茶本味略苦，还为我们准备了糯米团子。

此时还不能马上喝下肚。按照程序，要先把茶碗轻轻端起，然后观茶色，抹茶的颜色就是早春的颜色，是一种生机无限的绿色。茶汤表面泛起很多微小气泡，这是茶师用茶筅搅拌后形成的，也是技艺高超的体现。喝茶前还要轻转三下茶碗，表示对瓷碗表面精美纹路的欣赏。等我把那半口茶汤咽下，上下一碰嘴唇，发出“咂”的一声轻响，用来表达满意和对茶师的感谢。

到此为止，算是完成了茶道的基本体验。随后净因和尚带我们来到一处更幽深的庭院，地上铺着石板路，石板的间距也有讲究，按穿和服木屐走路的女人一步的距离设计。这里有一间更小的茶室，看起来只能容纳两三个

▲ 茶碗上的精致纹路

人。茶室外有一眼石泉，进入茶室之前，要先用清水洗脸洗手漱口。茶室的入口又矮又小，必须以跪姿进入，取人人平等之意。这才是在日本古代流行的茶室，在那个时期，如果你是武士，进入茶室前还要把佩刀放在外面。

日式茶道讲究“和敬清寂”四字。前三个字容易理解，平和、互敬、清洁，不过最后的“寂”字才是精髓，这也与茶道文化产生的时代背景有关。平安末期到镰仓时代，日本社会动荡，老一辈的贵族阶层悲观厌世，称当时的社会为“秽土”，纷纷到山林隐居，以找寻心中的“净土”。他们建起草庵，过着隐逸的生活。这个寂字说的就是这种寂寞的状态吧，所以茶汤必须是苦的，是反欲望的，才有可能帮人打开那扇心门，进入道的境界。

除了“和敬清寂”，日式茶道还有一句四字箴言：一期一会。这辈子只有这一次，必须全力以赴，琉璃易碎彩云易散，只有当下是实在的，是被抓在手里的，是不忍去浪费的。可以用一期一会的心态去面对很多事，小到煮半碗茶汤，大到过好这一生。

茶道体验后的那天下午，我去了京都郊外的岚山。

一条墨绿色的江水把山峦分隔两岸，乘船顺江而下，岸边的苍翠林木比水色还要深浓。其实我能看到的绿色只是浮在表面的一层，越往里看，眼睛就像失明了一样，只感到一片黑暗，因为密密实实的枝叶把阳光都挡住了。若此时身在林中，抬头望天，恐怕能看到的日光也是忽隐忽现的。

岚山山间有条小路，步行五分钟左右，就能在路边看见一块石碑。中国游客喜欢到岚山寻找这块石碑，因为上面刻着周恩来总理游玩岚山后的心情感悟。我也站在石碑前，从第一句开始默读，当我读完最后一句，竟像石像一样立在原地，一动不动地静默了很长时间。

石碑上题写着：

人间的万象真理，愈求愈模糊，模糊中偶然见着一点儿光明，真愈觉姣妍。

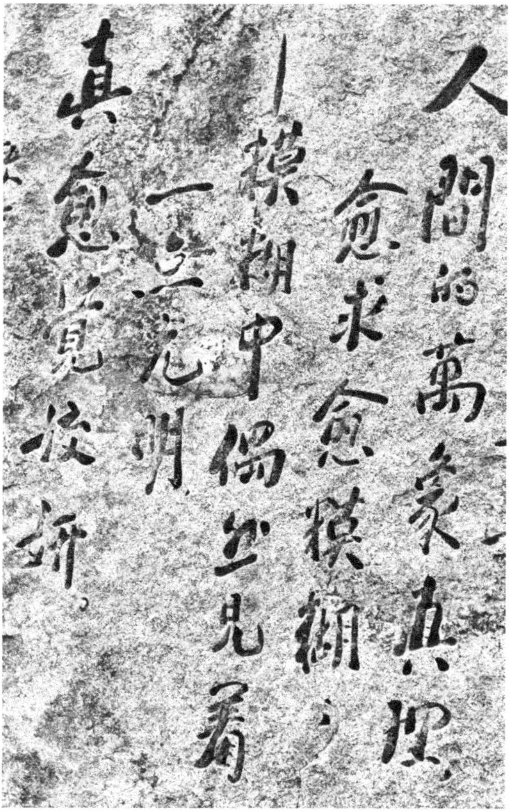

▲ 周恩来总理题写的石碑

翻看这些年拍摄的旅行照片，有几个主题一直在重复，“光芒”即是其中之一。指缝间的阳光，逆光时的剪影，背光时的阴影。其中最打动我的，还是于朦胧无声处的一束微光，这也是周总理所说的那“一点儿光明”吧。在我们的人生旅途中，正是被这样的微光指引。它引领我们穿越茫茫黑暗，穿越墨守成规，穿越平淡过往。对我而言，那束微光，就是梦想。当微光越来越亮，已经变成太阳的时候，我已经不再惧怕黑暗，人生也才“愈觉姣妍”起来。

2011 年 10 月［中国，塔县］

送鞋送梦想

2011 年 9 月的一天傍晚，我舒服地坐在家里的沙发上，一边啃着一块肥瘦相间的排骨，一边无聊地按着遥控器转台。突然一个一闪而过的画面让我按着向前箭头的大拇指又赶忙按了一下相反的按键。

画面中出现了一队人，三五个大人，几十个孩子，大手牵着小手，在一条所谓的“路”上艰难地行进着。那条路，大概连山羊都不敢走。它太窄了，搁不下半只脚掌；它也太险了，一侧即是绝壁，绝壁下的河水滚滚而来又滚滚而去。此时画外音给出更多信息：新疆塔县皮里村的孩子们为了去县城上学，要走几十公里山路，一路上要翻的大山像魔鬼的脊梁一样陡峭，而拦路的大河又像野兽一样咆哮怒吼，孩子们可借助的只有绳索、骆驼和勇气。我看电视时的心情也随着路况的变化而起伏，嘴里嚼着的排骨早已索然无味。在节目最后，记者问孩子们最想要什么，他们的第一反应都是一下子愣住了。有的孩子说：“要……要啥？”有的孩子说：“我……我害羞……”还有一个孩子一直躲着镜头，沉默地微笑着。在记者的再三追问下，终于有孩子开口了：“我想要一双磨不坏的鞋，因为鞋子在路上坏掉了。”“我想要一条好走的路，因为我喜欢去一些地方。”

二十天后，我和我的四个志愿者同伴站在了塔县寄宿制小学的操场上，皮里村的孩子在这里上学，我们来给他们送磨不坏的鞋。这里的天空本就蓝得发黑，再被远方的雪山一衬托，就更蓝更黑了。在这二十

天里，我先通过微博募集到来自八十三颗爱心捐赠的买鞋款，其实整个募捐活动只持续了两小时就被我关闭了捐款通道，因为源源不断涌入账户的买鞋款已远超实际所需。随后我通过朋友以极低价格购买到优质的户外登山鞋，鞋子从福建运到北京又耽搁了几天时间。除此之外，在这段时间里我还招募了四个队友。对于向来喜欢独自旅行的我来说，还是破天荒头一次。一是为了财务监督，二来只凭一己之力，实在无法扛着那么多鞋盒子从北京到新疆。而塔县还在新疆的最西面，距离巴基斯坦只有一百多公里。给孩子们发鞋时我们都蹲下来帮他们试鞋，蹲下是为了要和孩子们平视，这样就会很快跟他们成为朋友。当孩子们把鞋穿好后，都开心得像是看到家里的母羊下了小崽儿，这笑容可比照在身上的阳光暖和多了。可在试鞋时我也看到许多孩子的袜子上都是破洞，这又让我心里一抽一抽地冷（后来我们把买鞋后的余款全都买了厚袜子和棉手套）。

随后几天我们和孩子们有了许多互动，大原则是不影响他们正常的生活和学习。学校里有位英语老师要去喀什参加考试，我们就自告奋勇当起英语老师。课间时和孩子们一起做游戏、打篮球、丢沙包、做广播体操，他们依然活蹦乱跳，我们却很快被高原反应折磨得奄奄一息了。

这次除了送鞋，我还有一个特殊任务。出发前我联系上制作那期节目的央视编导，她也特别支持这次行动，她说孩子们很需要接触外面的世界和外面的人。我为五年级的大孩子上了三堂多媒体课，本来准备的演讲稿和我在大学巡讲时的内容一样，很快我发现孩子们听得皱起了眉

▲ 一下课，孩子们就玩疯了
▼ 给孩子们展示斯里兰卡大象的照片

头。于是我摇身一变，成为一名快乐的放映员，不讲故事也不灌输道理，只给他们放映我在世界各地拍摄的照片。从斯里兰卡的大象到大溪地的海龟，从德国的黑森林到纽约的夜色，他们不再皱眉了，兴奋的小脸被投影幕布的反光照得一闪一闪。后来无论我把解说的声音提高到多大分贝，都无法与他们一声高过一声的“哇！”“哇！”“哇！”抗衡。喉咙哑了又怎样，高原反应又怎样，说不定在他们今晚的睡梦里，会出现大象、海龟，还有纽约朦胧的轮廓。

是的，我们没钱修路，但是可以去送鞋送梦想。

2012年2月［印度尼西亚，巴厘岛］

巫医的预言

“你从哪里来？”

这已经是十分钟里被同一个人第三遍问同样的问题了。眼前这个跟我促膝而坐的老人名叫柯图（Ketut），不知他是真的老糊涂了，就像他自己说的，“我早就记不清自己究竟是六十岁还是九十岁了”，还是故意逗我玩呢。毕竟他是吃算命这碗饭的，如果老得连自己的年龄都忘记，说过的话超过三分钟就不记得，那还怎么给别人占卜未来呢？可如果他是在演戏，那演技绝对一流。当他听我第三次回答“中国”之后，脸上的惊讶表情竟然跟前两次如出一辙，那瞬间的变化一点儿都不像装出来的。紧接着他看我的眼神突然失去焦点，仿佛正重新聚焦在一张虚拟的世界地图上一样，脸上写满找了半天也没找到中国在哪儿的茫然！真是影帝！

不管怎么说，柯老先生都是巴厘岛当之无愧的名人。有名到岛上的出租车司机都知道去他家的路怎么走，有名到许多旅行者来巴厘岛的唯一目的就是拜访这位老巫医。简单说一下他的成名史吧。巴厘岛接连在2002年和2005年发生了两次恐怖袭击，死了两三百名游客，当地的旅游经济也一落千丈，后来是一部叫作《美食、祈祷和恋爱》（*Eat, Pray, Love*）的电影让这里重焕生机。在那部电影里，柯图预言女主角的人生将经历一次巨大的颠簸，她将重返巴厘岛，柯图还告诉女孩，世界不仅要用眼睛看，用脑袋想，更要用心去感受。后来她

▼ 柯图正在给一位马来西亚游客算命

的生活不但柳暗花明，还在巴厘岛收获了爱情。电影根据真实故事改编，由奥斯卡最佳女主角奖获得者茱莉娅·罗伯茨主演，在巴厘岛实景拍摄，柯图也随着电影的全球热映而一举成名。后来慕名而来者不计其数，大家都希望能够得到柯图的指点，让自己走进死胡同的人生咸鱼翻身。

当我走进柯图的家时，还以为自己闯进了一座热带植物园，每一种植物都像被清水洗过，叶脉清晰可见。树下垂着的几盆吊兰开得正艳，无论花朵、枝叶还是根茎全都暴露在空气之中，我琢磨了半天也没想明白它们是从哪儿吸收养分的。水缸里开着一朵睡莲，这花只在阳光照耀时才张开笑脸，一旦阳光移情别恋，它就神奇地把所有花瓣合拢在一起，像吃醋了似的。柯图就在这婆娑树影下，淡淡花香中，席地坐在长老室的正中，跟一个个希望获得生命启示的来访者轻声交谈。

进门时我拿了一个号码，23 号，还挺幸运的，因为柯图年事已高，每天只接待 25 位访客，错过了就只能明天再来。好不容易等到 22 号起身行礼、交钱走人，没想到也等来了柯图的午餐时间。他不紧不慢地走到厨房找了点儿吃的，又从冰箱里拿出一瓶可乐，看来神仙也要食用人间烟火。

终于轮到我和他面对面、膝盖对着膝盖地盘腿坐在一起。这时我才看清他的长相。他肤色黝黑，脸上布满深浅不一的纹路，像是被锋利的刀削出来似的。还有几根特别长的眉毛，斜斜地垂到眼角。嘴里只剩下几颗黑黄色牙齿，像风干后的黄豆一样嵌在牙槽里。

从我坐下到起身只有短短十五分钟，在这一炷香的工夫里，柯图从我的眉骨摸到下颌，从后背摸到膝盖，从手心摸到手背，原来相面、摸骨、看手相的本事他都会啊！每道程序开始前他总会问，你叫什么名字，从哪儿来？然后迅速忘记。而每摸完一处，他又会煞有介事地抛出一条惊世大预言。

“你一定能活到一百岁！”根据他给之前几位算命时我偷听到的情报，我们都是百岁寿星。除非刚好有人得了绝症，否则这一条还真无可辩驳。

“你是一个环球旅行者。”这条说得最准，但估计也是蒙的。能来巴厘岛的人肯定都喜欢到处跑吧，而且这句台词在电影里出现过两次。

“你是一个有影响力的人。”“你一定能娶个漂亮老婆。”“你能生好几个小孩。”——最后这句让我相信在柯图的字典里没有“计划生育”这个词。

柯图一边说一边笑，虽然他的话信不信由己，但他的笑声绝对有一种恐怖的传染力。同样是“哈哈哈哈”四声，可每个“哈”都比前一个高了一个音阶，四个“哈”按照五线谱咪发搜拉的顺序越升越高，哈哈哈哈，哈哈哈哈，就差唱起来了。

来找柯图算命的人当然不会完全相信他的话，但他的所谓预言都是善意的、无害的、能让人看到希望的，再加上那像歌儿一样的笑声，至少保证了这一天的好心情。

几年后，我重返巴厘岛，也再次来到柯图家里。不幸的是，老爷子已经仙逝，后来就由他儿子子承父业。我让小柯图也帮我算了一卦，他的预言和他爹如出一辙：“你一定是个环球旅行者。”“你一定会长寿。”“你一定能生好几个孩子。”我始终面带微笑地听着，心里却在想，只要那部电影还有人看，他家就会一直生意兴隆吧。

▲ 以柯图为原型的石像

▲ 贴在墙壁上的《美食、祈祷和恋爱》电影海报

2012 年 3 月［美国，阿拉斯加］

追极光的人

我扫了一眼手机屏幕上的时间，凌晨四点零三分。刚才还跟我并肩拍照的日本人此时已经走得一干二净，只剩下我一个人站在茫茫雪野中，再加上我身前立着的三脚架，就像大地上两棵不太挺拔的树，牢牢戳进及膝的深雪中。我一步都不敢乱动——刚刚只把右脚轻轻一挪，想换个稍微舒服一点儿的姿势，一团冰雪就顺着裤管滑进鞋里，积在脚踝处，不一会儿就感觉不到脚的存在了。

我执迷不悟地要把自己冻成僵尸的原因，只是为了拍摄一组关于极光的照片。本来在阿拉斯加的最初几天也拍到了几张不错的照片，可极光越绚烂我越不满足。因为我看到的极光是流动的，它在流动时还像变色龙一样不停变换着身体的颜色。对于如此丰富复杂的信息量，显然任何一张照片都无法记录和包容。我从网上找到一种叫作延时摄影的拍摄方式，就是按照电影成像原理，把一秒分成二十四帧，每一帧塞进去一张以相同角度拍摄的照片，再连在一

▲ 这间木屋就是我们等极光的大本营

起放映，就成了一部关于极光的微电影（虽然我的相机有摄像功能，但夜晚能见度太低，拍出来的影像漆黑一片）。由于每张照片都需要三十秒到一分钟左右的曝光时间，于是为了拍摄一秒钟动态的光芒，我得在冰天雪地里站足半个小时，可一秒两秒又怎能满足我贪婪的胃口？我暗下决心，不拍到一百张绝不罢休，此时只有三种外力能让我停止——电池没电，内存耗尽，或者，天亮了。

今晚的观测条件不错。我的拍摄地点远离市区，也就远离了光污染；正好又是月缺之夜，月亮变成窄瘦的一弯，就像电影开场前先关了灯；室外温度接近零下三十摄氏度，既然是只在极地才会出现的光芒，显然它更喜欢冷。但所有这些都只是极光出现的必要不充分条件，没人知道它会在何时何地出现，唯一能做的，除了等，就是出门前多穿几件衣服。

和我一起追极光的人来自世界各地。退休的英国化学家凯伦说这是她遗愿清单中的一项；日本来的米吉姐说她在不久前失去了家人，她相信极光是一座通往天堂的桥，能让她看到亲人过得好不好；从国内来的四月说她从新闻里知道这两年太阳风暴活动频繁，极光出现的频率很高。

极光在凌晨两点左右出现，刚开始，星夜的一角像被打开了一扇时空之门，从里面冒出无穷无尽的绿色烟雾，随后那烟雾变成头顶的一片森林，如果脚下有一条通往森林的路，我倒

▲ 在阿拉斯加乘坐的小飞机，过道左右各有一列坐席

是乐意闯进去看个究竟。再后来森林散了形，被一双无形的大手轻轻一抚，如同键盘上的琴键一个一个被按下去再一个一个地弹起来。当我被满天寂然涌动的光芒照耀的时候，突然觉得一切荣辱沉浮都抵不上这一瞬间的仰望。在漫长的旅途中，总会有这么一束光，让我们肃然起敬。

漫漫长夜，最难抵挡的并不是穿透层层棉衣的寒气，而是当所有光芒顿时收敛，就像这世界根本不存在极光这回事的时候，是否还要继续等待。对我来说，这是比哈姆雷特的“to be or not to be”（生存还是毁灭）更难回答的问题。没人知道这场音乐会是否还有加演，虽然我已在心中呼喊了无数遍偶像的名字。

终于，当天空剧场的帷幕被重新掀开，一束微弱的绿光再次渐变成满天光华的时候，我发现自己几乎被冻僵的嘴角轻轻往上抬了抬。

是的，一切等待都值得。

我一边仰望极光的变化，一边勤劳地按着快门。在仰与按这两个动作之外，还有一种动态的行为在头脑的宇宙里左突右蹿——我在思考、琢磨、冥想。在所有这些看不清来路、摸不着去向的脑电波轨迹中，我好不容易抓到一条，并极力想要把它捋清：在成为职业旅行者之后，我听到了一些质疑的声音。这些质疑的核心论点是，把爱好当工作，就一定不再纯粹，也就少了许多原始的乐趣。而这个安静的追极光的夜晚，恰是对质疑的响亮回应。其实爱好是个比工作辛苦太多的事情，如果单纯是工作，我不会为了拍极光在阿拉斯加的冰雪中站着过夜，还熬走了以最抗寒和最有耐力著称的日本人。对我来说，旅行的意义已经从发现自我过渡到分享世界，我就是要把这世界的美好与精彩分享给更多的人去看去听去感受。人活着总要有点信仰，这是任何工作都不能给的。

中国女孩四月也是跟我一起去新疆塔县送鞋的四位志愿者之一，后来因为三观一致，我们不仅成了若干次旅行时的同伴，还成了生活中的挚友。写到这里，我想起一句经常在电影中出现的台词：等到了什么什么年纪，依旧我未娶，你未嫁，那就一起养老吧。

▲ 白天还能欣赏狗拉雪橇比赛

2012 年 4 月［美国，洛杉矶］

通向好莱坞之路

洛杉矶的星光大道上留下了很多明星的手印，最引人注目的，却是最不清楚的一个。那是迈克尔·杰克逊戴着他的水晶手套留下的，边缘处已模糊不清。很多游客把自己的手按上去比大小，多年过去，这一小块地面就被按出了细碎的龟裂状纹路，于是更不清楚了。

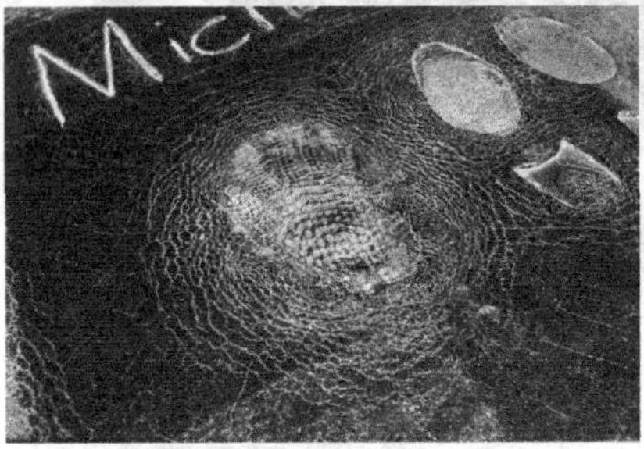

▲ 迈克尔·杰克逊戴着水晶手套留下的手印

中国剧院和柯达剧院（柯达破产后，改成杜比剧院，每年的奥斯卡颁奖礼在这儿举办）也在星光大道旁边，从二楼回廊的某个角度还能看到郊外山顶著名的“HOLLYWOOD”（好莱坞）标志，这个标志从 1923 年起就立在那儿了。

比手印和标志更吸引我的是一条用马赛克拼成的蛇形小道，它还有个名字，叫作“通向好莱坞之路”，上面记载着一个个无名氏通向电影殿堂的尝试。

“我可不想留在芝加哥，那样的话，我只会再挖二十年地沟。到了好莱坞之后，我先给一个明星当保镖，然后就有一家经纪公司把我签下来，就在快要放弃的时候，我得到了第一个角色，现在我已获得一次奥斯卡提名奖。”——演员

“在读艺术学校的时候，我就喜欢在裸体上画衣服，然后我发现自

己对设计服装更有兴趣。”——服装设计

“我母亲说，无论你干什么，都不要去好莱坞！可大学一毕业我就跑过来了。我们的乐队在圣莫尼卡的演出中被人喝了倒彩，后来我就决定单飞！”——音乐人

“我把写好的笑话发给身边的朋友，但在那个时代，几乎没人乐意雇女人干这个，于是我的第一份工作是给一个才思枯竭的男作家当影子写手。”——喜剧编剧

“那天《美国超级乐队》的主持人喝醉了才来上班，于是我得到了那份工作。”——主持人/制片人

“我在每家电影制片厂门口把车停好，把姿势摆好，等着被星探发现，可我发现这并没有什么用。后来我遇到一个经纪人，是他让我成了明星。”——演员

“我从密苏里州开车一路向西，车上堆着的行李比我还高，所以我

▲ 好莱坞的标志

看不到后面的路，但那又有什么关系，因为前方才是我唯一需要看清的方向。”——演员

“‘你必须去好莱坞！’他们说，‘因为电影是世界第三大热门生意，剃须刀排第一，鸡眼膏排第二，电影排第三。’所以我就来了。”——演员

我低着头，一段一段地仔细看过去，在这个不是景点的景点停留了很长时间。朋友并没有催我，他知道我喜欢这里的原因——我也曾走过这样一条梦想之路。

能在这儿留下记录的都是已经在好莱坞站稳脚跟的人，看起来他们通向这里的道路五花八门，有的凭借才华，有的一直在努力，有的单纯靠运气，但他们也有共性，就是都拥有迈出第一步的勇气。

2012 年 4 月［美国，休斯敦］

把朋友两个字做好

我发现但凡以“朋友”两个字作为名字的歌曲大多都能走红，无论谭咏麟的、周华健的，还是臧天朔的歌，都曾火得一塌糊涂。可能因为我们这一代人大多是独生子，没有朋友的日子真是不堪设想的寂寞。

从旧金山飞往休斯敦的航班晚上六点准时抵达。我和姚远领完行李就奔向接机大厅。那些接机的人个个充满期待——踮起脚尖，头比平时扬得更高，眼睛也更亮一些。一旦他们看到期盼的人，脸上就会瞬间绽放出笑容，就像黄昏时的路灯，次第明亮起来。可我找了半天，也没看到王毅，赶紧给他打电话，一阵忙音过后，就传来那个熟悉得不能再熟悉的声音。“喂！你们到了是吧，取完行李了吗？哦，那你们从接机口正对着的那个门出来，找一辆黑色讴歌，我打了双闪。”我和姚远一出门就看到了他的车，还没来得及寒暄，王毅就赶紧让我们把行李塞进后备厢，又让我们赶紧上车。那分秒必争的紧张劲儿，就跟抢完银行迅速逃跑一样。上了车王毅才跟我们说，休斯敦有俩机场，他去了另外一个，刚赶过来，这里不让停车，得马上走人。

王毅和姚远都是我的大学同学，王毅的宿舍在我隔壁，姚远住他对门，很快我们就成了最铁的哥们儿，这一晃，都已经认识十五年了。这次把休斯敦加入泛美旅行的一站，只因为王毅住在这里，半年前他当了爸爸，我和姚远就打算过来看望。

王毅的家不算大，被他夫人布置得十分温馨，充满淡淡的乳香。他的儿子豆包长得更像爸爸，虎头虎脑的，眼睛特别大，水汪汪地滴溜乱转。小家伙也不认生，我把他抱在怀里，那双小手就往我脸上一通划拉，捏着我的鼻子呵呵地笑。王毅收养了两只流浪猫，其中一只是个独眼龙，却一点儿看不出自卑的神情，床上床下想去哪儿就去哪儿，还爱挠东西，有股死缠烂打的劲头，于是被叫作小悟空。

抵达休斯敦的第二天，正好赶上一场NBA（美国职业篮球联赛），姚明离开后的火箭队在中国广告商眼中的价值一落千丈，但当地球市依旧火爆。这是本赛季常规赛的最后一轮，火箭队已无缘季后赛，却在这一场上演了先输后赢的戏码，收官收得不算潦草。

看比赛时，我们每人举着一大杯啤酒，想起《老友记》中有一集也是三个好友一起去看NBA，再一想，我们仨还真能跟剧中人物一一对应。

王毅就像罗斯，从小品学兼优，曾是天津市高考文科状元。就是有时做事爱钻牛角尖，是个典型的完美主义者。本科毕业后工作了两年，随后就到美国跨专业读了一个IT管理类硕士，现在在一家石油公司做IT部门经理。他的爱情倒不像罗斯跟瑞秋一样分分合合，夫人是他在国内工作时的同事，婚后一起赴美。

姚远像钱德勒，爱讲笑话，反应极快，有他在的地方，场面就绝不会冷。他也是我们三个里最聪明的，记得上学时从没见他上过自习，不是在宿舍打游戏，就是在操场打篮球，只在临考前突击几个通宵，就能每次都考全班第二。他留学回国后一直在一家公司做副总，早早有了车子房子妻子孩子，一路顺风顺水。

而我就像不靠谱的乔伊，一直没有正式工作，经历过人生中的低谷，也有过辉煌耀眼的时刻。乔伊的梦想是能拿金球奖或者奥斯卡，我的梦想是永远在路上，对追梦的人来说，头几年账本上的入不敷出几乎就是生活的常态。

在休斯敦的几天，日子一下子慢下来，我的相机快门被按下不超过十次，每天就是和王毅夫妇还有姚远喝喝啤酒、啃啃排骨、看看篮球、买买东西。既然这里的风景乏善可陈，那我就继续聊几句关于朋友的话题。

我觉得朋友大致可以分为三类。第一类，他们理解我包容我，分享我的快乐和不快乐。第二类，跟我患难与共，同舟共济。第三类，在我风光时，总是兜头一盆冷水，历数我的一二三点不足；在我消沉时，又总能给我打气，让我重新找回自信。我很幸运，三类朋友都不缺。其中大多数属于第一类，有四五个属于第二类，属于第三类的只有一个人，就是王毅。在生活中，他帮我化解心头的疙瘩，在事业上，他帮我出谋划策更上层楼。他总能在我即将偏离航向时把我拉回正途。

2003 年，我用八十天走遍欧洲十五个国家，回国后就有点儿飘飘然，觉得那时像我这样的背包客在全中国也没有几个。一次当我跟他说起自己去了多少多少国家的时候，他说，旅行不应该追求去过的国家数量，你一直在奔跑，有没有想过你在寻找什么？寻找最灿烂的色彩？寻找最诡异的传说？寻找最摩天的高度？还是寻找最真切的爱恋？

在我刚开始旅行不久，总想把旅途中的见闻写下来跟朋友们分享，可那时自己的写作能力太差，不仅高考语文不及格，大学四年也从没写出过一篇像样的文章。我把几篇随笔给王毅看，他说，你的文字最致命的缺点就是缺少画面感，可能你已经看到风景，但你怎么让你的读者也看到？他建议我多看电影，多学习电影的表达和处理方式，在文字中加入声音、气味、色彩，才能让读者获得身临其境的感受。一次我把一篇写好的稿子发给他看，只因文件名上出现了“最终版”三个字，他就特别生气地指出，没出版印刷前都不叫最终版。我狡辩说，那稿子我通读了四五遍，连错别字都挑完了。他说，稿子写完至少要放一个礼拜再看，那时你原有的想法会被清空，你才能以一个读者的视角去发现问题。他告诫我，做人做事都不能太浮躁。

他还对我提出一些理财建议，他说，你不像上班族一样有人按月发工资，你是半年不开张，开张吃一年，可是你能保证以后的书也都畅销吗？如果不能，那就得学会理财。他建议我把赚来的钱分成四份，一份零用，一份孝敬父母，一份存在银行用于养老和医疗保障，最后一份用来投资，如果你不懂（太丢人了，好歹我也是学经济的，可最后竟全部还给了老师），可以交给季磊（曾为《背包十年》写序，也是我们共同的好友，现为上海某证券公司营业部经理），让她帮你打理。有一年，我遇到了人生中一个绕不过去的难题，必须得演一场戏，可这角色让我不堪重负，累得一度想放弃。我告诉了王毅整件事情的来龙去脉，他说，你别把自己当演员啊，你现在是导演！这是你自编自导的演出，不管悲剧喜剧，一定要让它灿烂收场！他的话让我的心理角色发生了转变，从演员变成导演，再到最后成为观众，看戏的心态比演戏轻松多了。

还有一年，我打算放弃旅行，另谋生路，他对我说，你走过的路就是你无形的财富，而且你在肩负着我们的梦想旅行，希望你能继续走下去。

我至今都记得他在大学时说过的几句话。他说，大学四年所学的知识和所交的朋友将会影响我们一生，而后者比前者更重要。他曾在写给我的圣诞卡片上说，让我们用尽心，用尽力，把朋友两个字做好。

转眼就到了要说再见的时候。从休斯敦到纽约的航班早晨六点多起飞，王毅和夫人五点就到酒店来接我们了。到了机场，办好登机牌，也终于补上了那个抵达时因为仓促而省略掉的拥抱。

好吧，山高水长，后会有期。见与不见，皆是兄弟。

每年过年，豆包都会远隔重洋给我拜年，一句句干爹叫得我心里暖和死了。后来我和王毅一家还见过几次，地理距离并没有让心的距离变得疏远，王毅依旧对我的人生方向给出各种建议，经常是连发几十条六十秒语音，这要是换成别人，我都懒得点开听，但他说的每一句，都被我记在了心里。

2012年10月［中国，北戴河］

我是你的眼

我走到杨平记身前，对他说："你好，我是小鹏。"他把脸朝我侧了侧，然后说："你好，你好，给你添麻烦了。"语气中满是谦卑。我在前面带路，他扶着我的胳膊，然后一起上了车。杨平记是一位盲人按摩师。

这是一辆从北京开往北戴河的旅游大巴。车上载着一个特殊的旅行团，由中青旅和红丹丹助盲中心组织，十九位盲人和十九位志愿者结成一对一的小组，一起去听大海的声音。

大巴要开三个多小时，为了活跃气氛，来自中青旅的葛磊先生客串主持。他吐字清晰，语调高亢，就像受过播音主持方面的培训，每个字都能清楚地传进我们的耳朵。葛磊先生先让大家自我介绍，然后问每个人，你的梦想是什么？轮到杨平记时，他说："如果有机会，我也愿意走遍全世界，甚至爬上珠穆朗玛峰！"所有人都为他鼓掌，他也很高兴，就像答对了问题被老师表扬了一样。

中午停车吃饭。十个人一个圆桌，菜已经上好。我帮他把多余的餐具拿掉，只剩下一个碗，一双筷子，一个玻璃杯。我把菜名一道道念给他听，又问他有没有忌口。他说出几样爱吃的，我帮他夹到碗里，但也不会盛太满，杯子里的水也只倒了半杯。这些基本助盲礼仪都是在行前培训课上学到的。比如给盲人指示方位时不要说这边那边，要尽可能准确描述左还是右；要不断告诉他你看到的一切，解释环境正在发生的变化；在他独自等待时一定要让他有所依靠；如果有事暂时离开，也一定

要跟他讲好，否则他会继续说话，发现时就会感到难堪；当遇到“看”或者“瞧”之类的字眼时，不要因为忌讳而回避，但“瞎”字绝对忌用。

老龙头是我们今天参观的第一个景点。这里是明长城的东部入海口，就像一截插进大海里的烽火台，既像龙头，也像火车头。老龙头旁边即是一段海滩。我在前，杨平记在后，他扶着我的胳膊，相隔半步左右的距离。我们在岸边停下，我让他蹲下来摸沙子，他抓了一把，笑着说：“好细好凉。”我跟他描述眼前的大海：“天上一朵云都没有，但不是很透亮，岸边的水很清，海浪一下下朝岸上涌来，然后再退回大海，你听，‘哗——哗——’的声音，‘哗’的时候就是涨潮，‘哗’与‘哗’之间的间隔，就是退潮。”

岸边有几块礁石被海水包围，石块之间有几十厘米的缝隙，连视力正常的人，要跨过去都得小心翼翼。在征求杨平记的意见之后，我决定带他去冒险。我握住他的手，自己先迈到前面的礁石上，然后转过身，跟他说：“不用担心，我拉着你，你先把重心放在右脚，你把左脚往前伸。慢一点，先不要往下踩，对，慢一点，往左边大概三十度方向，别着急，步子再大一些，好！好了好了！右脚也过来，对！过来了！”就这样一步一步，我把他带到离大海最近的那块礁石上。杨平记特别兴奋，“吼吼”地喊个不停，我也很高兴，跟着他一起喊。然后我俩都坐在礁石上，我把眼睛闭上，一起听海风的呜咽，波涛的起伏。

十九位盲人中一多半都没到过海边。王芳和刘刚是一对盲人夫妻，结婚三年了，这才算第一次蜜月旅行。

我看到有位盲人朋友拿着志愿者递给他的海螺，放在耳边仔细聆听。志愿者问他大海的声音和海螺里的声音有什么不同，盲人朋友说，大海的声音平静安宁，海螺的声音汹涌大气。还有的盲人朋友在拍那种原地起跳的照片。她说以前就不敢，这次有志愿者在身旁，一起腾空，一起落地，心里特别踏实。

晚上还有一场海滩篝火晚会，仍由葛磊先生主持，他介绍今晚还有一位重量级嘉宾，来自东方歌舞团的梓丁老师，要为大家带来一支舞蹈。我立刻皱起眉头，舞蹈不是形体艺术吗？盲人既看不见，也不能过去摸。原来梓丁老师有备而来，跳的是西班牙响板舞，手里的响板发出快速的“磕夸磕夸”的声音，节奏感十足，一位盲人大叔说，像天津快板。接下来轮到盲人朋友表演才艺，这时我才发现，别看他们平时都沉默寡言，这时候却个个跃跃欲试，一点儿都不怯场。演讲，唱歌，诗朗诵，节目一个接一个，根本不用担心冷场。

第二天一早我们去了奥林匹克公园，这里有很多跟奥运会相关的雕塑作品。我带着杨平记用双手仔细抚摸，他发出一连串的感叹：“啊，原来姚明那么高！”“啊，原来萨马兰奇（国际奥委会前主席）的鼻头那么大！”“啊，原来鞍马得先用胳膊撑上去才能做动作！”看到他那么开心，我心里也装满了成就感。

回京散团后，我送一位盲人老奶奶回家。在出租车上她跟我说，昨天的篝火晚会上她也准备了一首诗歌，《我和我的祖国》，后来太晚了，就没给大家表演。我说，那您现在朗诵给我听听。老奶奶也没推辞，语调抑扬顿挫，每个字都饱含深情。她虽然看不见，但我相信她心中的祖国一定完美无缺。

两天一夜的旅行虽然短暂，可我却说了太多的话，嗓子都哑了。杨平记走路时，我是他的盲杖；吃饭时，我是他的筷子；看海时，我是他的眼。一路上他说得最多的话就是“谢谢”和“麻烦你了”。这次旅行并不仅仅是单向输出，我也从他身上学到了一些我不具备的品质。比如早晨退房时我检查房间，发现杨平记的床铺收拾得整整齐齐，而我的床依旧凌乱。虽然盲人看不见，但自尊让他们在某些方面比普通人做得更好。

2013 年 1 月［老挝，东德岛］

简单生活

东德岛北面有一处沙滩，这里是老外背包客们的天堂。他们通常穿着比基尼或者沙滩裤，躺得横七竖八，戴着墨镜，捧着本书，看谁先把皮肤烤成小麦色。

几头水牛也凑热闹似的卧倒在沙滩上，任自己的肚皮成为比基尼女郎倚靠的软垫，跟她们一起在阳光下打盹儿。眼前的景象就像一幅达利的画，有一种怪诞的美感。

晚上沙滩上升起篝火。扎着脏辫的异国女孩把一根木棍两头蘸上油料点燃，成了黑暗里的两个光点。女孩双手握在木棍中央，手腕一转，火光的轨迹就连成一个耀眼的圈。木根不仅在身前转，还绕到背后，再从胯下捞到胸前，“Bravo（漂亮）！”的叫好声此起彼伏。

紧挨着沙滩的几家餐馆都是老外开的，他们贪恋这里的简单生活，来了就不想走了。

兰斯是个美国老人，经营着一家叫作“Bar—B—Q”的烤肋排店，他头顶光光，后脑壳上挂着几缕银发，下颌的胡子编成山羊胡，像一面三角旗，悬着飘着。兰斯的店每晚六点之后才营业，肋排烤得外焦里嫩，搭配烧烤酱、土豆泥和蒜烤面包片。

托尼来自澳大利亚，开了一家烤猪店，他家的生意向来最好。每天把一头肥猪架在门口，从下午烤到黄昏，过往的行人闻到烧烤香味，都忍不住抽两下鼻孔，肉香沁人心脾。猪皮的颜色慢慢从粉红变成焦黄，

耳朵和尾巴这种没有太多脂肪的部位最先被烤成焦黑色。一份烤肉套餐五万基普（相当于人民币三十八元），包括几块带皮猪肉、一份蔬菜沙拉、半条法棍、一杯苏打饮料。我曾去吃过两次，金灿灿的猪皮脆而不腻，猪肉有肥有瘦，喷香白嫩，但得自己撒盐和胡椒面。

在东德岛待得久了，会不自觉地比较起这里和孟威村两地生活的异同。虽然都过着从自然中索取衣食住行所需的生活，但毕竟这里有了电和网络，年轻人都喜欢听《江南style》，还会跟着跳起骑马舞。

我在这儿待了一周之后，不仅睡眠时间越来越长，心情也有了变化。心情好的时候，即使一个人骑车走路，也能哼出不成调的歌曲；即使早餐只是一个煎蛋，也能吃得红光满面；即使什么都不做，也不觉得浪费时光。是的，我的心情变得越来越好。

2012年10月，我的第四本书《我们为什么旅行》出版了。因为《背包十年》受到了读者喜爱，这一次，无论出版社还是我自己都有点志在必得的心理。为了给新书造势，出版社加大了起印量，拓宽了销售渠道，联系了众多媒体，组织了全国近一百五十场签售和分享会；而我的目标只有一个，就是超越自己。我们甚至已经为这场还未打响的“战役”准备好凯旋的香槟。

可惜这本书在亚马逊图书排行榜前一百名只待了不到一个月，随后名次就像坐滑梯一样出溜到四五百。我和主编再碰面时，谁的脸色都不好看，说话的音量比着低下去。是不是宣传不到位？是不是定价过高？是不是这个那个？可能都不是吧，波峰与低谷是任何事物发展的必然规律，旅行书在经历了两年的爆发式增长后，市场饱和了，读者看腻了。热点已过，大势已去，就是这么回事。

我在2012年年底时发了这样一条微博：

> 1. 自从新书出版，开始每日关注排名，这本无可厚非，但一见上升就窃喜，一见下降就空落落，这已严重影响到我的情绪；
>
> 2. 反观以前，那时就不太在乎，可能是以前一穷二白，没什么可输的；
>
> 3. 由此可见，我已动了贪念；
>
> 4. 放下才能快乐；
>
> 5. 构建内心还要靠自己。

虽然文字写得漂亮，可败走麦城的挫折感并非一朝一夕就能平复。随着排名的持续下滑以及销量与预期的严重不符，我发现自己根本放不下也走不出来，几乎日日焦虑得睡不踏实，醒来时心也是揪着的。我变得脆弱、易怒、反复无常、歇斯底里。虽然以前也通过各种影视作品及现实案例了解到许多人的一生都会经历大起大落，可那都是隔岸观火，当这事真在自己身上发生时，意志消沉得超乎想象。

正是在那段内心被持续煎熬的时期，我做了一个决定——重返老挝。2013年1月，和几个朋友在清迈跨年之后，我一个人坐长途车从泰国来到老挝，经巴色转车前往卡桑村，再坐船来到东德岛。

▲ 佛像的头顶上停着一只鸟
▼ 我的躺椅和吊床，可以轻而易举地打发掉一天的时光

2013 年 1 月［老挝，东德岛］

一分为二的世界

那天我去一家叫作 Danao 的本地餐馆吃饭。餐馆往主路上探出一个小平台，比路面高出半米，三面围着护栏。平台上放着两张矮桌和几个三角靠垫。

刚坐下，就听到身后传来中国话。东德岛百分之九十的旅行者来自西方国家，还有一小部分日本人和韩国人，这还是我第一次听到乡音。我突然一回头，恶作剧似的用中文大声问道："今天来的？"他们被我吓了一跳，安静了两秒钟后，大家一起笑起来。

他们一行四人，有三个从南宁一起出发，还有一个是在越南"捡"的，四人便一路从越南到柬埔寨再到老挝。四千美岛是四个人一起旅行的最后一站，其中三个要继续向北，另一个叫作巨巨的女孩晚一天离开，已经买好去泰国的车票，并打算在那里过年。

搭伴旅行的人喜欢用外号代替本名。比如巨巨，我问她为什么叫这个名字，她骄傲地扬起头说："一——七——六，长得高呗！"还有一个小个子，被大家称作陈公子，他是小团体的军师，负责查攻略。陈公子说这是他的间隔年旅行，辞职后先去了西藏、尼泊尔和印度，在图书馆看了两个月书后，又来到东南亚。

他们问我怎么称呼，我说我叫小鹏。陈公子的眼睛原本不大，总是眯着，一副笑容可掬的模样，这时突然把眼睛睁圆了，从上到下打量我，然后说："你是小鹏?! 我知道有一个旅行者小鹏，还写了一本书。"

我没有学着古代侠客说声“正是在下”，只是笑着点点头。陈公子惊呼道：“你真的是小鹏？——我是说，那个写书的小鹏。这次旅行就是被你那本《背包十年》和孙东纯的《迟到的间隔年》影响的。”因为我比陈公子大几岁，接下来几天他就“师傅师傅”地叫我。

转天我们一起骑车前往东阔岛的达宋帕米瀑布。瀑布落差不大，但水链却不止一条，就像握紧一块吸满水的海绵，水流从好几条缝隙中流下。

站在瀑布前，陈公子说：“师傅师傅，合个影。”巨巨笑着说：“我才不要在景点拍，我要在吃饭时再合影，说明已经上升为朋友关系。”

三天之后，我和巨巨到码头为另外三个人送行，巨巨朝他们拼命挥手。

站在岸边的巨巨跟我说：“这些人可能这辈子都不会再见了，可我们一起生活过好几天，我知道谁爱放屁，谁唱歌好听，谁能把我拍得好看……”

我以一个过来人的口吻安慰道：“旅行总是这样，时间长了就习惯了。”

第二天一早，巨巨也要离开了。我们约在第一天相遇的 Danao 餐厅吃早点，面对面盘腿坐在那个小平台上。吃完早点，看时间还早，我们就有一句没一句地闲聊。太阳已经升起，往来的人也多了，晨跑的老外经过时，总会笑着朝我们点头。

巨巨突然小声嘀咕了一句：“包呢？”听语气不像在问我，随后就看

她前后左右地找起来。我也见怪不怪，喜欢旅行的女孩子都有点丢三落四的小毛病。

很快巨巨的声音就从小声嘀咕变成惊慌失措："小鹏，我的包丢了！"

我心里跟着一紧："是不是没带出来，放客栈了？"

巨巨肯定地说："不可能！包里有护照和钱，走到哪里都得带着。刚才你看见我放哪儿了吗？我记得就放在身边。"

我摇头说："真没注意。回客栈再找一下吧，这儿看来是没有了。万一是你忘带了呢？先别吓唬自己。"

巨巨在前面带路，边走边回头朝餐馆方向看几眼，多希望此时有人高喊："这是谁的包？"

回到客栈，她用钥匙捅了十几秒才把锁头打开。房间看起来就像没人住过一样整洁，行李箱早早就被她收拾好，正安静地立在墙角。

巨巨坐在床沿，低着头，掰着手指，内心的慌乱一览无余。我说你别着急，想想早晨还去哪儿了，她说："就去吃早点了，吃完早点就要出发了。不知道，哪儿也没去。"已经有点前言不搭后语。

答案显而易见，包被偷了，就在吃早点的时候，应该是她把包放在靠近路边的位置，被小偷顺手牵羊了。巨巨说包里有护照、身份证、银行卡、信用卡、五百多美元，还有将近一千元人民币。

我说要不再去找找，要是小偷有点职业道德，可能会只留财，把护照扔路边。我俩抱着侥幸心理从客栈到餐馆来回走了两遍，又去翻餐馆附近的垃圾堆，活像两个乞丐。遍寻无果之后，巨巨的脸绷得紧紧的，仿佛下一秒就要哭起来。钱丢了可以借，护照丢了，不仅哪儿都不能去，连国都回不了。

此时的东德岛仿佛被一分为二，眼前是明晃晃被阳光照耀的世界，还有一个我们从不了解的世界，充满了黑色的能量。我找到一个在街边晃来晃去的青年，这种人看起来无所事事，也有可能无所不知。虽然没从他这儿挖到什么有价值的线索，但他说道：“你们可以找某某旅行社问问，之前也发生过这种事，就是通过这家旅行社把证件要回来的，不过……”他狡猾地笑起来。我懂，不过就是要钱呗。

我们找到那家旅行社，老板挤出满脸笑意，说可以帮忙问问，但也不能保证。然后要走了巨巨的电话号码，并建议她不要马上离岛，等等消息。

从旅行社离开后，我们都觉得不能在一棵这么不靠谱的树上吊死，还得准备 B 计划。我翻出在入境老挝那天手机运营商发来的中国驻老挝大使馆电话。拨通之后，接线的工作人员可能是遇到过太多同类事件，连磕巴都没打，一口气说完了旅行通行证的申领过程。

首先要到当地警察局开报案证明，然后拿上证明、护照复印件（各种攻略都建议旅行者做备份，跟护照分开放），填几张表格，一起交到大使馆。拿到通行证后还得去老挝的移民局、外交领事部补办签证……一席话听得我云山雾罩，但记住了办理所有手续的第一步是到警察局报案。

东德岛的警察局是个常设机构，有两三个穿制服的警察，这么热的天，还都穿着黑皮鞋。巨巨说一句，我翻译一句，警察写一句，最后签字按手印。警察在报案证明的最后盖上公章，对他来说，这案子就算结了，从头到尾没提一句破案的事。

按照大使馆的说法，巨巨至少要在万象住一个星期才能办好全套手续，一个星期的吃喝住宿，还要缴纳各种税，再加上回家的路费，怎么算都得三四千块，而此时的巨巨已经身无分文。

我说没事，我帮你想办法。其实我身上也没多少现金，不过出门前

查攻略得知在东德岛对面的卡桑村就有一台 ATM，那天上岛之前也看到了那台机器，杏黄色的，在阳光下极其醒目。

下午我一个人坐船回到卡桑村，找到取款机后，把银行卡插入卡槽，选择单笔取款最高额度——一百万基普，输入六位密码，一阵哗哗哗点钱的噪声之后，机器吐出五十张两万面值的纸钞。一百万基普相当于约八百块人民币，我再次输入密码，取到第五个一百万时，显示屏提示取款失败，我把额度十万十万地往下降，最后又取了六十万，已经把这台 ATM 里的钱取光了。

我把二百三十张钞票放进背包的夹层，又把背包从背后转到胸前，仍旧不放心，走路时东张西望，看起来比小偷还像小偷。

回到客栈，我把一沓钞票捻开后摊在床上，马上有了一种暴发户的感觉。我和巨巨每人把钱又点了一遍，就像地主和地主婆。

那天晚上我请巨巨吃烤猪大餐。她的心情看起来好了些，有了笑容。可不说话的时候整个人仍旧木木的。我不停地说，你吃这个，你喝那个，她就举着刀叉一动不动，心事重重的样子。

那一夜我睡得很轻，天没亮就醒了。早晨六点四十一分，我收到巨巨发来的短信："小鹏，等你醒了给我发个消息，昨天晚上那个旅行社的人给我打电话，但我听不明白。我有他的电话，你一会儿能帮我问问吗？是不是护照有消息了？"

我马上回复："我醒了，天亮我们就去找他。"

巨巨回道："好的，我已经等着看日出了。昨晚睡得断断续续，第一次发现四千美岛的黑夜那么漫长。”

天亮后我们来到旅行社，可并未等来钱包失而复得的好消息，我问老板昨晚打电话是什么意思，他嬉皮笑脸地说：“在和几个朋友喝酒，想叫她一起去。”巨巨本来皮肤就白，听到这话更是被气得面无血色。

上午我到码头送巨巨离开，下午收到她发来的短信：“小鹏，我已经坐上去巴色的车了，然后转车去万象。有一天在码头旁吃饭，看着船进船出，人来人往，好像没有人曾对四千美岛留下过记忆。但我今天坐在船上，才发现停在岸边送别和坐在船里的人，他们的心情其实是一样难过的。希望能再见，以及旅途愉快，记得看好所有的随身物品。”

我回复：“一路平安！赶紧办好证件回家过年，比什么都重要。”

后来发现，巨巨发给我的短信内容和她写在微博上的文字稍有不同。

离开上海第二十四天，小鹏抱着我的拉杆箱将我送到码头，我坐在离开四千美岛的船上，那一刹那，我突然明白，原来等在岸上送别或者坐在船上离开的人，他们的心情其实都不好受，至少我没能忍住眼泪，只能把帽檐压低。已经没有一个地方是我必须到达的了，人总要回家。

我在离开东德岛时也发了一条微博。

自我反省一下，前一段时间（差不多一年左右时间，还挺长的其实），我走了一段弯路，自我膨胀得厉害，出现了一些连以前的自己都会鄙视的想法和做法，这些想法和做法让我觉得浑身不舒服。虽然我从来都不是一瓶纯净水，但至少以前的杂质肉眼看不到，不像近来那么明显。还是要控制欲望，请大家监督。

2013 年 2 月［日本，长崎］

清晨六点的旗鱼拍卖

凌晨三点，闹钟一响，我本能地把它关掉。眼睛仍然闭着，努力将脑回路一根接一根地搭好，然后再把眼睛睁开，就像充好电的机器人。

四点刚过，长崎港水产市场旁边的码头正一片繁忙。渔民把一箱箱刚刚捕捞的海鱼从船上卸下，再抬到码头旁边的空地。这时候空地上的鱼箱已经越来越多，都敞着盖，箱底铺着碎冰。在五点和六点整，这里将举行两场每日例行的拍卖会。

我也像其他等待拍卖的鱼贩一样，想要看看今天都有什么货色。每个鱼箱里都只有单一品种：金鲷鱼浑身赤红，只有眼睛是金色的；银色的带鱼一圈圈紧密地盘着；装墨鱼的箱子里就像打翻了墨汁，我马上想到西班牙墨鱼饭，每次吃完连舌头都是黑的。这是冰鲜区，活鲜区种类就更丰富，有河豚、螃蟹，还有摆出进攻姿势的龙虾，那边甲壳类会多一些。

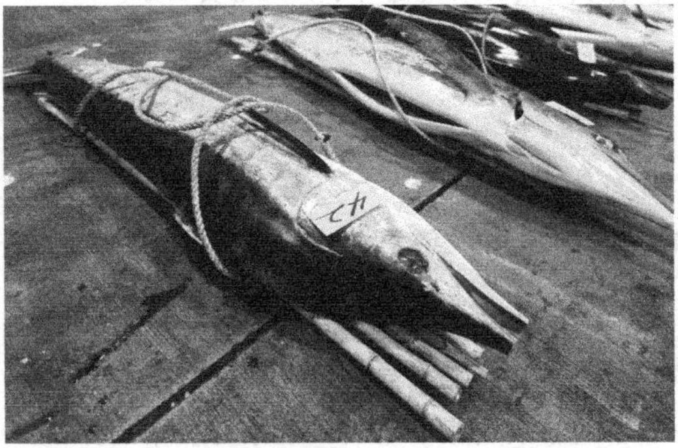

▲ 第 42 号拍卖品

五点整，拍卖准时开始，买家已经在拍卖师旁边围了一圈。从帽子的颜色就能看出各自身份，拍卖师戴白帽子，鱼贩戴黄帽子。拍卖师语速飞快地喊着价格，鱼贩则快速出价，快速成交，没拍到也不恋战，反正还有很多鱼箱排在后面。拍卖师的助手认真做着笔录，记录哪箱鱼被哪个买家以多少钱买下，然后在箱子上贴个标签，这是井家的，那是柳家的，很快就全部名鱼有主。

算起来这已经是我在旅行中观摩的第三场拍卖会了。第一次是在荷兰的鲜花市场，交易郁金香时采用降价拍卖的方式，起拍价即为最高价，随后价格一路下滑。因为即使是同一批郁金香，品质也有差异，这样拍卖就能保证高位拿下的人选走品质最好的一批，随着价格下降，再拍下的人只能选择剩下的里面最好的，有点矮子里面拔将军的意思。如果在同一价位出现多位竞价者，再按照升价拍卖的方式看谁给的价格高。第二次是在阿拉斯加围观毛皮拍卖，冰封的大地上铺着熊皮、鹿皮、狼皮、狐狸皮，拍卖师像念经一样叨咕着价格。这个价格第一次，第二次，第三次，成交！中国的拍卖会要么是佳士得那种名人字画古玩瓷器之类的艺术品拍卖，要么是法院拍卖罚没资产，都离老百姓的生活有点远。

五点的拍卖只是热身项目，六点的旗鱼拍卖才是让我起个大早的原因。这时渔民已经把前一夜捕获的旗鱼一条条摆在被腾空的空地上。旗鱼有大有小，今天最小的四十八公斤，最大的一百三十二公斤，我蹲在那条最大的旗鱼旁边，它显得越发身材挺拔。旗鱼有两个典型特征：它的上颌向前突出，像一把刺刀；当它在大海中遨游时，背鳍就像一面扯开的风帆，又

▲ 只有有实力的买家才能参加六点的旗鱼拍卖

像一面招展的旗帜，旗鱼也因此得名。

躺在岸边的旗鱼都已被开膛破肚并清洗干净，上颌的长矛也被砍掉了，留下一个血肉模糊的横切面。参加旗鱼拍卖的老板就少了很多，因为货值较高，最便宜的也得人民币几万块。每个买家屁股上的口袋里都挂着一个铁钩子，他们觉得哪条不错，就用钩子掀起鱼鳃，把鱼头提起，据说这样可以看出鱼的脂肪含量，就像买驴时看牙口就能知道几岁一样。

六点整。拍卖师摇响手中的铃铛，鱼贩们再次聚集在一起，脑子里可能都在盘算自己要出多少钱才更有竞争力吧。拍卖过程跟刚才一样，这里就不再赘述。等旗鱼拍卖结束，水产市场里的摊位也都陆续开张。一条刚被拍下的旗鱼直接被拉到操作台，剁成一块块三棱形的鱼肉刺身，只不过刚才拍卖时是按照整条结算的批发价，现在已经成了按克或者公斤结算的零售价了。

早晨生意最好的绝对要数水产食堂了，一个“鲜”字足以秒杀其他所有日料店。忙活了半夜的渔夫鱼贩，还有看热闹的游客，都跑过来打尖儿，头上裹着方巾的跑堂小伙把一盘盘鱼肉端上餐桌。我点了一盘烩杂鱼，一份煎鲷鱼，一只琵琶虾，再配上味噌汤和绿芥末，味道鲜美得让我连吃了两碗米饭。

吃完后就感到疲乏难耐，机器人要回酒店继续充电了。

我曾在印度孟买去了当地一家著名的海鲜市场，也是一大早在大海边，卖各种鱼（还有鲨鱼），但跟长崎鱼市一比，就显得又脏又乱，到处都是污水，还有一股腥臭味，即使刚打上来的活鱼，看起来都脏兮兮的，也没人用清水冲冲，毫无卖相。

其实干净的鱼市仅仅是日本社会的一个缩影，清洁的面貌几乎体现在日本人生活的方方面面。参加完旗鱼拍卖的当天下午，正好遇到一场元宵节游行，打头的是崂山道士，后面跟着千里眼、顺风耳，还有穿着金色盔甲的二郎神，压轴的是一艘虎头木船。游行队伍边走边放炮，他们把爆竹全都扔进一个透明箱子里，既听了响，也不会污染环境。走在队伍最后的是十来个身穿绿马甲的年轻人，看起来和那些古装扮相的人格格不入。原来是一群捡垃圾的志愿者，他们还有统一的名字，叫作 Green bird（青鸟）。他们的任务就是把垃圾衔起，把洁净留下，等游行队伍经过，就像一切都没发生过一样。

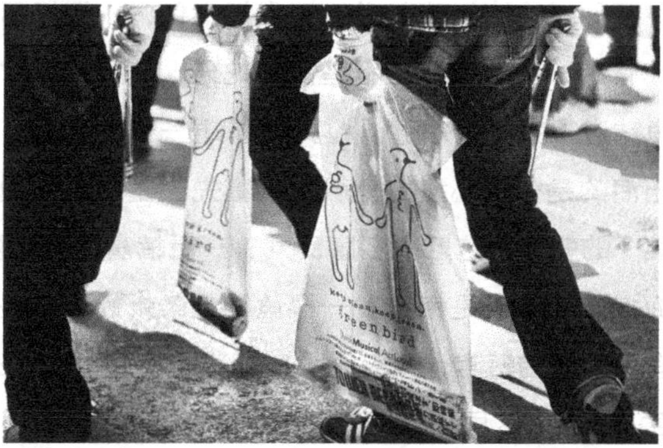

▲ 捡垃圾的青鸟

2013年2月 [日本，长崎]

楠富家

雨一直下。上午坐车时，我的视线总要时不时飘向窗外，看雨势有没有变小，心里也一直在嘀咕，出海行程不会就这么泡汤了吧。好在来到楠富先生家门口时，雨停了，只是天空还沉着脸，就像刚发完脾气，气儿还没消，一时半会儿笑不出来。

楠富家位于平户岛最西端的枝枝伎町，这里只是一个渔村。楠富先生带我们去码头，一路边走边说："你们看堆在码头边的那些渔具，用途都不一样，那种一块块红砖一样的用来抓章鱼，一根根圆管一样的用来抓鳝鱼，你看这一头的结构是不是很像蛇牙，这几根软软的刺都是倒钩着的，鳝鱼钻进去就出不来了。"说着还拿过一根来示范。

载我们出海的是一艘小型捕鱼船，楠富先生是船长，他十九岁的儿子康贵君是唯一的船员。这船取名康贵丸，一看楠富先生就爱子如命。

所谓出海捕鱼，并不是每人发一根鱼竿几条蚯蚓，而是让我们近距离围观日本渔民生活的日常，今天的收获还决定了晚上吃什么。

楠富先生介绍："这里采用固定网捕鱼技术，就是内外两张网，海鱼游进第一层，从理论上来说还是安全的，它们当然无法抗拒鱼饵的诱惑，于是钻进第二层，就成了瓮中之鳖。水下空间宽敞，鱼群不会感到拘束，也不会分泌激素，可以保证鱼肉的鲜美。"

第一网被拉起时，虽然有吊机从空中支援，可爷俩还是得铆足了力气往上拽。直到网底都快浮出水面，最终只看到一些小鱼小虾。楠富先

▼ 父子俩在奋力拉网

生叹了口气，我也难掩心中的失望。康贵君捡出一条河豚递给我，触手十分滑腻，鱼肚子还有点儿暖意。这时一条乌贼生气了，把裙子抖起来。另外两只乌贼也互不相让，触须互相纠缠，就像女人打架时死死抓住对方的头发。

楠富先生继续把渔船开到下一个撒网点。刚开始拉网，水面上就像下了一阵急雨，看来这次宝贝少不了。随后大大小小的海鱼纷纷跃出海面，楠富先生从里面拎出一条比目鱼，高兴地说："今晚就吃它了！"

归航时有两只海鸥追着我们，康贵君从水桶里把小鱼小虾扬到空中，不一会儿渔船斜上方就出现了一支海鸥战队，跟着我们起起落落，就像护花使者。抵达码头后，康贵君把已经分门别类的新鲜海鱼卖给岸上的鱼贩，只留下几条带回家，作为今天的晚餐。

楠富先生不仅是个渔夫，还经营着一家民宿，我们晚上就住在他家，出海捕鱼也是民宿的体验项目之一。他家有两栋独立的日式建筑，主人一家住前面，后院这栋专门用来招待客人，中间隔着庭院和假山。我的房间大概有八块榻榻米大小，壁橱里收纳着被褥，打开就能睡觉。洗手间的浴缸设计独特，不是欧式的大白瓷盆，而是下沉式的浴缸，与地面齐平处开了一个四四方方的口子，上面有个塑料盖，揭开后发现里面很深，人可以蹲进去，只把脑袋露出来。

洗完澡我跑到厨房观摩楠富先生收拾活鱼。不愧是老渔民，刀工细腻，先把鱿鱼切段再切丝，鱼肉软嫩光滑，像一块块凝固的琼脂。等他料理比目鱼时，只一刀就把鱼肉从鱼骨上完整削下，鱼骨也不浪费，作为摆盘的骨架，再把鱼肉重新铺上，看起来仍旧是一条完整的鱼，有头

▼ 楠富先生在切比目鱼刺身

有尾。比目鱼四周还有一些红红绿绿的点缀，红色的是小番茄，绿色的有点像茼蒿，楠富先生让我掰一截闻闻，我听话地把菜叶子放在鼻尖前捏碎，马上闻到一股辛辣气味。

楠富家的客厅不大，正中一张矮桌，四周摆着七八个蒲团，大家都盘腿而坐。

主菜是比目鱼和鲷鱼的刺身双拼，配菜有天妇罗、手握寿司，还有一大盆火锅。火锅里煮着白菜和香菇，楠富先生说："别看日本家家户户吃火锅，可涮比目鱼的还不多。"

三杯清酒下肚，楠富先生原本黝黑的肤色泛出红光，音调也高亢起来，感觉随时都能唱起《拉网小调》。他把全家福上的人一个个指给我看，幸福也溢于言表。原来康贵君还有三个姐姐，现在都已远嫁他乡。

我问楠富先生打算什么时候退休，他说现在年纪大了，体力有点儿跟不上，出海打渔的事都交给儿子，自己闲下来才开了这家民宿。他的成就感主要来自每天都能遇到新面孔，他自豪地说："我家已经接待了几千个游客，一起打渔，一起做饭，一起喝酒，一起聊天，我把捕鱼的经历讲给他们听，从客人身上，我也学到了一些新东西，还能了解外面的世界。"

这时康贵君也加入我们的聊天。他说自己每天都要出海两次，前一天甚至从凌晨四点干到晚上十点。虽然辛苦，但毕竟年轻，也不觉得累。除了子承父业当一个合格的渔民，过几天还要跟同乡去瑞士考察民宿，说着他还拿出行程表给我看，又说这是第一次出远门，还有点紧张。知道我去过瑞士，他问我饮食是否习惯，用不用带芥末膏。

女主人喜美子乐呵呵地望着老公和儿子，眼神温柔无限。我发现这一家人的名字都很吉利，富、喜、美、康、贵，然后把这一重大发现告诉楠富先生，他再翻译给妻子。只见眼前的一家人把苹果肌都笑出来了，鼓鼓的特别好看。

楠富先生的经历让我打心底里羡慕。年轻时为了事业奔腾追逐，随着年岁渐长，慢慢筑起安乐窝。他还把自己的民宿打造成一个看世界的窗口，那些来来往往的人，以及他们的故事，都在充盈并拓展着他的视野。我跟自己说，我也要拥有这样的生活。

▲ 楠富一家人

2013年5月［阿根廷，布宜诺斯艾利斯］

第六感救了我

青旅大门二十四小时上着锁，进门需要先按门铃，然后由前台伙计跑过来开门。这和世界上大多数旅馆酒店开门做生意的经营策略背道而驰。这样看起来十分安全，却让住客少了几分安全感。对此伙计解释说，布宜诺斯艾利斯可不是个安全的城市，关着门都会被抢，更别说开门了。

星期日从博卡区回到市中心后，我提前两站下了公交车，打算沿着五月大道走回青旅，顺便拍一拍街边的老建筑。星期日很多店铺关门歇业，街上行人很少，看起来有点空旷。

刚走了半站地，突然有人从身后叫住我。我一回头，眼前出现一个戴着墨镜的时髦女士，她笑着用英语对我说："鸟屎掉你包上了！要走运了！"我把背包从身后挪到胸前，黑色帆布上果然摊着两块稀湿的淡黄色污迹，还发出刺鼻的酸气，让人直犯恶心。我不知道该怎么处理这"天降好运"，那位女士又体贴地说："我来帮你吧。"说着就从她的挎包里拿出一瓶矿泉水和一包面巾纸，我嘴上心里都连着说了好几遍感谢。就在我把背包递到她手里时，眼角的余光扫到从马路对面径直朝我们走来一个人高马大的家伙，他的步速很快。我觉得哪里不对劲儿，就有点儿紧张。这时那位女士也朝大高个的方向看了一眼，但她的眼神里是有内容的，直觉告诉我："他们俩认识。"同时我察觉把包交到她手里时，她在暗暗使劲，这些想法和动作都发生在电光火石的瞬间。此时大高个离我们所站的位置还有四五步距离，我知道事不宜迟，"噌"的一下又

把背包夺回手里，嘴里飞快地说了句："不用麻烦了，谢谢，再见。"随后转身大踏步离开。好在没人追上来，但我脚下却不敢怠慢，直接跑回了青旅。按响门铃后仍旧惊魂未定，等着伙计过来开门的工夫，竟感觉一秒长过一个世纪。前台伙计看我六神无主的样子，忙问发生了什么事。我坐在沙发上一边喘着粗气，一边把刚才的一幕复述了一遍，并且把我的猜疑也一块儿说了。伙计用一种见怪不怪的口吻说道："还好你跑得快，这是布宜诺斯艾利斯最常见的抢劫方式。你包上的鸟屎就是那个女人泼上去的，其实也不是鸟屎，而是一种化学物质，能散发臭气。"我再一看背包，那两摊污迹已经干了，留下灰白色的痕迹，但味道依然刺鼻。

伙计凑过去闻了一下，说："对，就是这个味道。一旦你让她帮忙擦拭，她会马上把背包递给那个大高个，他拿起背包就往巷子里跑，你肯定追不上，你追他的时候，女的也早就跑了。他们专挑星期日作案，因为街上没有巡警。你一个人，没有同伴，自然就成了他们的猎物。"

听完伙计的分析，我的额头上冒出一层冷汗，同时冒出的还有一阵后怕。刚才要是反应慢一秒，故事就按照他们写好的剧本演了。包丢了倒无所谓，但里面有我的护照，要是护照丢了，现在就可以打道回府了。

这一次，又是第六感救了我。常年旅行让我总结出一条经验：当我遇到麻烦主动向当地人求助时，遇到的百分百都是热心肠；相反，要是陌生人平白无故地接近我，说要给我提供一些帮助时，我就会对他的动机产生疑问。虽然骗子擅长演戏，但还没修炼到可以自如控制眼神的境界，他们毕竟心虚，于是眼神飘忽不定，遇到这样的人，我会马上离开。

终于到了心心念念的南美洲。

大多数旅行者通常会沿着这样一条轨迹前行：先在国内旅行，然后东南亚，渐渐将旅行半径扩展到欧美澳新，再然后是一些比较冷门的中东和非洲国家，最后的最后，目光自然会锁定那个最难抵达的目的地——南美洲。这样的次序能保证我们在旅行中获得的体验感、新鲜感、刺激感逐级递增。如果一上来就把南美走遍，那再去东南亚时一定会少许多兴奋点。这就像玩一个闯关游戏，只有打掉第一关的大鬼，后面的版图才能展开。这个想法是我去阿拉斯加时产生的。在那之前，我做梦都没想到能去那么远的地方看极光。但随着打死的大鬼越来越多，等级越来越高，装备越来越牛，突然发现去阿拉斯加不过是上网花三分钟订张机票而已。

去南美究竟有多难？简单地说有三点：路程远，签证难办，还有点儿危险。

南美远在天边。从国内任何一个城市到南美任何一个国家都没有直飞航线。南美签证也是最难办的。一般情况下，如果护照上有几个东南亚签证，再去签欧美国家就比较容易。但这个规律对南美国家行不通。你需要去开各种证明，包括资金证明、在职证明、身体健康证明，然后公证、认证、

▲城市里的涂鸦墙

双认证（外交部和使领馆），一套手续办下来，已经在各个办证机关之间旅行了一大圈。另外南美的治安也很让旅行者头疼。一个去过巴西的朋友跟我说，他很喜欢里约热内卢，那里留下了他的心，还有钱包、相机和手表。

既然困难重重，为什么还一定要去？一个人加一部电影就成了让我非去不可的理由。这个人是切·格瓦拉，电影的名字叫作《摩托日记》。这部电影我已经看了十几遍，碟面上都有了轻微划痕。医学院的准毕业生格瓦拉和他的朋友阿尔维托开着一辆诺顿 500 摩托从布宜诺斯艾利斯出发了，八个月的旅行纵贯南美大陆。一路上，他看风景，邂逅爱情。在智利那条“不是人走的路”上，他看到背井离乡者的“幸运”就是可以被矿主挑出来干活儿，还不给水喝。他在秘鲁的麻风病医院做了几个月义工，看到生活并不像聂鲁达的诗篇一样美好。格瓦拉开始真正了解拉丁美洲各国人民的贫穷与苦难，他的国际共产主义信仰也在那次旅行中逐渐形成。人活着，不过就是一点儿梦想加一点儿信仰。格瓦拉因为梦想开启了旅行，因为旅行找到了信仰。旅行成了连接梦想和信仰的纽带。去那片遥远的大陆瞻仰一下偶像，即使只有这一条理由，也已足够。

经常有朋友问我如何规避旅途中的危险。

首先要充分了解目的地。有三种方法，一是通过朋友们的口碑；二是查看旅游攻略类书籍，《孤独星球》里有专门章节讲到旅途中的危险和陷阱；三是查看国内一些知名旅行网站，网站上也会有大量帖子曝光世界各地的旅行陷阱。

说几条我能一下子想起来的经验吧。在南非天黑之后千万不能出门；在意大利南部、西班牙的一些大城市，还有巴黎，抢劫时有发生，而且警察见怪不怪地懒得管；在印度坐长途夜车要提防小偷。

另外就是要做好个人防范，比如把贵重物品贴身存放（护照、相机、钱、信用卡等）；在火车上过夜时把包枕在头下；别穿得太招摇，否则你就成了坏人眼中一台行走的提款机；切忌贪婪，那些专盯臭鸡蛋的苍蝇也就不会找上门来。

▲ 我住的青年旅舍公共休息室

2013年6月［阿根廷，圣马丁］

那些支撑前进的小事

自从圣马丁被旅行者意外发现后，镇子里的交通、自来水、居民用电等民生问题就毫无意外地迎刃而解了。现在小镇的主路两边开满了餐厅、旅行社和纪念品商店。虽然室外天寒地冻，屋子里却暖意融融，可以烤火，吃羊排。

在圣马丁的第二天，我参加了一个旅行团，前往拉宁国家公园。旅行团里只有我讲英语，其他都是阿根廷本地游客，导游不得不辛苦地把导游词用英语和西班牙语说两遍。他问我知不知道山羊在当地土话中怎么说，我老实地回答不知道。他得意地说："午餐！"原来还是个脑筋急转弯。

拉宁国家公园里长满高大的山毛榉和茂盛的南杉树，被冰雪覆盖的拉宁火山是这里的镇园之宝。"冰"与"火"本来是一对反义词，这只能说明火山已经太久没有喷发了，从里到外一点火气都没有。其实一进公园大门，拉宁火山就矗立在眼前了。可我刚要举起相机，就被导游一把拉住，他神秘地说："等等，再

▲ 圣马丁主街上一水的木头房子

等等。”这时汽车开上一条陡坡，到了最高点后，我马上明白了导游的用意，雪山脚下出现了一潭深湖，洁白的山峦映在深蓝色的湖水中，景色比之前美了不知几倍。导游很会搞气氛，这时恩雅的《唯有时光》（*Only Time*）轻轻在耳畔响起。

转天一早我租了一辆山地车，骑向半山腰处的观景台。一路都是上坡，我跟变速器一直较着劲儿。天又冷，风又大，逆风时不得不下车推着走，还得拼命使劲儿，否则就会不进则退。骑行时让我继续向前的动力并不是那座高高在上的观景台，而是身旁的一朵花或者一棵树。我跟自己说，再加把劲儿，骑到那朵花的位置再休息；等骑到了，又跟自己说，骑到那棵树再说吧。就这样一步一步，在花和树的鼓励下，终于骑到了山顶。一停下，身上的热汗就被冷风吹干了，我连着打了两个喷嚏，鼻子里流下两行清涕，心想不好，这是感冒的前兆。

从观景台能俯瞰圣马丁镇全貌，它一面挨着湖水，三面被暗青色的大山包围，再往远方眺望，湛蓝的拉卡尔湖又缠绕在更远的群山之间。

望着眼前这座就像从森林里长出来的小镇，我想起刚才骑行的那段

▲ 缠绕在群山之间的拉卡尔湖

上坡路。这其实很像我们追逐梦想的过程，虽然目标明确，但在实际过程中支撑我们前进的可能并不是那些宏大的愿景，而是身边的一些小事。就像那些花、那些树，看起来毫不起眼，但在某个瞬间，我们的意志全靠它们维系，让自己不至于半途而废。

曾有很多读者问过我一个相同的问题：“我很喜欢旅行，也想像你一样做一个职业旅行者，可我已经在路上走了三四年，还是一无所获，我是否应该坚持？”我的回答是：“在我旅行的前几年，也跟你一样，一直在摸索，一直找不到方向。但在这段时间，总会出现一些小机遇、小转折、小台阶，让我发现这条路走着走着又出现了新的方向。这些事在当时都无法单独产生足以改变命运的影响，但把这些小台阶连在一起，就往上跨了一大步。所以你要问的是自己，是否也出现过这样的机遇与转折，如果没有，就要考虑这条路是否适合自己。”

回到圣马丁后我就躺倒在床上，醒来后发现自己并没有感冒，整理好背包又可以出发，前往下一个目的地了。所谓健康，就是当你爬了一天山或者骑了一天车后，晚上回来像死猪一样瘫在床上，睡着后就算山崩地裂也不为所动，次日一早却可以精力充沛地重新上路。

格瓦拉在《摩托日记》中提到自己在旅途中也曾路过圣马丁，他对这里评价极高：“我们经常渴望驻足于那些令我们心潮澎湃的人间仙境，但唯有亚马逊森林和这里才能唤起我们内心深处驻足长留的渴望。也许有一天，等我已经厌倦了环游世界，我会回到阿根廷，在安第斯湖区安顿下来，就算不是久住，也至少会住些时日，在那儿或许我的世界观会有所改变。”他还有具体打算，就是在森林里建一座医学实验室，透过落地窗可以将整个湖区尽收眼底。可惜直到他离世，这个愿望也没能实现。

▲ 连格瓦拉都想在这湖畔小镇安家

2013 年 6 月［智利，阿塔卡马］

该回家了

我坐在房间门口的台阶上。身前是个小院，院子几乎被一张乒乓球台和一张台球桌瓜分，剩余空间所剩无几。挤也有挤的好处，这让院子显得人丁特别兴旺。两个法国姑娘在打乒乓，你来我往竟然很少下台捡球。两个意大利小伙在切磋台球球技，其中一人的女朋友在旁边观战，眼神落在男友身上的时间远远多过关注比赛。还有三四个下午刚到的智利年轻人围着篝火烤肉喝酒。来自多米尼加的 Steven 坐在我旁边，我俩一人一个酒瓶，聊几句就碰一下。法语、意大利语、西班牙语、英语在院子里形成四个独立气场，默默交融又互不打扰。

我住的这家青旅面积不大，只有三个房间，每间房中有三张上下铺，浴室、卫生间、厨房都是公用的。

▲ 沙漠中的阿塔卡马小镇

青旅在阿塔卡马镇上，而小镇又建在阿塔卡马沙漠中的绿洲之上。这里的建筑风格跟智利其他地方都不一样。所谓街道就是两排平房夹着一条土路，墙面都被涂成浅色，这种设计应与地处沙漠有关，白墙反射日光，房间里才不会像外面一样酷热难耐。很久之前，这里只是商贾穿越沙漠的驿站，随着周边景点被相继开发，阿塔卡马已摇身变成一座标准旅游城镇。这里的房子除了餐厅就是客栈，除了酒吧就是旅行社，或者说这里更像一个旅行超市，你能采购到舒适的床、可口的美食和可以货比三家的旅行线路。白天时门可罗雀，大家要么还在睡觉，要么已经前往周边景区，到了晚上，篝火晚会和数不清的狂欢派对都在无限拖延着人们的上床时间。

现在是 6 月 10 日凌晨三点。昨晚喝酒喝到断篇儿，都忘了自己是怎么上床的，但我知道自己是怎么醒的——下面憋着，上面渴着。醒来后先跑到外面的公共卫生间解决下面的问题，之后又咕咚咕咚灌了半瓶矿泉水解决了上面的问题。同时恶趣味地想，要是上下连根皮管就能把两个问题同时解决了。再次上床后却怎么也睡不着了。下铺传来多米尼加哥们儿 Steven 连绵而深沉的呼噜声，看来他睡得挺扎实，完全没被我的上蹿下跳惊扰了好梦。

想到这个睡在我下铺的兄弟，脑子里回响的竟全是他昨晚跟我说的最后一句话。

Steven 比我晚到一天，每天足不出户，就在青旅里待着。昨天我托他帮我买了一张汽车票，因为我一天都在外面，而他闲着也是闲着。为了表示感谢，晚上我买了一打啤酒。

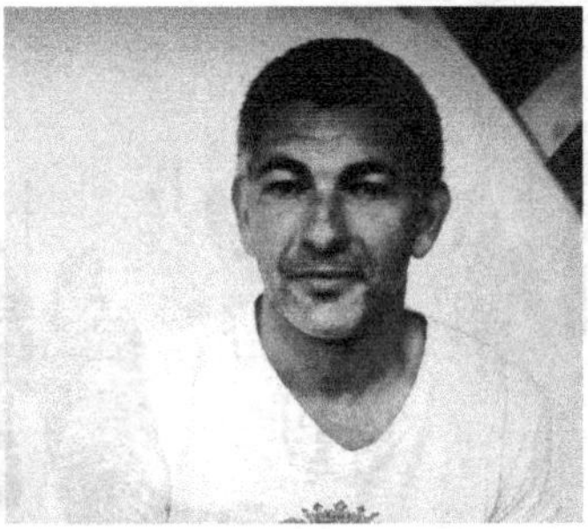

▲ 睡在我下铺的 Steven

别看 Steven 平常少言寡语，可两三瓶酒灌进肚里，“话”这种东西就像是用啤酒浇灌的花，从嘴里开了出来。

他今年三十八岁，祖父母来自非洲，虽然经过两代混血，他的肤色已经变成棕咖啡色，但他仍旧觉得自己是个黑人，这是骨子里的东西，跟肤色无关。

Steven 十九岁时到巴黎上大学，学

的是天体物理。说到自己的专业时我看见他眼睛亮了一下，他从口袋里掏出火机“啪”地点燃，火苗把我俩的脸都映成暗红色。他说，因为重力关系，火苗是垂直的，可在真空环境，如果你横着往火石上喷氧气，火苗就会顺着气流方向跟地面平行。

Steven本科毕业后留在巴黎，但是没找到跟专业对口的工作，转行成了一名网页设计师。说起自己的巴黎岁月，他叹了一口气：“去巴黎旅游是不错，到处都是景点，可在那儿生活就又是另一回事了。”他给我算了一笔账，“我每月税后工资大概有两千三百欧元，租房子用掉八百，交通费一百一，吃饭二百，电话费、有线电视费、煤水电费加在一起差不多要五百，还要留出一点以备不时之需，这样每个月只能攒下四百欧元。在巴黎生活压力很大，每年冬天都有许多人交不起暖气费。”他的话让我想起在阿拉斯加时和客栈老板儿子的一次聊天。当时我说特别羡慕他的生活，因为每天可以看到极光。可十五岁的布莱恩特却说：“阿拉斯加没劲透了，冬天太冷了，天也黑得早，我要去洛杉矶上大学。”看来世界在不同人眼中呈现的面貌截然不同。

Steven为了这次旅行攒了五年钱，当他看到银行账户上的数字超过两万时，就辞掉工作，退掉公寓，把行李打包托运回家，随后开始了这段长达三年的旅行。

第一年他去了亚洲。从越南的芽庄到印尼的巴厘岛，从泰国的清迈到马来西亚的槟城，每个地方都待满三个月。后来他又去了香港和曼谷，可他觉得这两个地方都太国际化，到处都是价签，跟巴黎很像，他更愿意找个可以慢生活的地方，不带大脑地走走停停。

第二年他去了非洲，一整年都在津巴布韦一家国家公园里做义工，每天除了给小象喂奶就是帮它们清理粪便，平常看看书，日子过得飞快，心境也越来越平和，他说这也是一种修炼吧。他最想去的地方是乌干达的布温迪国家公园，那里生活着世界上一半的黑猩猩。“可那个公园每天只发四十张通行证，一张就要五百美元，再加上路费，我算了一下当时剩下的存款，只能放弃。”

现在是他旅行的第三年，在南美洲由南向北地玩，终点即是加勒比海旁的家。“已经三年没回家了，爸妈和奶奶都希望我今年圣诞能回家。”说这话时，我注意到他的语速慢下来，并最终陷入一种让人不忍打扰的沉默。

“该回家了！”这是昨天晚上他说的最后一句话。

是不是我也该回家了？这是这次长途旅行以来我第一次产生这样的想法。

虽然打算环游世界的人不计其数，但每个人选择的方式却略有不同。Steven 属于攒够钱玩一把大的，一走就是三年；我属于细水长流型，把旅途放在漫长的时间中，走走停停；有的人参加环球马拉松、各大艺术展；有的人一边打工一边旅行……不过万变不离其宗，大家选择出发的原因都差不多，就是希望可以在看见世界的同时，也能够找到自己。

▲ 阿塔卡马小镇里的一间咖啡馆

2013 年 6 月［秘鲁，库斯科］

放不下的双面骷髅

每到周日，库斯科郊外的皮萨克（Pisac）小镇就变成一个热闹的集市。原本只有安第斯山区的农民过来赶集，可随着凑热闹的外国游客越来越多，那些嗅觉敏锐的商人就把镇子里的民房改成商铺。皮萨克小镇中心有一个铺着鹅卵石的小广场，我早晨八点多来到这里时，摊位早已密布，全都一米见方，卖土豆、卖玉米、卖鲜花、卖棉线、卖染料，买卖双方都是前来赶集的农民，有的直接以货易货，我用两公斤土豆换你一捧鲜花。我猜那些印第安农妇一定在出门前把自己精心打扮了一番，于是市场上才能看到比她们售卖的鲜花还要丰富得多的色彩。

从中心广场向四周延伸出许多小巷，巷子两边都是固定摊位。

对印第安原生态音乐感兴趣的能在这儿淘到几百种 CD，选中哪款都可以马上拆包试听，排箫、竖笛、丛林鼓组合出的旋律无一不是欢快的，听着听着就会跟着节奏摇摆起来。

▲ 印第安妇人都梳着两条粗大的辫子

画廊里的每一寸墙都被充分利用，挂满大大小小的水粉、油画和铅笔彩绘，主题只有两个，印加人的祥和生活和印加王斩妖除魔的丰功伟绩。如果有人上前询价，那个满手油彩的画师通常不会先说价格，而是指着画幅角落处的签名，再指指自己，淡泊地说：“我的签

名。”让人一下子感觉是在跟一个艺术家对话，你还好意思讨价还价吗？

市场里还有几个流动兜售国际象棋的小贩，会嬉皮笑脸地凑到你跟前，让你看清摊在他手中棋盘上的棋子模样，一方是印加武士，一方是西班牙士兵。他们才不关心几百年前那场家国攸关的战争谁输谁赢，能用这个噱头多赚点钱才是正经事。

我的“战利品”包括两盘 CD 和一幅 A4 纸大小的木版画，可总觉得分量不够，于是在迷宫一样的市场里继续寻宝。

在一条小巷的尽头，我发现了一家古董店，这里的货品一眼望去也是乏善可陈，无非是二战时的徽章，从欧洲舶来的银碗银碟，一些纹路斑驳的木质家具。

突然间一个摆在角落里的绿家伙一下子吸引了我的注意。那是一个双面骷髅，正面的头骨轮廓更像现代人，长脸、圆眼睛、深眼窝、下颌外探；而反面的头骨轮廓却截然相反，方脸、细眼睛、浅眼窝、下颌内敛，更像进化完成前的原始人，有点周口店猿人的影子。正反两面的头顶上都盘踞着一条青蛇，在印加文化中，蛇是智慧的化身。

古董店老板一眼看出我的兴趣所在，赶忙上前搭讪：“这个，很好，做工好，石头的，很沉，你可以拿起来，四公斤呢！”他的英语水平只能帮他到这儿了。我把双面骷髅捧在手心，果然很沉，看材质有点像绿松石，也有点像青金石，石头的颜色从下颌的深绿过渡到额顶的浅绿。

情感跟我说，我要把它捎回家，可理智却说，后面还有很长的路要

走，本来行李就超重得厉害，再多背四公斤去跋山涉水实在是给自己添累赘。犹豫了一下，情感败下阵来。我把双面骷髅轻轻放下，慢慢走出古董店。

可奇怪的是，接下来无论再看到什么，就全都变成视而不见，连照在身上的高原阳光也仿佛失去了原有的可怕热度。难道刚才跟骷髅对视时被它施了诅咒？ 我搜索记忆，同样的东西是否还在其他地方见过，答案是否定的。又自问如果就这么走掉是否会后悔，答案却是毋庸置疑的肯定。我相信有的东西一旦错过，这辈子都可能不会再遇到，人或物，皆如此。这回情感终于战胜理智，于是再次返回。

这可真是一个有分量的宝贝啊，今后一个月我都要背着这个四公斤的绿家伙一起旅行了，可管他呢！谁让我心甘情愿！

行走多年，我总结出一个在讨价还价时屡试不爽的金句：“你看，我就是一个游客，来自遥远的东方，如果你现在不卖，那我就走了，而且是永远地走了，你再也见不到我。”每次当我说完这句话，老板总会陷入沉思，然后微笑着说：“好吧，那我再考虑一下。”

2013 年 6 月［秘鲁，的的喀喀湖］

水上浮村

我躺在游船甲板上。湖面上的风很大，这种平躺姿势能让身体过风面积变小，而被阳光直射范围更大。游船分上下两层，下层船舱被一圈玻璃密封着，年纪大的人喜欢坐在无风的船舱里安全地晒太阳。上层的甲板上已经躺了许多人，我们先把身体一面晒暖，再翻身晒另一面，就像烙饼一样。

的的喀喀湖海拔超过三千八百米，比拉萨还高。我长得黑，怎么晒都差别不大，那些欧美人就不同了，不一会儿，他们暴露在外的皮肤就泛起一层红霜，如果这时摘掉墨镜，就会出现一对颜色反转的熊猫眼。

游船越开越远，岸边那个叫作普诺的山城也越缩越小，成了连绵群山脚下的一堆白房子；再往后，连那点白都若隐若现。可我昨天刚到普诺时却一点儿没觉得它小，相反还觉得挺大挺繁华。我住的客栈位于城市边缘，各种声音汇成的噪声在耳边尖利鸣响，飞驰而来的汽车让人不敢轻易过马路，

▲ 水上村庄

就像到了机车轰鸣的清迈。毕竟是人口超过一百万的城市，我在市中心看了一场游行表演，还找到一家港式茶餐厅，吃了顿双拼饭，虽然吊在铁架上的烧鹅和盐焗鸡看起来非常像黑暗料理，但味道还算正宗。此时回头望岸，那些噪声、繁忙和美味都缩成一个小白点，一下子从三维世界退回到一维空间，模糊得就像一个失去了线索的梦。

甲板上一对晒太阳的情侣正有一搭没一搭地聊天，我侧耳倾听。我当然不是在偷听他们的谈话内容，让我感兴趣的是他们的语言。常年在外行走让我练就了一项专业技能，只要是我听过的语言，当别人再次说起时，我就能准确地说出这是法语、俄语还是意大利语，这应该就是语感。可身旁这对欧洲面孔的年轻人却让我的语感暂时失灵。

"你们来自哪个国家？"好奇心让我主动搭讪。"巴斯克。"把胳膊搭在女友肩上的男孩答道。"……"我从没听说过这个国家的名字，竟一时愣住。"巴斯克就在比利牛斯山旁边。"男孩进一步解释。"安道尔？"我试探性地询问，我知道比利牛斯山间有一个叫作安道尔的小公国，不知巴斯克是不是安道尔的别名。"不是安道尔，是巴斯克，现在还属于西班牙，但我们正在争取独立。我们说的巴斯克语跟西班牙语完全不同，甚至不属于印欧语系，我们是欧洲最古老的游牧民族，我们的祖先还是捕鲸能手。"男孩像是在发表一篇独立演说，他反问道，"你看我们长得是不是跟西班牙人不一样？"

我虽然对语言敏感，对长相却没多少研究，除了知道北欧人普遍比南欧人高大，就比较不出更多细微差别了。这就像在欧美人眼中，中国人乃至亚洲人都长得一模一样。这时我才仔细端详起他俩的面孔，女孩脸上铺满褐色雀斑，头发编成脏辫，用一根筷子挽在脑后，这是典型的嬉皮风造型。男孩满脸络腮胡，深蓝色的眼睛比湖水还忧郁，我说他长得像格瓦拉，他大笑起来，指了指头顶与格瓦拉同款的贝雷帽说："是因为这个吧。"

的的喀喀湖是南美海拔最高的适航湖泊，也是格瓦拉进入秘鲁后游

玩的第一个地方。他在《摩托日记》中写道：“我们本想在湖里游泳，但当我们用小指尖试了试水温后便改变了主意。”（阿尔维托上演了一场大戏：先是脱了衣服和靴子，结果又乖乖地穿了回去。）

海拔高，湖水冷，高冷的环境成了托托拉芦苇的生长温床。这种芦苇结实耐用、浮力大，于是被当地的乌鲁族人用来制造体型巨大的芦苇筏，每个筏子表面都有六七十平方米大小，就像一座座浮岛。乌鲁族的族人也在筏子上生老病死。

进入水上部落要先经过一条在芦苇丛中开出的水路，随后视野也像泛起的水花一样逐渐漾开，眼前漂浮着几十个枯草色的芦苇岛屿，一些浮岛旁已经停了游船，岛上欢声一片。我们在湖中找了半天，才发现一座还未被其他游船占领的岛屿，就像在车库里找到了一个空车位。

这座浮岛面积不大，目测也就五六十平方米。上面住着三户人家，都是兄弟关系。岛上所有寝室、厨房、储物仓全都用托托拉芦苇编织绑扎而成，还有一座瞭望塔，也是祖先留下的传统，用来观察远方敌情。乌鲁族本来生活在安第斯山间，几百年前为了躲避印加军队的侵略，不得不逃到湖上生活。以前这些浮岛都是不系之舟，随风飘荡，现在却用铁锚固定在湖床之上，已经很少远行。分家的时候，族人就用锯子把芦苇筏一分为二。

浮岛凸出水面的部分只是冰山一角，水下还有三四米厚，因而浮力巨大。当我踩在上面行走的时候，感觉脚底发软，就像失去了一部分重力。导游从满地的芦苇秆中捡起一根，剥开外面坚硬的外壳，只剩下里面青葱似的嫩芯儿，然后递给游客品尝。我咬下一小截，嚼在嘴里，竟像水果一样爽口。导游说这是当地人的主要食材，再加上湖中的淡水和鱼鸭，即使他们不上岸，也照样可以世世代代在湖中繁衍生息。

有件事让我感到困惑，岛上到处都是干燥易燃的芦苇，如何在生火做饭时防范火灾？导游解释说乌鲁人会在炉子下面垫一块石板，来隔绝火苗和草地的接触。“可火星呢？被风一吹不就燎原了吗？”我的追问让导游十分无奈，笑着摇起了头。我只能宽慰自己，人家已经平平安安活了几百年，这只是我的杞人忧天吧；或者乌鲁人早就研发出一套防火措施，毕竟四面八方都是水源；又或者即使烧光也不怕，反正湖里最不缺的就是芦苇秆。

我们离开时岛上三户人家的主妇盛装站在芦苇筏上唱歌送行，民歌旋律简单，但很动听。她们心宽体胖，服饰色彩鲜艳，三条裙子分别是橘色、红色和粉色，三人扭起腰来就像三个晃动的大花瓶，可每个人都明媚地笑着，她们才是这片山水世界最美的风景吧。

我们的游船绕着水上部落转了一圈。为了吸引眼球，家家户户都用芦苇秆编出一些与众不同的装饰物。这家把自家船头变成了美洲狮的脑袋，那家把瞭望塔改造成一条张着嘴的大鱼，还有一家在拱门上摆了一只小鸟，栩栩如生展翅欲飞。当我把镜头对准小鸟时，它一扇翅膀，竟然真的飞走了。

我曾在《背包十年》中写过，在柬埔寨也有一个漂在水上的村子，住的都是来自越南的移民。那些在浮村中生活的人们，是不是都拥有一种与生俱来的漂泊感，仿佛随时能漂向远方？

▲ 用来观察远方敌情的瞭望塔

2013 年 6 月［秘鲁，科尔卡峡谷］

真正的命中注定

阿雷基帕是秘鲁的第二大城市，我从这里转车，前往科尔卡峡谷寻找世界上最大的飞鸟——安第斯神鹰（按说鸵鸟才是世界上最大的鸟，可它根本不会飞）。成年安第斯神鹰体重将近十五公斤，翅膀展开横跨三米，能飞到海拔八千米之上，这些数据让它无愧为鸟中之王的称号。

想要亲眼看到神鹰翱翔天际的念头由来已久。最早见到它是在阿根廷的巴里洛切，只不过当时跟我面对面的是个标本；后来从阿根廷过境智利，那段路在天气晴好时神鹰出现的概率很高，可惜那天下了一路的雨；再后来在秘鲁边境时看到许多旅行社都挂出神鹰之旅的灯箱广告，并列的景点除了马丘比丘就是的的喀喀，这让我潜意识里觉得有神鹰出没的科尔卡峡谷应该也是秘鲁的必去地之一。

▲ 神鹰的脖子上就像戴了一条白色的围脖

除此之外，我还有个私人理由。我的名字里有个鹏字，庄子在《逍遥游》中写道："北冥有鱼，其名为鲲。鲲之大，不知其几千里也。化而为鸟，其名为鹏。鹏之背，不知其几千里也。"既然鹏是中国神话中最大的鸟，那当然要与现实世界中最大的鸟相逢，这简直就是命中注定。

究竟能不能看到神鹰，我并没有十足把握。旅行社那个能说会道的伙计说了一百句肯定，可我知道这些肯定的弦外之音不过是“您就赶快掏钱吧”。在我的再三追问下，他才说了实话：“能不能看见，还是需要点运气的。”连《孤独星球》中也说：“清晨和傍晚是最佳观测时机，不过也需要运气。”毕竟神鹰不是马丘比丘，你去与不去，它都在那里，鹰是活物，谁也无法掌控它的来去。那个伙计最后说：“但科尔卡峡谷肯定是世界上最容易看到神鹰的地方，这我可以跟你保证。”好，我信你这句。同时暗下决心，给自己一天时间，要是早晨没看见，我就等到晚上。

那天天光未亮，我们就已启程前往科尔卡峡谷。

对于能不能看到神鹰这件事，每个人都把握不大。司机照例打着太极：“八成能看到，但我不能保证。不过今天天气不错，应该概率很高。有时幸运的话能看到七八只从山谷里飞过，可有时又一只都没有。”他翻来覆去地说着车轱辘话，我心中的火苗一会儿烧得很旺，一会儿又缩成一小点。所谓患得患失说的就是这种心态吧。

迈克威胁司机说：“最好能看到，否则我就把你宰了。”因为神鹰是食腐性动物，只要有尸体，没理由不来。大家知道他在开玩笑，也都跟着起哄。汽车沿着科尔卡峡谷一侧的山间公路行驶。科尔卡峡谷是世界最深的峡谷之一，比著名的美国科罗拉多大峡谷还深两倍。从半山腰往峡谷底部望去，科尔卡河成了窄细的一条线，随时要断流似的。

山壁上有许多石洞，一个个排列整齐，不像天然形成。司机说死去的印第安人按照传统会被葬在那里。可山壁几乎与路面垂直，非攀岩高手必不能及，不知死者家属是如何把棺材抬上去的，又或者跟三峡悬棺的原理一样，“于临江高山半肋，凿龛以葬之，自山上悬索下柩”。

▲ 一个游客坐在峡谷一侧的峭壁之上

神鹰十字（Cruz del Condor）是科尔卡峡谷中最容易看到神鹰飞翔的地方，因为一侧即是悬崖，神鹰都会从这里飞过。而早上八九点钟是最容易看到神鹰的时段，此时峡谷间产生热气流，神鹰借助热风可以毫不费力地滑翔到峡谷深处寻找动物的尸体。

抵达科尔卡峡谷已是早晨八点半，从停车的地方走到悬崖旁的观景台还有将近二百米。我看到观景台上已经站满观望的人，有的瞅东，有的瞧西，看起来都很茫然，显然神鹰还没出现。就在我走到一半时，突然听到一阵欢呼声从观景台传来，所有人都把脑袋扭到同一个方向，随后又一起缓慢转动脖子，应该是在盯着神鹰飞翔，就像一排牵线木偶。

当我终于抵达观景台，其他人又恢复成刚才左顾右盼的神态，峡谷中空空如也，只剩下鼓荡的风。我不甘心，也不想放弃，我眼神不好，就用长焦镜头对着峡谷中的空气一个像素一个像素地仔细搜索。就在镜头里仍旧空无一物时，欢呼声又像雷一样在身边炸开。我一抬头，就看

▲ 一只安第斯神鹰从大家头顶飞过

到一只安第斯神鹰从头顶正上方飞过，黑云一样，我甚至能感受到那双翅膀掠起来的风。

随后又有七八只神鹰从峡谷中飞过，纯黑色的羽翼被阳光一照，闪耀着金属般的光泽。有的鹰飞过去又飞回来，在山谷间盘旋，像参加演出似的，得意极了。

终于不虚此行。又想到《逍遥游》中的名句，“北冥有鱼，其名为鲲。化而为鸟，其名为鹏”。看来鲲鹏本为一体。

我爬上观景台边缘的护墙，张开双臂，上下挥动，让风从脸旁和手臂下刮过。

上网搜索“Titicaca”这个单词，排第一的搜索结果并不是关于这座高原湖泊（的的喀喀）的维基百科，而是一家英国同名旅行社。那家旅行社的创始人我认识，是我大学同班同学，叫赵鲲。我和赵鲲是最要好的朋友，我们有太多相似的地方，直到今天仍旧彼此关照。他远在英国，过年很少回家，每年春节我都会去看望他的父母，而他每次回国也都会来我家拜访。记得当年我们系的系刊叫作《鲲鹏》，当时就有同学开玩笑说："这名字是你俩定的吧！"（其实在我们上大学前就已经用了。）当年我们班一共六十人，毕业后投奔各行各业，到今天只有我俩在做跟旅行相关的事。我一直像大鹏一样到处飞翔，整个世界都是我的天空；他用南美最大的湖泊为自己的旅行社命名，仿佛只有在这样宽阔的水域，鲲才能自在遨游，现在他的旅行社已经成为英国最大的华人旅行社之一。我不是一个迷信的人，更不相信什么姓名决定命运的鬼话，可我和赵鲲的人生却真实得像针扎一下会痛，手掐一下会疼，完全不是在做梦。我们都不是从一开始就设定了这样的人生模式，当年我们谈的还是如何在国贸或者金融领域赚取第一桶金。我们能走到今天，成为今天的这个自己，实在有太多的没想到在冥冥中发生，这才是真正的命中注定吧。

2013年6月［秘鲁，亚马逊］

两条大河的交汇

这是从普卡尔帕前往伊基托斯的货船。

我躺在吊床上看书。吊床是一块灰白两色条纹帆布，两头各用六股粗绳吊在不锈钢管上。帆布面又宽又结实，我躺在里面，能把自己包成粽子或者裹成木乃伊，还是穿着条纹囚服的木乃伊，只有脸暴露在外面。晚上睡觉时，冷风对脑袋飕飕地进行着空袭，被完全包裹的四肢却会舒服地笑起来。这是一艘货轮的二层船舱。船舱里无门无窗，大风自由来去，想钻到哪里就钻到哪里，比如我要喝口汤，可刚一张嘴打算往里嘬，一股凉气就灌进来，让我猝不及防。

我的吊床只是前后左右上百个吊床中的一个。那些吊床有用印花布缝制的，有渔网状的，有只用四股绳悬挂的，琳琅满目就像个吊床博物馆。躺在吊床里的人也身份各异，有的像是生意人，穿衬衣扎皮带蹬皮鞋；有举家出行的印第安家庭，主妇们的辫子又黑又粗，孩子们的脸上黑一块白一块，

▲ 我们的货船航行在亚马逊之上

父母也懒得给洗洗；还有两个像我一样的背包客，Joao 的吊床挂在我左边，他来自南非，在大学教乐理。德国女孩 Betta 的吊床在 Joao 的另一边。

其实就拿我们三个来说，旅行目的也各不相同。

Joao 是国家地理频道的忠实粉丝，从小就对亚马逊流域充满好奇。他跟我说，现在我们脚下流淌的河流还不是真正的亚马逊河，这是乌卡亚利河（Ucayali），在我们航行的最后一天，它会跟马拉尼翁河（Maranon）汇合在一起，成为世界上流量第一、流域最广、支流最多的亚马逊河。“我想看两条大河交汇时的场面，我想看亚马逊的起点。”Joao 说。Betta 属于穷游一族，就是要花最少的钱走最远的路。显然搭乘货轮的成本比坐飞机要低太多。而我的旅行当然还是与格瓦拉有关，格瓦拉当年就是经过这一航段前往伊基托斯的麻风村做义工。

直到今天，伊基托斯依然号称世界上最大的没通公路的城市，要去伊基托斯，只能从天上飞过去或者从水里游过去，而在格瓦拉所处的年代，乘船就成了唯一选择。在那艘名叫拉塞内帕号的客轮上，格瓦拉的同伴阿尔维托把玩二十一点赢的钱全都送给了一个妓女，而格瓦拉则跟哮喘和蚊子打了一场持久战。

每天早中晚三次，一阵尖锐铃声从发动机的轰鸣中脱颖而出。随后船上的人像是集体中邪，纷纷从各自的吊床翻身而下，自觉排成一条歪七扭八但还算秩序井然的长龙，龙头位置就是厨房了。厨师往每个人的塑料饭盆里放一勺米饭、一勺煮豆子、一根烤香蕉，中午会加一小块鸡肉，晚上会加一小块排骨，清汤自取。这就是旅游参考书上所说的“船上提供基本的食品”了。说句公道话，这饭如果只吃一天，也还能将就，可连吃五天，恐怕连味蕾迟钝的英国人都受不了。还好我在登船前买了足够的午餐肉！

除了充裕的物质食粮，我还准备了丰富的精神食粮，以应对不确定

到底是三天还是七天的漫长旅程。上船前我在手机里下载了上中下三部《平凡的世界》，本来是大学时代的必读书目，可当年总是翻几页就再也没有下文，这次终于有时间把少平和少安的奋斗史读完。有时读得累了，我的注意力就会暂时从少平少安的世界里溜出来，落在周围那些色彩斑斓的印第安人身上。

靠近舱门的位置有一块空地，完全被一个印第安大家庭占领，他们没挂吊床，拼在一起的海绵垫子上睡了七八个人，爷爷奶奶、儿子儿媳，还有三四个孩子，儿媳经常袒着胸脯给孩子喂奶，她的神态坦然，倒让我觉得面红耳赤不好意思。

第二天靠岸后又上来半船人，这让吊床博物馆的人口密度和温度都骤然升高。我和 Joao 的吊床中间挤进来一个“第三者”，里面躺着祖孙俩。孙子的脑袋枕着奶奶的脚丫子，那黑粗的脚趾头上还涂着猩红的指甲油。祖孙俩都特别爱笑，让这本来突兀的画面显得特别温暖。船舱里到处都是疯跑的孩子，从船头追到船尾，又从船尾打到船头。

每天的日落大戏在六点半左右准时上演，可表演时长却跟云层多寡有关。如果天气晴朗，万里无云，太阳落山后天色也跟着马上暗下来，一眨眼就过渡成深蓝。如果云层密布，那太阳落山后还会有返场表演，余晖能把天上的每朵云都点燃，霞光又把每张仰望的脸庞映成暗红色。

太阳完全落下后一个小时，天色会变得黑暗无边。这时船舱外亮起的白炽灯前一下子变得像集市一样热闹，成千上万赶来赴死的蚊虫发出嘤嘤嗡嗡的声音，它们以百米冲刺的速度飞向生命中最后的愉悦，随后成为自由落体，灯下很快积满一层虫尸。这时我才明白为什么吊床博物馆里的灯都惨黄惨黄的，因为这种光线不会让飞虫产生扑火的激情。

一天入夜后，我和 Joao、Betta 来到四层驾驶室旁的甲板，这里除了头上偶尔亮起一盏指明航向的绿色探照灯，再没有其他人造光源打扰。

我们一起聊天，话题从彼此在看的书到各自喜欢的电影，可以高雅地谈上届奥斯卡的遗珠，也可以世俗地聊又从晚饭里吃出几条米虫。

Betta 突然叫起来："看！岸边有人！站水里的那个！对，就是那个弓着腰的，一动不动，是不是要自杀？"我也顺着她的思路担心起来。只有 Joao 笑着说："他在抓鲶鱼呢！"只见那人一阵痉挛，刚刚还伸进水中的手一下子翻出水面，手上像套了一只巨大的手套，他又飞快地把"手套"甩到岸上。Joao 进一步解释："我看过一集国家地理频道的纪录片，亚马逊流域的渔民就是这么抓鲶鱼的。把手伸进水里，按兵不动，让藏在水里的鲶鱼一口咬住，再张开五指，卡住鲶鱼喉咙。因为鲶鱼口腔里没有刺，所以不会伤到手。"

有时船长会关掉发动机，让大船完全靠惯性前行。此时没有光也不再有声，我们三个也像约好了似的同时闭嘴。头顶的银河铺满无数细细闪烁的钻石，想起格瓦拉在《摩托日记》中写道，他也曾在拉塞内帕号上仰望星空。六十年前的格瓦拉跟今天的我们看到的星夜应该没有太大变化吧。格瓦拉说："我的眼睛扫过浩瀚的苍穹，天上的星星在快乐地闪烁着，好像在回答我内心深处的问题：'这一切值得吗？'回答是肯定的。"我想我的答案也跟他一样肯定。

这时一颗流星划过，瞬间出现又瞬间消失。不知是哪部电视剧或者言情小说让人们相信在流星消失前许愿，那愿望就有可能成真。先不说梦想成真的可能性，单说在流星消失前许愿这件事的现实难度本身就很大，因为从我们看到流星再到它从视线中消失，也就一两秒钟，除非那愿望一直存在心里，否则你刚产生许愿的念头，流星却早已射入黑暗。

Joao 在最后一天凌晨四点终于等到两条大河交汇，我问他风景如何，他说只是两条河，碰了面，然后成了肩并肩的兄弟或相濡以沫的夫妻。我说我喜欢你这个比喻。也是从那一刻开始，我们的货船才算真正进入亚马逊流域。

▲ 船上画着的老虎威风凛凛

2013年6月［秘鲁，亚马逊］

听！亚马逊的声音

库玛塞巴丛林旅馆被亚马逊主航道和珊朔湖（Shansho）夹在一片雨林保护区中间。一侧是河流，船只必须借助机械动力才能与逆流时的阻力抗衡；一侧是湖泊，水平如镜又静水流深，一条独木舟加两叶船桨就能划到想去的任何地方，还零噪声、零污染。

本来和几个刚认识的朋友约好到珊朔湖观鸟，可集合时他们一个都没出现，导游"牙印儿"打探到这些懒鬼还在睡觉，于是观鸟团就只剩下我们两个。湖边码头不大，一个简陋的棚子下面停着两条木船，船身的油漆掉了一大半，斑驳得看不出最初的颜色。我们跳上其中一条，左右调整了一下平衡，随后一前一后坐下，再各自抄起一把木桨，由"牙印儿"控制速度和方向。

眼中到处是绿，浓绿、浅绿、亮绿、暗绿、翠绿、嫩绿，岸边的绿，水中的绿。雨林中的植物可真幸福，从不缺少水分和阳光，可以恣意生长，于是芭蕉叶子每一片都大得可以当雨伞，漂在湖面上的王莲直径足有两米，不知道白居易看到这么大个儿的"玉盘"又会吟咏出怎样的诗篇。

就像在大堡礁能看到五彩斑斓的热带鱼群一样，生活在亚马逊的各种鸟类也能让游客的眼睛在茫茫绿意中捕获到许多奇异色彩。于是我看到一只浑身长满淡蓝色羽毛的小鸟；看到一只翅羽暗黄、腹羽杏黄的小鸟，它一直跟着我们的小船，我们停，它也落在旁边的树梢，我们前行，它就在头顶盘旋，不知是爱上了船还是爱上了人；还有一种小鸟，血红的小脑袋搭配着黝黑的小身子，"牙印儿"管这种鸟叫作勋爵，因为红黑组合给人一种高贵感觉。

珊朔湖上的鸟王非麝雉莫属，它体形巨大，还跟恐龙是近亲。这是世界上唯一一种能够在翅膀里长出爪子的鸟，翅爪用来在翅膀长硬前攀援树枝，出生三周后会自动消失。这时一只麝雉落在身旁两米外的一棵棕榈树上，它的脸是蓝色的，眼睛却是火红的，头顶有羽冠，翅羽呈褐红色，尾羽黑白相间，这么多色彩让它天生骄傲。“牙印儿”说它长得像孔雀，我却觉得更像传说中的凤凰。突然眼前的麝雉“扑啦啦”飞起，就像一团红云自头顶飘过。

“牙印儿”说有一户雨林人家就生活在湖的那一边，我误解了这句话，我以为就是一眼能看到的湖面的另一头，没想到我们和那家人之间还隔着一片水中森林。

岸边茂密的绿墙看起来刀枪不入，却暗藏着无数豁口。我们的独木舟从其中一个豁口钻进去，眼前的世界一下子黯淡下来。身边到处是不知生长了几个世纪的巨树，老根全都牢牢扎进水中，湿热的空气中充满腐叶气味，而所谓的水路就是这些大树之间的缝隙。我抬眼望天，枝杈织成的树网遮天蔽日。为了争夺头顶的阳光，所有植物都挖空心思生长，要么爬得比别人更高，要么用藤条绞死竞争者，还有的本着“人不犯我我不犯人”的态度，浑身长满尖利的长刺，独木舟从旁边经过时我不得不用双手护头。

▲ 树干上长满尖利的长刺

林间水路看起来四通八达，却只有资深导游才知道哪里走得通，哪里又是死胡同。即便这样，我们的独木舟仍旧不时被巨大根系卡

▼“牙印儿”抓住一只凯门鳄，向我展示后，又把它给放了

住，解决方案按照难易程度分成三种：第一种，用船桨在旁边树干上一撑，稍微借力，小船就会自己荡开；第二种，“牙印儿”跳进水中，使劲推船；第三种，他抽出刀，砍出一条路来。

终于钻出水中森林，岸边出现一个木屋。“牙印儿”说木屋主人回家时不用像我们一样走迷宫，房子旁边还有一条水路，可以直通亚马逊主航道。

木屋的样子跟我住的丛林旅馆差不多，主体建筑盖在两米高的木桩之上，人字形的屋顶铺满晒干的棕榈叶子。主人没在家，只有两个八九岁的男孩坐在木梯上朝我们微笑。木桩之间停着一辆电动三轮车，旁边两只大花公鸡扯着脖子比谁嗓门更大。男孩穿着短裤 T 恤，并没有赤身裸体，脸上也没画着花里胡哨的部落图腾，这才是真实又普通的雨林生活吧，不过我仍旧相信在我无法抵达的雨林深处生活着人猿泰山。

转天就要离开雨林世界，可翻看活动节目单，还落了一场表演。演出场地在珊瑚湖，时间在天黑之后。

晚上我和那几位朋友重聚后朝湖边码头走去。其中一个女孩特别兴奋，不停在说话，上船后也仍旧没完没了。我在心中说了无数遍“闭嘴”，因为这场演出要求观众不能发出任何声响。后来她的男朋友说了几句什么，虽然听不懂，但那语气却是不大好的，聒噪的说话声渐渐淡去，另一种声响却渐升渐强。

此时独木舟已经划到湖心，“牙印儿”让大家把船桨收起，再关掉手电筒光源。头顶银河璀璨，湖中银光点点，我们如置身一场奇幻梦境。

这场演出的主题叫作：“听，亚马逊的声音！”于是我闭上眼睛，耳边就出现了另一个宇宙，它由丛林中的无数声响组成，那个宇宙也同样

繁星璀璨，最亮的一颗一定是我的意识正在努力靠近的那一种声响。开始我还努力分辨，哪种是蝉叫，哪种是蛙鸣，后来发现我的听觉系统完全无法追踪那些细微声响的来源，于是又在听觉之外加入想象。我听到蚯蚓蠕动，蛇在缠绵；我听见鸟打呼噜，蜥蜴产卵；我听见蜘蛛吐丝，蟋蟀交欢……每一种声音都自行其是，保持着自己固有的音量、频率，甚至停顿间隔。几十个声道混在一起，组成了这篇错综繁杂的乐章，哪怕顶级的指挥家都无法指挥这支庞大的丛林交响乐团。

我把眼睛睁开，眼前的宇宙和耳边的宇宙交相辉映，不知哪一个更加深不可测。

通常我们说起宇宙，总是指代那个只能用光年和10的n次方来描绘的宏观宇宙，其实每个人都拥有许多围绕在身边的小宇宙，耳边是一个，舌尖上是一个，脑子里还有一个……只要具备无限可能性，在我看来，那都是一个个微观的宇宙，而进入这些小宇宙的窍门，就是要让浮躁的心先平静下来。

▲ 在雨林中生活的人家

2013 年 7 月［古巴，圣克拉拉］

在《摩托日记》的终点

我坐在一辆四轮马车上。马车在圣克拉拉市的殖民建筑间穿行，马蹄砸在石板路上，发出空洞的回响。车夫又黑又瘦，露在衣领外的小脑袋就像半截没削干净的铅笔头。他的英语十分流利，一边赶车一边跟我介绍：“几百年前，哥伦布——就是那个发现美洲大陆的哥伦布——来到古巴，在圣克拉拉附近发现了一个村子，里面住的都是土著，哥伦布看他们都长着一张亚洲脸，以为自己到了印度，于是就给美洲土著起名叫印第安人。”我早就知道印第安人的称谓是哥伦布发明的，却不知道是他在圣克拉拉发明的。不过我来这里的原因与哥伦布无关，却和这座城市的一个别称有关，不知从什么时候起，当地人管圣克拉拉叫作“切之城”。因为这里是切·格瓦拉人生的转折点，在他领导的一支起义军攻下这座城市后，革命的风向就由逆转顺，也奠定了格瓦拉在古巴革命军中的重要地位。这里也是他的最终归宿。

▲ 纪念馆中的格瓦拉宣传画

1997 年，古巴挖掘小组在玻利维亚某机场附近找到他的遗骨，随后将其转运到这里，厚葬在专门为他修建的陵墓中。格瓦拉还是这座城市的女婿，他的第二任妻子就出生在这里。于是圣克拉拉理所当然地成了这次寻找格瓦拉之旅中最重要的一站，同时也是最后一站。

马车穿过闹市区，在一片林木掩映的遗址前停下。车夫说这里就是当年切·格瓦拉领导的起义军一举击溃政府军的地方。1958 年冬天，格瓦拉率领第八纵队包围了当地军营，独裁政府派来一辆装甲火车支援，很快火车也陷入炮火之中。就在政府军头目打算开着火车逃跑的时候，格瓦拉亲自驾驶一辆大铲车，将铁路挖断，于是火车出轨，游击队员往火车上投掷燃烧弹，把车厢变成了烤箱。战斗持续了不到一个小时，最终政府军缴械投降。

现在战场遗址上最显眼的一件陈列品，就是那辆格瓦拉曾经驾驶过的黄色铲车，车头微微上扬，就像胜利者的下巴。铲车后是七八节东倒西歪的装甲火车车厢，铁皮上布满大大小小的弹孔。每节车厢都是一个微型陈列室，里面的文字注释立论明确：无论独裁政府的装备如何精良，都敌不过游击队的小米加步枪。其实决定这场战斗胜负的关键因素并不是武器装备，而是士气高低和人心向背。这场战役成了古巴革命的转折点，随后政府军节节败退，最终将政权拱手让给以卡斯特罗为首的古巴起义军。

离开战场遗址，马车继续前行，很快就到了格瓦拉纪念广场。可能是旅游淡季的缘故，零星的几个游客让这里显得大而空旷。广场正中是一座纯白色花岗岩建筑，基座正面刻有浮雕，是一组格瓦拉和战友并肩作战的英雄群像，我马上想起在天安门广场和莫斯科红场也曾见过类似的浮雕装饰。站在基座之上的正是身穿军装、头戴贝雷帽、手握冲锋枪的格瓦拉铜像，他面色冷峻，与我之前熟悉的形象都不一样，既不是《摩托日记》中玩世不恭的青年，也不是后来成为精神图腾的那张偶像脸，此时的他，是一个共产主义战士，目光中充满誓死完成使命的决心。

基座背面有两个入口，分别通往格瓦拉的墓室和纪念馆。我先走进

▼ 格瓦拉曾经使用过的相机

墓室，这里光线昏暗，空间狭小，冷气也给得很足，让我刚进门就冷得浑身一颤。墓室中央是一盏长明灯，在格瓦拉牺牲三十周年的纪念大会上由卡斯特罗亲手点燃，长明灯之下即是格瓦拉之墓。墓室中只有我一个人，我面向陵墓垂手而立，和偶像之间的距离不过一米，可此时除了跳动的火苗，仿佛一切都凝固了，也包括我的思维和情绪。我发现自己的心情跟预期完全不同，既不难过也不激动，我就这样安静地站了三分钟，直到离开时，才在心里对他说了一声“谢谢”。谢谢你带我走完这段漫长的旅程。

随后我又来到旁边的格瓦拉纪念馆，这里既宽敞又明亮，尤其对刚从又小又暗又冷的墓室中走出来的我来说，简直就像来到天堂。纪念馆中陈列的展品包括格瓦拉生前用过的物品、写下的日记，还有一些具有历史意义的珍贵照片。

我看到一本封面已经卷起的《汤姆·索亚历险记》，这是格瓦拉童年时的课外读物。我也读过这本马克·吐温写的童话，小汤姆性格叛逆，诡计多端，向往自由自在的生活，还幻想成就一番英雄事业。说不定格瓦拉就是从这本书中汲取了理想主义和英雄主义的精神养料。

我看到一张格瓦拉打游击时睡过的吊床。我特意数了一下，是用十股绳子悬挂的，比我在亚马逊的货轮上睡的那种吊床结实多了，我的吊床只用了六股绳子悬挂。

我看到一台相机。照相机几乎成了所有格瓦拉故居、博物馆、纪念馆中的标配。只不过每个地方看到的相机品牌和型号都不同，看来格瓦拉也算是个标准发烧友了。

展厅中随处可见格瓦拉的照片，少年的、青年的、中年的，我观察到格瓦拉无论是在打仗、开会，还是在劳动，永远都只有两副表情，要么严肃得可怕，要么正在开怀大笑。生活中的格瓦拉一定是个乐观的人，而面对自己的事业和信仰时，他又无比认真。

我看到一篇格瓦拉的日记，他用西班牙语写下的潦草字迹对我来说与天书无异，但日记写于 10 月 7 日，这个日子引起了我的注意。我问纪念馆的工作人员，这一天发生了什么事？他说格瓦拉在这天的日记中写道："我们的游击战生涯已经整整十一个月了，没有发生什么复杂情况……"可转天 10 月 8 日他就被俘虏，10 月 9 日上午，美国中央情报局下令对他执行枪决，这也成了格瓦拉写下的最后一篇日记。而我之所以对这个日期感兴趣，是因为十一年后的这一天，成了我人生的第一天。

寻找格瓦拉的旅行已经走到终点，我发现再也没有哪个目的地能让我产生"这辈子一定要去一趟"的激情了，同时新的梦想也已经冉冉升起。

那么在跟这次旅行正式说再见之前，是不是也应该为这条被人走了十几年的长路画一个句点？ 我一下子想到了乌斯怀亚。阿根廷是距离中国最远的国家，乌斯怀亚又在阿根廷最南端，是真正意义上的天涯海角。最早知道这个地名，是因为几乎所有前往南极的游轮都从这里起锚，后来搜索了一下当地照片，发现那儿有一面涂鸦墙，上面写着"World's End"（世界尽头）。那就前往真正的世界尽头，跟写着"World's End"的涂鸦墙合张影吧，也算是对这段旅行人生的交代和总结。

所谓《摩托日记》，指的是一种写在路上的思考，通过记录我们走过的路、遇到的人，我们对世界的看法会慢慢发生改变，对自己的认识也会更加深刻。正如格瓦拉在这段旅行的终点所说："我觉得现在的自己，跟刚出发时的自己，不一样了。"

2013年7月［阿根廷，布宜诺斯艾利斯］

遣返回国事件

前往乌斯怀亚的航班要在布宜诺斯艾利斯中转。晚上八点，飞机稳稳降落在布宜诺斯艾利斯埃塞萨国际机场。我已经是第二次来了，于是轻车熟路地走向入境大厅。可这一路走得一点儿都不轻松，因为随身行李几乎是第一次的两倍，足足六十公斤，前前后后加在一起一共五个背包，就像背着另一个自己。

入境柜台前的队伍不算太长，可每前进一步，所有背包也要跟着起落一次。终于轮到我踏过黄线，我把护照递给边检员。他先仔细看了看签证页，又往前翻到资料页，然后抬头看了我一眼，我赶紧把眼镜摘掉，为了让自己的脸跟护照上的照片尽可能一致。只见他轻微点了一下头，应该是验明正身的意思，却并没有马上往护照上盖章，而是跟旁边的工作人员嘀咕了几句，然后示意我站在一边。

不一会儿走来一个年纪稍长的官员，之前的边检员穿着浅绿色制服，而这位官员却穿着深色西装，级别应该更高一些。他把我领到一个空房间，房顶正中悬着一盏日光灯，三面墙壁前都摆着长椅。官员让我把背包放下，然后说："你的签证有问题，我们正在审核你的资料。"说完就离开了。

我坐在长椅上，拼命回忆可能会出现纰漏的环节，可一切按部就班，阿根廷领事馆给我的是三个月有效的多次往返签证，每次入境可以停留一个月，这跟美国的一年多次往返签证除了时间长短不同，没有任何区别。签证还在有效期内，我无论如何也想不出碰壁的原因，难道是大包小包逃难一样的打扮引起了海关注意？又想反正不是第一次过关时遇到麻烦了，最后都有惊无险。既然没做亏心事，也就不怕唐僧念起紧箍咒。无论怎样，我的旅行故事又增加了新鲜作料——我乐观地给自己打气。

过了大约半个小时，官员重新出现。他拿着我的护照，面无表情地说：“你的签证过期了。”我反驳：“不可能！我的签证 7 月 14 日到期，今天才 7 月 9 日。”“签证只在你第一次入境后的一个月内有效。”“可我的是多次往返签证……”

“你在第一次入境后的三十天内可以多次往返，但过了那个月，签证就无效了。”我不死心，又拿出美国签证举例：“你看我的美国签证，每次入境都可以停留半年时间，半年后离境再入境，仍旧可以停留半年，即使是在一年有效期的最后一天。”

官员冷冷地说：“这里是阿根廷，不是美国，我们的法律不一样。”原来，我又犯了一个自以为是的常识性错误。

他继续说道：“你现在有两个选择。第一，搭乘下一班飞机返回古巴。第二，回家。”

我委屈地说：“我只是一个旅行者，并没有想故意冒犯贵国法规。”官员的神色缓和了一些，然后说：“我知道你是来旅行的，这一点我并不怀疑，但你的签证明明白白地过期了。这样，我们再研究一下，看看还有没有更好的解决办法。”

小屋里又只剩下我一个，心情就像坐上过山车，一会儿充满希望，相信事情还没结束，一切皆有可能；一会儿又跌落谷底，恨自己为什么总在签证这条阴沟里翻船。

感情用事完毕，开始理性分析。如果非要选择，我宁愿返回古巴，只不过损失了一张机票和几天时间，我可以在哈瓦那重新申请签证，再卷土重来。

等官员再次出现时，我看到他的脸色又沉了下去，他说："我们仔细讨论了你的案子，可法律就是法律，我们无权为你颁发新的签证，而且，"他顿了一顿，继续说道，"而且你也无法回到古巴了，因为航空公司坚持认为他们没有责任，拒绝承担返程机票。我们查到你已经预订了回国机票，起飞地点在圣地亚哥，我们联系了航空公司，把你的机票改签到明晚，从布宜诺斯艾利斯起飞。"

我一下子气馁，小声问道："就没有其他办法了吗？"他最终绷起脸说道："这是最后的决定。"我瘫坐在长椅上，浑身软得使不出一分力气，心中五味杂陈，一团乱麻。第一个想法是，我发誓这辈子都不会把这件事跟任何人提起，这太丢脸了，一个号称以旅行为职业的人，竟然在他人生最重要的一次旅行中被遣返回国。接着又想起乌斯怀亚那面写着"World's End"的涂鸦墙，那可能是我永远都无法抵达的终点了。

官员最后说道："从现在到明晚起飞前的二十几个小时里，你可以在机场范围内自由活动，但无论去哪里，都会有警官监视。"他可能怕我逃跑或者做出什么自戕的傻事吧。

随后我就成了埃塞萨机场里"最风光"的人物，无论走到哪里，都带着一位荷枪实弹的贴身保镖。即使上厕所，他也会尽职尽责地看着我撒尿。我用那位官员给我的代金券在机场餐厅大吃了一顿，虽然情绪低落，但胃口却很好，就像死囚在享用最后的晚餐。

很快我发现这个机场设计得一点都不人性化，座椅之间的扶手无法放下去，于是我就不能把三四个座位拼成一张窄床睡觉，但也不能睡地上，大理石地砖实在冷得要命，而厚衣服又全在托运行李里，内心不禁凄凉一片。

我坐在椅子里一边看书一边打盹儿，到后半夜时，更是度秒如年。警官倒是忠于职守，无论我干什么，他都不错眼珠地盯着，不说话也不笑，就像个木头人。在不知做了多少个短梦之后，终于挨到黎明。我发现心情也像天色一样开始好转，几乎忘了自己即将被遣返回国这件窘事。想起《乱世佳人》结尾时斯嘉丽说的那句话——After all，tomorrow is another day！（毕竟，明天又是新的一天！）——原来时间真的可以解决一切问题，同时我也发现人的自我修复功能真是无比强大，有些事既然已成定局，与其自怨自艾，不如坦然接受。昨天那个“发誓这辈子都不会把这件事跟任何人提起”的想法此刻也已经烟消云散，相反，我还打算把来龙去脉完整地写出来。一是提醒大家各国签证政策不同，不要重蹈我的覆辙。二是感谢旅行给我上的又一堂课：没有什么事情完美无缺，小到一次旅行，大到一场人生，不完美，才是完美的必要组成。想到这里，是否去跟那面“World’s End”的涂鸦墙合影也显得没那么重要了。就到这里吧，我对自己说。

虽然护照上没盖入境章，但我已经事实入境，所以登机前还要再过一次边检。我排在出境柜台前长长的队伍里，跟入境时一样，每前进一步，所有背包都要跟着起落一次。

该死！当时学西班牙语时怎么忘了学“回家”，对旅行者来说这难道不是最应该学会的一个词？此时此刻，我想跟身边的陌生人说，我要回家啦！我要回家了。虽然他们可能会觉得这个年轻人的表情十分奇怪，怎么嘴唇颤抖，鼻翼抽动，眼睛里还有泪光闪动？

对我来说，家有三重不同的含义。第一，父母在哪里，家就在哪里；第二，那是一个能够让我感到安全舒适的地方；第三，心安之处即为家，而“心安”的前提其实是“心不安”，这似乎是个悖论。就像只有出过远门的人才懂得什么是回家一样，这也是梅花香自苦寒来的道理吧。

2013年10月［中国，基隆］

张姐的“泳抱”

距离结束被张姐圈养的好时光还有几个小时，随后我就要启程前往台北桃园机场了。

还记得刚到台湾那天，张姐到机场接我，一见面就给了我一个大大的“泳抱”（台湾腔的“拥抱”）。张姐蛮瘦的，就像抱我妈，感觉浑身都是骨头。

这几天一直住在张姐在基隆的家里，睡在她儿子的房间。张姐的儿子在台南读大学，女儿也在台南上班，家里只有张姐和她先生，他们都已退休。

她的家是那种令人第一眼就会喜欢的类型，也不是说多干净多豪华，就是觉得很舒服，让我一点儿都不感到拘束，就像回到自己家，每天都食欲旺盛，睡意充沛。家里到处陈列着张姐和她先生的回忆，从全世界捎回家的旅行纪念品，见证儿女成长的各种证书，还有人生不同阶段的老照片，简简单单就交代清楚他俩从相识到相恋，再到相濡以沫的大半生。

我跟张姐说好了，这次来不打算出远门。张姐说：“那我们就挑两个近一点的地方逛逛，毕竟你也要让我尽半分地主之谊。”于是我们去了宜兰，因为我正打算做青旅，而宜兰在这方面深得日本真传（主要是有温泉），在业界很有存在感。然后我们又一起去了九份，这个名字也是她提起时我才第一次听说。张姐睁大了眼睛说：“啊哈？你竟然不知道九份，真是的！”简直当个大新闻。张姐继续说：“《千与千寻》你看过吧，九份就是电影里布景的原型，再说一部电影，你可能不知道，侯孝贤的《悲情都市》也是在九份拍的。”我耍赖地说：“这次来什么攻略都没做，我也不是旅游百科全书啊，反正我就跟您混了。”在前往九份的巴士上，张姐跟我说起九份这个地名的来历：“以前那地方连名字都没有，山上住着九户人家，每次下山买菜都要买九份，慢慢‘九份’就被叫开了。”我发现台湾人都有讲故事的基因，甭管真假，就是听起来会让人觉得有道理，好像就应该是这个样子。

现在我对九份的印象只剩下几个画面：高高低低的红灯笼——有点像鬼片布景；汤婆婆的屋——不知是不是也和电影里一样，是个澡堂子；在山顶望到的太平洋是藏青色的，似乎比灵魂还深不可测——山风扑面，让我想起一部台湾老电影《落山风》。九份老街给我留下的记忆要超过以上所有。一条倾斜向上的石板路，两边各种小食店。我们一家家吃过去，炭烤杏鲍菇、肉圆、翡翠花枝丸、赖阿婆芋圆、台湾大香肠，到后来只恨自己胃口小。所谓“食色，性也”，原来我们的底层记忆也是由基本需求决定的。

说到吃，我简直想给基隆的庙口夜市写一段贯口相声《报菜名》了。奶油螃蟹炒风螺，沙茶鱿鱼甜不辣；沙茶鱿鱼鼎边趖，刈包枸杞石头虾……如果不考虑我的饭量，张姐一定有把每样都点一遍的野心。

很多旅行者都对台湾夜市念念不忘，这绝对是有原因的。除了能吃饱喝好，价钱便宜，还能在每个夜市找到绝无分号的独门手艺。鼎边趖就是庙口夜市的当家菜，几乎每个人都会来一碗。“趖”是慢慢爬滚的意思，就是把米浆沿着铁锅的锅沿像贴饽饽一样粘上去，下面被滚烫的铁皮烤，上面被锅里的热气蒸，一头干来一头湿，就会自然卷起，切成小段后再和虾皮、笋片、肉丝、芹菜一起放进汤头里煮开。我和张姐分了一碗鼎边趖，在夜市吃东西的唯一原则就是，绝不能把所有鸡蛋都放在一个篮子里。

张姐除了每天劝我吃吃吃，也劝我去跑跑跑，这样看来她并不是那种管杀不管埋的狠角色，当然我知道她这么做的目的，也无非是打算下次吃饭时再多加一个菜。最开始的两天，我都以各种理由推脱，直到第三天，体形渐渐控制不住的我觉得是时候去燃烧一点卡路里了。张姐家就在海边，她先生每天早晨都要沿着基隆海岸线跑十公里。跟他比起来，已经很久没运动的我就像个废物，总要喘着粗气说："姐夫……您跑您的，不用管我……我先歇会儿。"海边的风很大，太平洋的浪涛把我们说话的声音都盖住了，我不得不使出更大的力气，更显得上气不接下气。好不容易跑完回家，就看到张姐神神秘秘地掏出数码相机，原来她竟然开着她的"小绵羊"跟踪我们，还偷拍我的窘样，只怪自己跑得太投入，没有发现这个神秘特工。

昨晚我们在张姐家门口的海鲜馆吃了螃蟹和生鱼片，她先生还准备了一瓶东涌高粱酒为我饯行。酒足饭饱后，张姐带我去邻居家打十六张牌的台湾麻将，跟十三张牌的大陆麻将相比，基本换汤不换药，就是多了一些花牌，我还赢了两把。台湾人对东南西北风的叫法跟我们截然不同。北是台北，南是台南，西是希腊，最有意思的是东风，每次听他们说这个我都想笑，竟然叫东风无力百花残，也实在太文艺了。

以上基本就是这几天的台湾纪行。在潜移默化中，我感受到一种台湾式热情，它跟往死里劝酒的暴力式热情全然不同，就像跟一个情商远高于自己的人聊天，你起头的话题他都懂，他说的每句话也会让你如沐春风。嗯，我决定一会儿出发前，也要给张姐一个大大的"泳抱"。

和张姐结缘于一封跨越海峡的邮件。2011年《背包十年》刚推出台湾繁体版，就被张姐从书局带回家。她在邮件里写："书看完了，但不过瘾，无奈台湾仅出版这本。日前，请北京的朋友代购《我把欧洲塞进背包》，只是从出版的2004年至今，好像有点久远，不知他是否能完成任务。在等待中，继而转往你的博客……我也爱旅行，但当我看到你所写的有关丽江的一切时，我决定退休时一定要到丽江住上一段时间，也许我也会醉心于那份悠闲。心中有父母的心，永远是柔软的。”落款是“宇宙超级无敌智慧美少女的——娘”。

对这样用真心实意书写的邮件，我也同样用真心实意去回复。就这样一来二去，我和张姐成了忘年交。

2012年，张姐第一次来丽江时送给我一幅拼布作品当礼物，正中即是“背包十年”四个字。那时她还没退休，只能每天下班后缝制，从作品的精细程度来看，她一定准备了很久。她说能亲手缝制东西送人的感觉很好。我懂的，因为一针一线总关情。

▲ 张姐送给我的拼布作品

我发现最初想要看世界的那股劲儿又回来了，

这也不失为塞翁失马式的另一种结局。

第二章

［ 2014—2017 ］

重新启程

2014年4月［法国，巴黎］

六十公斤的宝贝

这次来巴黎，我做好了空手而来满载而归的准备。行李箱的一半都空着，不空的那半边还塞进去两个干瘪的背包，就怕到时候行李箱装不下，还能用背包顶一顶。没错，这次就是专门来购物的，只不过我选择的购物地点并不是巴黎那些要排长队的时髦商店，而是一个叫作圣图安的跳蚤市场。

旅行业有句六字箴言叫作“吃住行游购娱”，基本囊括了所有旅行行为。以往我对这个“购”字最轻视，一来囊中羞涩，二来如果真要买，基本都是顺手而为，或者在机场的最后几个小时一次性搞定，反正不会把购物当成旅行的主选项，更不会专门为了购物留出两天时间。其实去年在南美旅行时就已经冒出一些购物狂的苗头，我在阿根廷买了一只红色的精灵，在秘鲁买了一个用石头雕刻的绿骷髅，还在古巴买了一件格瓦拉半身石膏像，打算把它们全都放进我

▲ 圣图安就是老古董的大本营

正在打造的青旅里面，让客人也能感受到这些从远方吹来的风。后来随着造青旅的想法日益成熟，我打算用其中一整层的空间做一间“地理咖啡馆”。为了让“地理”两个字落到实处，我从网上淘到几百本《美国国家地理》杂志和全套的《中国国家地理》杂志。在法国旅游局工作的齐勇姐知道我这个想法后，去法国出差时还帮我捎回来一台复古照相机（镜头可以像手风琴的风箱一样自如拉伸）、一个枪式录影机，还有一个画着埃菲尔铁塔的托盘。她跟我说，这些摆件都来自圣图安，从那之后，这三个字就成了旅行清单中非去不可的地方。

圣图安市场位于巴黎北郊，原本只是附近穷人卖旧货的地方，后来巴黎的上流社会也跑到这里卖古董，让圣图安的业务线大幅扩充，到现在已经成为世界规模最大的旧货市场。

它实在太大了，横竖好几条街，即使对照地图，我也不知道想买的那些宝贝究竟藏在哪里，这种空茫无着的感觉也让我那虚妄的野心消失了一大半。“大”对应的另一个字就是“全”，家具、首饰、陶器、银器、画稿、邮票、海报、地图……与这些平行的类目可能还有几十个，每一个类目下面又有成千上万种选择，简直就像把法国古堡化整为零地出售。在这儿还能找到非洲的木雕、伊朗的地毯、中国的瓷器、意大利的玻璃器皿、泰国的木雕佛像……“眼花缭乱”这个词和圣图安简直就是绝配，即使再多长八只眼睛都不够用。

除了大而全，第三个可以用来形容圣图安的关键字就是“贵”了。一把椅子两千欧元，一面铜镜三千欧元，一张油画八千欧元……后来再看到贵得离谱的价签，我的内心竟毫无波澜，就像很快适应了一场通货膨胀。只是在走进一些看起来十分高档的古董店时依旧会有心理负担，生怕脚下一滑，碰倒的瓶瓶罐罐可能给人家打一辈子的工都赔不起。后来一个在法国做古董生意的朋友告诉我，那些你看得见的摆在明面上的东西都不是最贵的。圣图安的商品价值也像巴黎时装周一样，每一季

都有自己的流行趋势。比如今年流行路易十四时期的古董，可能到明年拿破仑时期的就成了新宠，于是价格也变得随行就市，当然这个潮流也只有大富豪才有实力去追赶了。很快我就意识到，自己有能力买得起的东西都不会超过巴掌大小，把时间用在徽章区、别针区、老照片区才是更务实的做法。

在这里做生意的老板们似乎早就练就了区分顾客的火眼金睛，一打眼就知道谁是真正的买家，谁又只是随便看看的游客。尤其对待像我这种背着相机的，连眼皮都不会抬一下，只在进门时下意识地说一声“你好”，就算完成了最基本的礼貌和全部的交流。当然也有例外。我在一家古董店门口看到两只把门的石狗，马上脑补出把它们摆在青旅门口的效果图。然后也不知道从哪儿冒出来的勇气，我竟然推门而入，还跟老板问起价格。可能老板从我坚定的语气中嗅出我并不只是随便问问，笑容立刻飞到脸上，他笑着说：“三万欧元一只，如果两只都要，五万。”他应该还说了一句这对狗属于哪个王朝之类的话，可我已经充耳不闻，脑子里飞快地把价格乘以汇率，运算出的结果是四十万人民币，这价格也没有往下划的必要了，可既然已经开了口，我也不想下不来台。正在进退维谷之际，忽然心生一计，石头这东西的运费肯定不低，等他报出运费价格，我就说再考虑考虑，那意思并不是买不起狗，而是觉得附加成本太高，这种婉拒也合情合理。可我刚提到运费，老板微笑着回答：“全球包邮！”把我气的！虽然脸上依旧挂着笑容，可眼神却出卖了我，开始飘来飘去，然后说出了全世界穷鬼想买又买不起时最爱说的一句话：

"我再看看。"随后仓皇退出了战场。

看来无论路易十几我都买不起了，但也不能空手而归啊。不得不说，最后被我收入囊中的旧货都有点儿凑数的嫌疑。我买了一个瓷碟，中间画着一匹黑马，因为我属马；一匹来自印度拉贾斯坦邦的铜马，我当然看不出真假，只是觉得掂在手里挺有分量，也是自欺欺人到了极致；一个威尼斯的纸面具；一个托斯卡纳的花瓶，瓶身上画着向日葵。东西买了四五样，可依旧高兴不起来，脑子里只剩下四个字：惨淡收场。

好在第二天我在拉丁区的一家大型玩具店买了几样原版手办，都跟《小王子》和《丁丁历险记》有关。拉丁区位于塞纳河左岸，索邦大学所在地，咖啡馆、书店、画廊、爵士乐酒吧一个挨着一个，文艺得不得了。我走进其中一家书店，刚好看到一整面书架的精装摄影画册正在打折出售。这才算发现了真正的宝藏，因为我一直对这类摄影书籍爱不释手，只是它们无一例外又大又重又贵，总是下不了手去买。这次就完全没有这个负担，有的砖头厚的画册打完折才十几欧元，让我如狼入羊群，一口气吞下十几本，《印度》《巴黎》《卢瓦尔河谷》《海洋天堂》《西藏》……心想这下地理咖啡馆的门面算是撑起来了。

▲ 泰坦尼克时代的行李箱

回国时拖着整整六十公斤的行李，虽然肩上的两个背包沉得直往下坠，但心里却充满了丰收的喜悦。

2013年的头几个月，北方的天气一直非常糟糕，雾霾指数动不动就爆表，在年夜饭的餐桌上，我跟父母说起要去云南开一家青年旅舍的想法，他们当即表示支持。

后来我在丽江的束河古镇找到一处将近三亩的物业，跟房东签好租房协议后，就开始在脑子里把想要的功能区一次次推倒重建。前文中提到的“地理咖啡馆”就是这家青旅的一部分。

在长达十个月的施工期里，每天早晨，我和搭档崔岩从大研古镇开一辆电动三轮车到束河的施工现场，然后就是一整天的忙碌，我不是蹲在路边画草图，就是在网上购买马桶花洒床垫垃圾桶，还得在现场监督工程质量，一天下来，连晚饭都咽不下，吃完饭连一个字都不想说，体力和精力都被严重透支。最开始的半个月也是最难熬的，几乎每晚都要失眠，因为从来没搞过那么大的工程，不知道按照自己的想法做出来的东西会不会变得不伦不类。一天上午，我坐在仍旧看不出模样的院子里发呆，刚开始想的还是很实际的问题，窗子大小，楼梯摆位，想着想着眼前就出现来来往往的人，就像一场白日梦，紧接着就开始担心建成之日也是美梦破碎之时。

最终支撑我走完这段旅程的，其实是每天都会出现的成就感。这儿多了块瓦，那儿添了块砖，今天图书馆摆了一排书架，明天从咖啡馆传来第一杯拿铁的香味，这一切的一切，我都能感受到，也很满足。我清楚地记得合闸通电那天，我们在院子里搞了一个亮灯仪式。我站在院子正前方，先让大家把所有灯都关掉，眼前立刻漆黑一片，然后在我的指挥下，先开走廊灯，开房间里的灯，再开公共洗手间和浴室的灯，最后把所有能亮的设备全打开，包括每个人手机里的电筒。亮度每提高一层，我就会拍一张全景照片，当满院生辉后，不知为何，照相机背后的眼睛却有点模糊了。

2014 年 10 月 6 日，这家被命名为“背包十年青年公园”的青年旅舍正式开张纳客。用“背包十年”这四个字，是希望它可以从另一个维度延续我的旅途；用“青年公园”是因为这里准备了大面积的公共空间，图书馆、咖啡馆、露天电影院、娱乐区、中央水池、天台……我希望每个角落都像公园一样人气十足；背包十年青年公园的英文名字叫“Desti Youth Park”，Desti 并不是一个单词，而是两个单词的词根，一个是 Destiny，命中注定，另一个是 Destination，目的地，连在一起，就是命中注定的目的地。为什么选在 10 月 6 号这天开业？因为这天刚好是我三十五岁的最后一天。之前在欧洲住过的一些青旅都有年龄限制，按照国际惯例，超过三十五岁就不再属于青年，所以我就偏要在这天把它造好，从此之后，这里就是我的家，这里的大门也对所有心理年龄依旧年轻的朋友敞开。

那天晚上，我登上青旅院子的舞台，做了一场名为《爱是什么》的演讲。舞台下高朋满座，爸爸妈妈坐在第一排。他们从没错过我人生中的高光时刻，从大学毕业典礼到新书发布会，他们都陪在我身边。

我说爱应该是一种熟悉。我熟悉这里的一草一木，一砖一瓦。我知道每个房间的面积，窗户距离地面的高度，池子里的水有多深，投影仪的分辨率，我还知道每盏灯泡的瓦数，床垫有多厚，窗帘是什么颜色。

爱应该是一种坚持。无论之前把旅行当成职业，还是后来用了十个月时间造青旅，外人看到的永远是光鲜的一面，却看不到旅途中的磕磕绊绊和造青旅时一个个撑不下去想要放弃的时刻。让我把这两件事做成的原因，真的只是坚持。

爱应该是一种托付。我把自己喜欢的东西全都放在这里。我喜欢看电影，就造了一个影院级别的露天电影院，低头可以看电影，抬头可以望群星；我喜欢看书，于是把几百本书放在院子的各个角落，走到哪儿都能随手拿到；我想要一面涂鸦墙，就拜托画家朋友们从全国各地飞到丽江，帮我完成了一道长达一百米的彩绘墙。反正我喜欢什么，就让这里拥有什么。这是我为自己和所有热爱旅行的年轻人打造的乌托邦，这里有音乐、有啤酒、有书籍、有电影、有阳光、有朋友，在这儿待久了，你会忘记外面还有一个世界。

▲ 站在半成品的院子里，一阵兴奋，一阵彷徨
▼ 工人师傅们搭起房架

2015 年 4 月 [中国，香格里拉]

扎巴哥的老房子

4 月的时候，我蜗居在束河背包十年青年公园里写作。每天晨昏颠倒，弯着脖子，抱着笔记本，十指翻飞，噼噼啪啪。时间一长，无论坐骨神经还是颈椎都有点受不了。

一天下午，店长崔岩发来一条微信，说有一位藏族朋友来找我谈合作。我并不认识什么藏族朋友，之前的确来过几拨谈合作的人，但最后都不了了之，于是直截了当地回复："不见。"正是写到收不住笔的时候，不想被无关紧要的事情打断思路。可没过多久，小崔又发来信息："还是见见吧，人家第三次来了，前两次我都帮你挡掉了，知道你忙。这个藏族大哥很好说话，我一说你忙，人家就礼貌告辞，说下次再来，特别真诚，再不见就有点不合适了。"

▲ 扎巴哥和他的爱犬馒头

见面地点在背包十年的三层天台。此时正是所谓"人间四月天"，任何跟春天有关的美好词汇放在这样的天气里都毫不违和。从我们坐着的位置，抬头就能看到不远处的玉龙雪山，银茫茫的，白得耀眼。这也是我把青年公园选址在此的原因之一。

眼前的这位藏族朋友名叫扎巴格丹。扎巴先生四十岁出头的样子，跟我握手时劲道十足。他的眼窝很深，鼻梁很高，头发很长，盖住了一侧的耳朵，露出来的另一侧耳朵上挂着一枚金耳环，满满的异域腔调，乍一看还以为来自印度或者尼泊尔。

他坐下后立即赞美："好舒服啊——你这个地方！会有客人来了就不想走吧。"

我点点头说："是有一些长住客，有的会住一两个月。请问您想谈哪方面的合作？"我开门见山，打算速战速决，心里仍旧搁着那篇正在写的文章。

扎巴先生说："背包十年我来过很多次，很热闹，很美的嘛，一看就花了很多心思。我的老家，香格里拉，也有一个老房子，这次来就是想问你有没有兴趣再开一家分店？"

我说："一家就够了。"话一出口，连我自己都被语气中那种拒人千里的寒意惊住了，扎巴先生也是一愣，我赶忙解释："做完这家束河店，我就没有开新店的打算了。实在太累了，哪儿哪儿都得操心。不信您问小崔，束河店开业那天我就跟他说：'就这一家了，这辈子打死我都不会再造青旅了。'"小崔在一旁不住点头，因为其中艰辛，他最清楚。束河店从破土动工到开业整整用了十个月时间，那抽筋断骨的十个月，现在想来，仍旧心有余悸。

扎巴先生笑着说："我明白，我明白，我自己也造过房子，也是每天着急，不过房子盖好后的那种成就感也是让人开心的嘛！"

这下我也笑了，扎巴先生是懂我的人。

扎巴先生继续说道："我听说束河店的房子都是你自己盖的，那的确太辛苦了。我家房子不用盖，主体建筑都在，你只要做出适合青旅的改造就可以了。"

听这话的语气像是他已经帮我拿定主意，可我对那所老房子还完全没有概念，于是我又出了一个难题："如果让我改造，我对公共空间的要求非常高，不知您家的老房子有多大，小的我可完全没兴趣。”这句话也有点儿挑衅的味道。

扎巴先生笑着说：“香格里拉嘛，地方大得很嘛。你先去看看，至少在面积上，保证不会让你失望。我知道你一直在写作，也不能天天写啊，出去找找灵感，对写作也是有帮助的嘛！”他说这句话时，我正好下意识地把脖子往上扬了扬，扭了扭，心想这理由倒是正中下怀，本来我也打算这个星期出去旅行一次，给颈椎放几天假。

“那好嘛，您安排时间吧，可我也只是去看看，成不成到时再说。”我学着扎巴先生的语气说道。

扎巴先生笑着说：“去看看就好嘛！不成也没关系，先交个朋友嘛！”

我也笑起来说：“好嘛好嘛！”

跟扎巴先生见面后的第三天，我应邀前往香格里拉。

汽车从丽江上行，先走一段高速，经过松园桥后正式进入香格里拉地界，随后沿 214 国道经虎跳峡、哈巴雪山、小中甸，看到标志性的大白塔后便不再直行，而是拐上一条村路，再开两公里，就到了称尼村。全程大约三个小时。

扎巴先生打开两扇暗红色的厚重木门，那幢老房子就蓦地出现在眼前，我忍不住惊叹：“好大啊！”现在这房子已经空出来，等候着它的新主人。

扎巴先生带我走进房子内部。按照藏式民居的传统，一层通常用来关牲口。爬上一段楼梯，我看到二楼左手边有一道狭窄的木门，一步迈入，里面竟豁然开朗。扎巴先生说，这是家族成员聚会的地方。房子中间有一根木柱，粗得需要两个成年人合围才能抱住。靠墙处安置着一个火炉，烟囱直通房顶。我抬头一看，烟囱眼旁边的木梁上全都黑乎乎的，像是腻着一层油垢，应当是常年烟熏火燎留下的痕迹。四壁挂着唐卡，木板上画着一些与藏传佛教有关的彩绘。还用木料雕琢出一些暗格，摆放着香炉、铜壶等日常用具。一面墙上斜挂着一把猎枪。如果在眼前的画面中再添进炉火、人与欢声笑语，那无论多大的寒冷都能被挡在外面了。

朝南和朝西的墙壁上镂着几扇窗户，由于外面的土坯墙很厚，所以窗台深得可以当桌子用。我站在窗口眺望，远处是连绵的雪山，除称尼村之外再没有任何建筑，苍茫草原延伸到雪山脚下。可能刚下过雪的缘故，眼前的世界呈现一种灰白色调，站在天边的几只牦牛就成了画布上的小黑点。我突然心念一动，想起《尘埃落定》里的麦其土司和他的傻儿子，他们会不会也经常站在窗边，遥望着自己的家园，他们看到的与我看到的会不会是同样的景象？

▲ 称尼村的老房子，后来成了背包十年香格里拉店

会客厅旁有一座经堂，经堂背后连着卧室。卧室里横亘着一个大木箱，扎巴先生说，这是家里的粮仓。

通往三楼的梯子垮掉了，临时搭起的这架也有点儿不稳，踩上去发出吱呀吱呀的声响。我也爬得呼哧呼哧的，我知道这是高原反应作祟，香格里拉的海拔比丽江足足高了一千米。

整个三层空空阔阔一大片，没有任何隔断，顶着一个人字形屋顶。地上铺满晒干的草料，应该是用来喂牲口的，没走几步，就荡起厚厚的灰尘。还看到几个木架子，上面挂着两三个牛皮囊，拴着几个铜铃铛。扎巴先生说："都是以前马帮用的，他们走茶马古道时，用牛皮囊装青稞面，再把铃铛挂在头马的脖子上。"

在老房子里走了一圈，主楼副楼都看了，前院后院也都参观了，尤其是后院，场地豁大，小崔说："这儿不错，都可以搞个音乐节了。"看到几头牦牛正在后院快乐地吃草拉屎撒尿，小崔兴奋地说："就叫牛粪音乐节！"

扎巴哥现在住的地方就在老房子隔壁，在他家吃完午饭后，我感到一阵困乏难耐，这也属于高反症状的一种，他安排我在客房里休息，一觉醒来已是黄昏时分。晚上扎巴哥的夫人在家里为我们准备了牦牛肉火锅，除了高原牛肉，配菜都是刚从山里挖的，口感十分清爽。大吃一顿后，高反引发的疲惫感也一扫而空了。饭后扎巴哥提议喝点青稞酒，我怕高反加重就自己少喝一点，让他多喝一点。我们围炉而坐，本来是你一句我一句地闲聊，可渐渐就变成了他的独角戏。我也乐意听，因为扎巴哥的人生简直就是一段传奇。

也不知从何时起，我对他的称谓从扎巴先生变成了扎巴哥。

扎巴哥的父亲在年轻时沿着茶马古道去了印度，一住就是二十多年，小扎巴也在那个炎热的国度出生长大。他回忆起自己的童年生活，说那时没有电视电话，每晚唯一的娱乐就是听父亲给大家讲关于家乡的故事。"父亲总提到家乡洁白的雪山和幽蓝的湖泊，太美了，小时候我最大的梦想就是回到家乡。父亲说家乡是个叫作称尼的地方，在藏语里，称尼村的意思就是水旁的村庄。"

扎巴在十六岁那年回到故乡，他在学校里跟一群比他小七八岁的孩子一起学习汉语，他被大家亲切地叫作大哥哥。虽然他语言天赋不错，可毕竟半路出家，于是语调里就混进了一点点咖喱味道。

▼ 康巴藏族的汉子和小姑娘(扎巴哥在右二)

毕业后扎巴进入政府机关，当所有人都觉得他将在仕途上一帆风顺时，他却突然辞职了。要知道那还是在公务员等于金饭碗的1995年，在那样的年代做出那样的选择不仅需要勇气，还要有承担不稳定生活的魄力。

下海后的扎巴成立了香格里拉最早的涉外旅行社，由于他精通汉语、藏语、英语和印度语，为人又无比热心，于是把导游这个行当做得风生水起。许多国外来的考察团都点名必须由扎巴随行。几年后扎巴还和他们合作出版了《茶马古道》《澜沧江的故事》等英文作品。

扎巴哥的梦想还不止于此。“以前马帮入夜后除了自己搭帐篷，有时也会入住尼仓，这就是最早的民宿形态了，我想在茶马古道上重新建起尼仓。”为了让更多旅行者有个落脚的地方，他到美国和瑞士学习酒店管理，回国后建成了香格里拉独克宗古城里第一家精品酒店，取名阿若康巴，翻译成汉语就是“来吧，朋友！”，他说自己做的一切都源于对香格里拉——也就是故乡的热爱。

讲到这里，扎巴哥问我：“小鹏，可不可以给你读一首诗？”我笑着说：“洗耳恭听。”

那首诗叫《故乡与我》(作者：德勒少爷)，扎巴哥抑扬顿挫地大声朗读：

我不能拾起一块故乡的石头

我只有把石头放回故乡的土壤里

我不能捧起一汪故乡的雪水

我只有把雪水洒进故乡的江河里
我不能依恋一个叫故乡的地方
我只有把自己放进故乡的人群中
故乡，才是我的
我也是，故乡的

▲ 老房子改造的咖啡馆

背包十年香格里拉店于 2016 年 5 月 1 日开业。

那天我找扎巴哥借来一套藏袍，袍子的边缘滚着金线，扎巴哥的夫人用一条束带帮我把衣服扎紧。我穿着这身衣服，一整天不知献了多少条哈达，说了多少句“扎西德勒”。

晚宴依旧是牦牛肉火锅，从左邻右舍借来十几个铜锅子，切肉的大师傅说上百斤牦牛肉把刀都切钝了。等火锅撤席，从院子的顶棚垂下一块幕布，开业典礼正式开始。按照程序，先播放一段关于香格里拉的宣传片，随后扎巴哥发言，我最后登场。

就在扎巴哥演讲时，我突然感到小腹一阵胀痛，连着放了好几个凉屁，心想坏了，一定吃坏了肚子，真是懒驴上磨屎尿多。本来想忍到典礼结束，可紧接着又是一串凉屁，同时发现额头上也冒出一层冷汗——已经等不到结束了。我跑向厕所，解开束带，痛快了之后，耳朵里的声音才渐渐有了意义。这时扎巴哥的演讲已经到了最后段落，他开始朗诵德勒少爷的那首《故乡与我》。

在扎巴哥读到最后几句时，我正盯着洗手间镜子里的自己。为了让自己迅速冷静下来，我刚洗了一把脸，脸上都是水珠。马上就要上场了，已经来不及再看一遍演讲稿。我对着镜子，举起右手，握成拳头，在胸前用力地挥了三下，我在心里说:“加油！加油！加油！”

扎巴哥下场，我登场。交换位置时，他对我笑了笑，那笑容真是最有效的镇静剂，让我一下子定了心。

我走到舞台中央，站在聚光灯下。可那灯光太耀眼了，我能听到台下的欢呼声，却看不到大家的脸。我让客串灯光师的小崔把舞台灯关掉几盏，我说:“这么强的光，我什么都看不见。嗯，这样就好，我要看见你们。”随后我轻轻吐出一口气，开始了我的演讲。演讲的题目叫作《情怀是什么》，这是丽江束河店开业演讲《爱是什么》的延续。

在演讲的前半部分，我回顾了和扎巴哥的缘分，感谢了所有帮我完成这个作品的工作人员和远道而来的亲朋好友。

随后进入正题，我给情怀设定了三种不同的意义。首先是一种匠心，就是把每个细节都做到极致的一种做事与为人的态度。其次是一种包容，这也是背包文化的鲜明特色之一，我们接受人人平等的理念，无论你是什么国籍、民族、年龄、性别、性取向，都不应在这里感到拘束。

可说完前两点，我却死活想不起第三点是什么了。站在舞台中央的我，尴尬地停顿了下来，台上的每一秒都显得比一年还漫长。这时不知是谁第一个鼓起掌来，紧接着掌声就连成一片，那一下下有规律的掌声让我一下子热泪盈眶。

我赶紧仰起头来，想要控制住自己的情绪。就在仰头的刹那，我看到了满天星斗，思路竟然神奇地贯通了。我继续讲道：情怀还应该是一种远望。无论我们身处顺境逆境，都要自知，这是一条漫漫长路，一切都必须经历，我们要学会享受这个过程，然后内心就坚定了、乐观了，就充满期待了。

演讲的最后，我说：“正如大家所见，青年公园的外墙上写着一行老大老大的字：苍茫草原之上，我们只是一束微光。是的，我们只是一束微光，希望它能照亮你的远方。”

▲ 苍茫草原之上，我们只是一束微光

2016年11月［泰国，清迈］

我会死在清迈

下午在清迈塔佩门附近找到一家二手书店，叫作“消失的书店”（The Lost Book Shop）。黄色的招牌似曾相识，我想起几年前第一次到清迈时就在他家买过书，还记得当时“买”的方式是用两本旧书换另一本旧书。我觉得二手书店是个不错的拍摄主题，因为阅读是背包客打发旅途时光的主要方式，一本读完了，还需要补充新的弹药，买新书又不划算，于是背包客就成了二手书店的常客，也为这样的书店提供了生存的土壤。像清迈、曼谷、西贡[①]这种背包客扎堆的地方，都能找到很多二手书店，这也成了背包文化的一部分。我想书店老板一定了解背包客的口味，应该能聊出一些内容来。我把这个想法和团队成员一起商量了一下，他们也表示赞同。于是再次回到消失的书店，把拍摄思路跟老板沟通后，他爽快地同意了我们的拍摄请求。

我让摄影师小郑和哲宁先在书店里拍些空镜，我跟他们说：“我要整个书店的全景，外面的招牌也要全景，墙上的那些海报——格瓦拉、曼德拉，都可以给特写，然后再找几本画册拍特写。”交代完工作，我开始写采访提纲。我们要做的短视频节目每期只有三分钟，于是问题也不用准备很多，到时候再根据回答随机应变就好。

前期沟通时，我已经掌握了一些基本信息。这家书店已经开了二十五年，老板乔治·奥布莱恩（George O'Brien）来自爱尔兰，已

① 西贡是越南胡志明市的旧称。——编者注

经年过六旬。乔治先生的银发非常稀疏，风一吹就会飘起来。他戴一副金丝边眼镜，用眼镜绳挂在脖子上，嘴唇很薄，不说话时就像横着的一条线。

等摄影师拍好空镜，我让乔治先生在书桌后坐好，我们调整机位，选择中景，大光圈，背景尽可能地虚化。书店里的灯不够亮，又打开自带的 LED 灯补光。我帮乔治先生别好小蜜蜂（收音设备），然后让大家把手机调成静音。开机，采访正式开始。

我："乔治先生您好，我的第一个问题是，刚才您说这家店已经开了二十五年，最开始为什么想留在清迈开书店？"

乔治："我以前也是个背包客，走到清迈时发现口袋里的钱不多了，主要还是为了生存吧，我就动了开书店的念头，我让家人把我的四五千本书从爱尔兰运过来，基本就是这家店的雏形了。"

我："刚才聊天时您说这家书店最初不叫'消失的书店'，而是叫'最后的书店'，两个名字之间有什么联系吗？"

乔治先生笑起来说："是的，其实这两个名字就差一个字母，是广告公司弄错了，他们把'LAST（最后）'的'A'印成了'LOST（消失）'的'O'，我要求他们改过来，他们没同意，后来将错就错，变成了'消失的书店'。"

我："我看在清迈还有很多二手书店，您这家的优势在哪里？您选书的标准又是什么？"

乔治："可能我们的书比较多吧，现在有大概两万五千本书，你看书

架上根本摆不下，连楼梯、走道上都是书，从地面到房顶，到处都是书，我喜欢这种感觉，可能读者也喜欢这种感觉吧。这里的书大部分都是小说，也有一些游记、攻略、旅游画册，还有一些佛教方面的书。我们也准备了其他语种的小说，德法荷意日韩，只是不能把它们和英文书放一起，容易打架。哦，对了，还有一些中文书，都是中国客人以二换一时留下的。”

我：“最畅销的书有哪些？”

乔治：“凯鲁亚克的《在路上》，哈珀·李的《杀死一只知更鸟》，塞林格的《麦田里的守望者》，菲茨杰拉德的《了不起的盖茨比》，永远都是这些最著名的，它们还会永远流行下去。”

我：“那您自己最喜欢哪本？”

乔治：“毛姆的《人性的枷锁》，我读过很多遍。”

我：“几年前在中国有一部关于清迈的电影《泰囧》特别火，所以中国顾客是不是越来越多了？”

乔治：“我知道你说的那部电影，这几年来清迈的中国人翻了好几倍。而且南美人也多了起来，秘鲁人、智利人、玻利维亚人都来了，以前就见不到。大家来自世界各地，不管你什么信仰，什么肤色，这些都无所谓，因为我们都是……是自由主义者吧。”

我：“最后一个问题，这家书店已经开了那么久，一直在做同一件事，您会觉得疲倦吗？打算什么时候退休？”

乔治先生笑着说：“如果找到自己真正喜欢的事，就永远不用退休了，因为你没把它当成工作，又何来退休一说呢？所以，不出意外的话，我会死在清迈。”

结束采访后，又补拍了一些我在书店里看书和走来走去的镜头，后期剪辑时可以和其他空镜头一起剪进采访里面。

收拾好设备，我们再次对乔治先生表示感谢并告辞，第一天的拍摄任务终于顺利完成。我在心里琢磨，“我会死在清迈”这句话说得真好，都可以直接当标题用了，还有什么比这句更能体现出乔治先生对清迈的热爱呢？

2016年10月初，我在网上看了一个旅行视频，叫作《土耳其瞭望塔》（*Watchtower Turkey*），虽然只有短短的三分多钟，却让我五体投地，无论画面、转场、配乐、节奏，都是我看过的旅行视频中的巅峰之作。虽然我已经去过两次土耳其，走过的地方也不算少，可看完这个短片，又打算故地重游了。

接下来脑子里冒出一个想法，我是否也能拍出这样的片子？支撑这个想法的理由有三个。

第一，我本科时选修过《电视片的编导与制作》，在央视旅游节目做过实习生，后来也参加了很多户外节目的录制，还算有一些当导演的经验，俗话说得好，没吃过猪肉还没见过猪跑吗？

第二，2013年从南美回国后，我的主要精力都放在造青旅上面，出行频率自然就降了下来，虽然这几年也去了不少地方，但更多的是商务邀约，几乎没什么走心的旅行，我觉得拍摄旅行短视频这件事可以让我找到一种重新爱上旅行的方式。

第三，我不需要像其他摄制组一样麻烦影视投资机构，也就不用受制于人，可以完全按照自己的想法拍摄，灵活度高，创作更加自由。

于是在第一周找到两位摄影师，一个主打摄影，一个主打摄像，又用了一周时间订好来清迈的所有机票酒店，再用一周时间来采购拍摄器材，第四周就飞到清迈正式拍片了。

买设备前，我拜托仍在央视的小叶哥帮我列了一份清单，专业摄像机、各种镜头、运动相机、防水相机、无人机、小蜜蜂、稳定期、LED补光灯、三脚架，完全是准备大干一场的架势。

按照我的想法，我和我的团队会在每个目的地待至少一周时间，完成一次深度旅行，然后制作八期节目，除了一期类似《土耳其瞭望塔》的快速剪切，还会做一些访谈类（如采访乔治）、体验类（如学做泰国菜）的节目。我把这个系列叫作“Overlook+City”（城市瞭望），也有点致敬瞭望塔的意思。

第一期选择清迈完全是因为我对这里很熟悉，之前来过四次，加在一起住过一个月，闭眼都能绕城墙走一圈。但在第一天拍摄中我们就各种碰壁，本来想到清迈大学拍一些花絮，没想到现在已经不让游客进了，可几年前我还进去参加过校园音乐会呢。我们又去了几座庙宇，想拍几组酷炫一点的镜头，可出现在显示屏上的画面让我皱起了眉头。幸好我们遇到了乔治先生，第一天的拍摄总算没有无功而返。

我先说这个系列的结局吧。我和我的摄制团队（中途换过一个摄影师）整整拍了一年，去了十个城市，却没做出一期像《土耳其瞭望塔》那样的片子（新加坡那期已经有点接近了）。直到那时我才意识到，虽然都是在记录旅行，有人用文字，有人用照片，有人用视频，其实不同记录方式之间还是有边界的。

至少，我挑战过这个边界，虽然没成功，但也没有遗憾。况且这一年的旅行记录，让我找到一个全新的视角去打量旅行这件事，我发现最初想要看世界的那股劲儿又回来了，这也不失为塞翁失马式的另一种结局。

2016 年 11 月［印度尼西亚，巴厘岛］

意外偶得

巴厘岛就像机器猫的口袋，想拍什么主题，随便一抓就出来了。从金巴兰的海鲜到岩石酒吧的日落，从乌布的猴子森林到白鹭栖息的村庄，从层层叠叠的水田到世界顶级潜水点，也算应有尽有了。

印度教神庙则是岛上储备最丰厚的资源。按照官方说法，竟然有四千六百多座，真是走过路过都不会错过了。刚开始我们还像模像样毕恭毕敬地进去参观，等看完第三个，我就跟司机说，下一个不用再停车了。话虽这么说，但有一个还是非去不可的，这就是圣泉寺。

从外表看圣泉寺似乎和其他神庙没什么不同，就是游客多点儿，还有不少本地人。只有进门之后才会发现别有洞天，一个长方形水池两边各蹲着一只石头大象。池子里的水是接近孔雀绿的颜色，大家都泡在里面排着队等着用圣泉沐浴。

圣泉寺的泉眼并非只有一个，而是一字排开的十几个喷水口。人站在下面，水柱刚好落到头顶。

▲ 一字排开的泉眼

每个泉眼各司其职，有的负责消灾避难，有的负责净化心灵，有的负责健康长寿……这要是在中国，求学得拜文殊，求子得拜观音，求财得拜关二爷，还得辗转各地，还是在巴厘岛方便，洗个澡就全搞定了。

沐浴还有统一动作。我照猫画虎地双手合十置于下颌，低着头闭着眼，我也不知道应该祷告些什么，就直接冲进水柱，一瞬间，冲击力轰的一下在头顶炸开，就像跳水后耳朵突然听不见声音了。本地人的洗澡动作还要更复杂一些，有的还请来专业助浴师。助浴师站在沐浴者身后，直接把他的脑袋摁进水里，然后猛拍后脑勺，仿佛溅起的水花越大，实现愿望的可能性越高。

完成在圣泉寺的拍摄后，总觉得就像拍了一条景点宣传片，还欠点火候。好在我们又歪打正着地找到一处民间圣泉，让这期节目总算有了看头。

那天我们正在稻田边拍野鸭，不时看到当地人把摩托车停在路边，又从车上取下空空的水壶水桶，随后就消失在稻田后面的密林里。职业敏感让我觉得这里面一定有文章，于是也跟着走了过去。很快就在丛林中发现了一条秘径，那条路笔直朝下，走到最底部，赫然出现了一座神庙，再往前走，又出现一条向上的路。相当于神庙安静地躺在山谷谷底，两头各有一条山路进出。石像前摆着鲜花贡品，香烟缭绕，更显清幽。每块石头上都铺满青绿色的苔藓，我在心里提醒自己，慢点走，别滑倒。

神庙两边各有一处可以沐浴的地方，男女自分，女浴室那边围墙高一些，男的这边几乎无遮无拦。洗澡用的水自然就是山间泉水，刚下来的几个人正在往身上搓香皂，也有人已经洗完，他们离开前的最后一项工作就是把带来的瓶瓶罐罐装满泉水。

我们还在这儿遇到了一位身穿白衣的长者，跟他打招呼时，发现他的英文非常好，就跟他请教这里的泉水有什么名堂。他说这水具有疗愈功能，很多当地人过来洗澡，也不分时段，半夜都会有人来。如果自己来不了，就让家人把泉水带回家。今天是他儿子生日，他就是来帮儿子取圣水回家沐浴的。他说还可以用圣水清洗鲜花贡品，显示虔诚之心。

我想观众应该更想看到这样的内容吧，意外偶得的体验不仅自带一种天然的神秘感，还为我们找到了一把打开本地生活的钥匙。

这种意外之美也是背包旅行和跟团旅行的区别之一。越是能让我们睁大眼睛、心跳加速的所见所闻，越能在记忆中久久留存。也因为这种意外之美可遇不可求，才越发值得珍惜。

▲ 帮儿子取圣水回家沐浴的长者

2016 年 12 月［柬埔寨，暹粒］

他来这里，不是为了旅行

每天入夜，暹粒的酒吧街就成了全城最热闹的地方。游客白天逛完吴哥窟，晚上都想出来喝一杯。无论餐馆还是酒吧都生意火爆，霓虹灯几乎把各家招牌串联在一起。一些做小本生意的，就在路边支起摊位。有的卖油炸黑蜘蛛；有的摇着调酒壶一杯接一杯地做着鸡尾酒；还有现场做沙画的，就是把彩色的沙子按照不同次序装进一个透明瓶子里，压实后，就在玻璃瓶的正面出现了五峰塔日出的景象。

混乱，迷醉，躁动和不安分，这是属于热带国家的独有气息，可以当下就醉倒，也可以通宵不睡觉。

▲ 酒吧街上的鱼疗按摩店

小郑说："小鹏哥，你站着别动，我给你拍条延时。"我侧身站在酒吧街正中，成百上千的游客从我身边经过。视频中只有我是清晰的，其他人都成了一道道流动的影子。

我们来这儿不光是为了体验柬埔寨的夜生活，还要和一个叫安东尼的美国人接头。接头地点在酒吧街的一条巷子里，那里面有个清吧，屋子里飘着爵士乐。我们到的时候，安东尼正在和女朋友喝饮料。他看起来三十出头的样子，长着陡峭的鹰钩鼻。安东尼说他已经在暹粒住了三年，成立了一个叫作“专家交换”的公益组织，这从他穿的 T 恤上就能看出来，“Expert Exchange”的英文标志异常醒目。

我们打算去跟拍他做公益的过程，这次碰面，就是商量具体的时间地点，另外他特意嘱咐我们不要带太多拍摄设备，怕吓到认生的孩子们。

第三天下午，我们仍在酒吧街碰面，随后叫了两辆三轮车，前往他联系好的村子。安东尼带了不少文具，我问有什么我们可以帮忙的地方，他说可以买些大米送给村子里的贫困家庭，于是半路经过一家米店时，我代表摄制组买了一袋。

三轮车从平坦的柏油路拐上一条土路后就进入地狱模式，我被颠得前后摇晃，脑袋直接撞到车顶。

终于来到村口，眼前是一目了然的贫穷，房子都像临时搭的，十几个孩子围过来，他们的脸、手和衣服都像很久没洗过了，只有眼睛是干净而明亮的。安东尼把本子和笔发给孩子们，每个人都分到不少。

采访也在村子里进行。

“最初是什么原因让你创办了这家公益组织？”

“我第一次来暹粒，也是一个游客，每次到吴哥窟，总有孩子追着我‘one dollar，one dollar’（一美元，一美元）地乞讨。这些孩子都没有上学，我觉得这是一件非常不公平的事情，而且我发现这种情况在柬埔寨十分普遍。我想帮助他们，就成立了这个公益组织。”

“‘专家交换’是什么意思？”

“我会请一些游客来提供帮助，每个人擅长的领域不一样，比如我学的是网络工程，就可以讲一些互联网方面的课程。”

“到现在帮助了多少孩子？”

“已经把十五个失学儿童送进了学校，也给超过一百个孩子提供了必要的学习和生活资助。我们还资助了三所学校，会对教师进行培训，这对他们的教学应该有些帮助。”

“你的目标是什么？”

“我希望有一天‘专家交换’会消失，那说明每个孩子都有学上了。我对下一代的未来还是比较乐观的，教育普及程度会上升。过去十年，这个国家正慢慢好起来，虽然仍比较贫穷，但情况已经在发生改变。”

“你的梦想是什么？”

“我希望以后不必以此为工作，让地球上的每个人，都活在一个平等的世界。可目前看来，孩子们的教育还无法得到保证，这让他们不得不在街头工作。我希望他们可以得到平等的机会，因为每个人都有权利过上体面的生活。”

安东尼跟我说，他在村子里挑选了十个来自最贫困的家庭的孩子，晚上要带他们到市区买校服。我和我的摄影团队也一路跟拍到商店。每个孩子都换上了崭新的白衬衣和黑裤子，还背上印着卡通图案的书包。试衣服时，孩子们看起来有点不知所措，可在照镜子的时候，绽放在他们脸上的笑容应该就是安东尼最希望获得的回报了。

正是许许多多安东尼的存在，弱化了层级之间的沟壑与棱角，他们就像润滑剂，让这个世界运转得更加公平和可靠。

▲ 孩子们抱着刚分到的文具
▼ 穿上新衬衣，背上新书包

2017 年 2 月［印度，加尔各答］

一个城市没落的标志

时隔十年，我又回到印度。刚落地就给我来了个下马威：经过通关速度极慢的海关，再经过搓板似的通往市区的公路，最后还被出租车司机讹了一笔。不过这样的印度倒是一点儿也不陌生，我差点在心里叫起来，你好啊，老朋友，一看你就身体强健骨骼清奇别来无恙。

对于加尔各答，十年前我做的判断现在依然有效：这是一个正在走向没落的城市。所谓万事自有因果，我们先来梳理一下加尔各答的前世今生。

加尔各答完全由英国人按照伦敦的样子创造，更确切地说，它是英属东印度公司控制中亚及远东地区的重要战略据点。这家公司全部由英国人入股投资。生意人久居海外，思乡心切，碰巧手里还拥有这座城市的所有资源，于是他们几乎把伦敦原封不动地搬到了加尔各答。伦敦有大英博物馆，这里就有维多利亚纪念馆；伦敦有海德公园，这里有梅丹公园；伦敦有圣保罗大教堂，这里也有一座同名教堂。英国人对加尔各答的统治持续了三百五十年，他们不仅复制了伦敦的城市轮廓，也复制了英国成熟的管理模式、科学的工作方法、优质的生活标准和得体的礼仪规范。

1947 年印度独立，英国人撤离时带走了他们所能带走的一切，只留下一个殖民城市的空壳。独立本是好事，可悲之处在于上台政权的口号是打倒一切，让贫民住进殖民者留下的高楼大厦。设计容量仅为二百万人的加尔各答一下子挤进来六百万人。当评论家来到加尔各答，看到从殖民建筑中走出身形卑微目光呆滞的贫民，看到马路上老鼠横行蚊蝇蔽天，看到

人们当街大小便屎尿气冲天的时候，他们感到一种深深的绝望。

二十世纪七十年代，法国导演兼作家杜拉斯拍摄了一部名为《在荒芜的加尔各答她叫威尼斯》的电影。杜拉斯说："在一个人口那么稠密、交通那么拥挤的城市，四周的建筑竟有种光怪陆离的美丽。""……她只能生活在那里，她靠那个地方生活，她靠印度、加尔各答每天分泌的绝望生活，同样，她也因此而死，她的死就像被印度毒死。"

2007年，当我走出加尔各答火车站时已是傍晚，看到中心商业区两边林立着高大的殖民地建筑，银行、铁路局、邮局，黄色聚光灯打在楼体之间，璀璨、明亮、耀眼。根据多年出行经验，我知道城市夜晚所呈现的未必是本来面目，很多灰暗潮湿的角落都在见不得光的地方沉睡。果然，白天的加尔各答马上换上另一副面孔。同样是在中心商业区，我看到无家可归的流浪汉，浑身赤裸的残疾人，捡拾垃圾的小姐弟。在特蕾莎修女创办的仁爱会里更是聚集了数字庞大的边缘人群。

2017年，仍旧是傍晚。整个城市就像一台功率强大的噪声制造机。汽车的轰鸣，小贩的叫卖，人来人往的嘈杂，组合成源源不断的音浪，我被裹挟其中，逃无可逃。公共汽车的车门依旧大敞四开，售票员撑住门框，大声喊出目的地的名字。每次停车不过几秒钟，后面的司机已经不耐烦地按响喇叭，乘客也早就练成随时跳上跳下的技能。昏黄的街灯照在殖民建筑的残壳上，看起来比十年前更破败了，就像一艘即将沉没的轮船，浮力只是减缓了沉降的速度，但结局已经注定。

后来我们还去了一个鲜花市场，就在加尔各答地标建筑豪拉大桥之下。几百个花贩和顾客把一大片空地挤得水泄不通，地上到处都是撕碎的报纸。没卖掉的残枝败叶直接扔在一旁，越堆越高，他们就在混合着花香和垃圾气味的环境中讨价还价。市场后面连着露天厕所，屎尿直接流进胡格利河。就在离此不远的地方，人们站在河边洗澡刷牙。不知是城市管理者缺位，还是大家早已见怪不怪了。

这就是我两次遇到的加尔各答。一个城市走向没落的标志，并不是轰然倒塌，而是一点点丧失前进的愿望和动力，它的麻木不仁让许多想做事、愿做事的人感到失望，于是他们走向孟买，走向班加罗尔，走向世界，一个城市的生命力就这样被损耗殆尽。

这次来印度之前，我们在网上发布了一则招募体验者的启事：“我们会负责所有吃住行，但希望你的护照还是一个白本（如果还没有护照，马上办也来得及）。这样做的目的是希望告诉许多没有机会、没有胆量踏出国门的年轻人，旅行远比我们想象得简单。”

来自重庆的大三学生李升获得了这次机会，后来他还在节目中出镜，跟我一起挑战加尔各答的路边摊，一口气吃下七八种美食，从甘蔗汁、橙汁、炒面，到奶茶、老酸奶、手抓饼……神奇之处在于，我俩的消化和排泄系统竟都完好无损。我问李升这次旅行之后最想干什么？他说最想和哲宁老师学摄影。

2017年2月［印度，大吉岭］

在印度坐车的等级之分

这次来大吉岭，是为了补偿上一次没坐成玩具火车的遗憾。从19世纪末到现在，这趟火车已经运行了一百多年。2009年的一场山体滑坡把其中一段铁路冲毁，后来只有从大吉岭到古姆之间的一段铁路仍在运行，往返大约需要两个小时。

说它像玩具也是因为小的缘故，算上车头一共三节车厢，铁轨只有六十一厘米宽，比国际标准的一点四三五米窄了一半还多。玩具火车仍旧使用蒸汽动力牵引，坐在里面，就像回到了工业革命时代。

▲ 铁轨宽度只有六十一厘米的玩具火车

不过这些都是我之前的想法，从实际乘坐体验来看，竟然比预想的还要原始粗粝。火车开过来时，能看到司炉工往锅炉里铲煤块，炉膛里冒着红亮的火苗。这时车头带起一阵风，风里裹着煤渣子，不一会儿我就觉得头发里有点硌，用手一划拉，手指头都是黑的。汽笛声也一刻不停地响着，那尖锐的哨鸣音让我只想堵住耳朵。上车后，车速也是肉眼可见的慢，车窗外的汽车、摩托车超不过也就算了，遇到拐弯处，连自行车都是飞驰而过的。车厢一直在晃，我们的脑袋也跟着节奏左摇右摆，就像被催眠后大家的动作都整齐划一。我还发现一个能证明它是玩具火车的证据。中途要经过一个叫作巴塔斯蒂亚环（Batastia Loop）的临时停车点。Loop 就是圆圈的意思，你没见过正常的火车不走直线还转个圈吧，但怎么又似曾相识呢？没错，这是在火车模型的沙盘上经常能看到的设计，所以叫它玩具火车也算名副其实了。如果在天气晴朗的日子，站在巴塔斯蒂亚环的观景台，就能看到海拔八千五百八十六米的世界第三高峰干城章嘉峰，只可惜我们来的这几天一直乌云密布，只能对着云雾想象一下那白雪皑皑的绝岭雄峰了。

在印度旅行，火车绝对是必不可少的交通工具。我曾从北到南，从东到西地坐过几个来回，经历多了，自然就有话说。

我发现印度火车存在两大通病。

一是晚点。时刻表上从不标注准确的到达时间，只给出一个大致区间。比如从德里到加尔各答需要二十到四十个小时，那究竟是二十还是四十，完全取决于司机师傅的心情。一次从瓦拉纳西到加尔各答的火车晚点，当晚点两个小时的时候，我焦躁；晚点四个小时的时候，我抓狂；晚点六个小时的时候，我就变得聪明起来，我知道此时的我已经拥有足够资格去安慰晚点八小时的那个自己了。

二是超载。这个问题似乎普遍存在于印度的所有交通工具上（除了飞机）。长途汽车可以把我挤到以一只脚踩住另一只脚的姿势站立，而在德里看到的一辆电动三轮车，竟能把十七个成年人统统塞进去。火

▲ 在印度坐火车绝对是最入乡随俗的体验

车的超载潜力更是无边无际，先不提那些车顶上坐满人的开挂照片，就说我的一次真实经历。那天我要坐夜车去孟买，由于没买到座位票，上车后不得不和另外五个浑身散发咖喱气息的印度兄弟一起挤在卧铺床底，我的头和他们的脚也像兄弟一样亲密无间。那一夜是真正的噩梦，至今都不愿仔细回忆。

好在火车上的超载只发生在三等车厢，而一等或者二等车厢，则是另外一个天地。在印度，火车车厢的等级对应着旅客身份的等级，由于种姓及经济能力的制约，一等和二等车厢不允许下等印度人进入，而三等车厢也会让那些自恃身份的高种姓印度人不屑一顾。

从迈索尔到班加罗尔一段，我坐的是二等空调坐席，票价高昂，是普通三等车厢的五倍。

跟这五倍票价对应的是车厢的整洁，到处窗明几净，一尘不染，车厢内全是那种可以自控角度的航空座椅；是服务的周到，穿黑色制服的侍者来回穿梭，免费发放食物、饮料和报纸；是车上其他乘客的体面和彬彬有礼，老先生西装革履，老太太裹着质地上乘的深色纱丽，没人大声说话，不是在思考就是在微笑；还对应着开得极低的空调度数，难怪那些先生太太穿戴得那么齐整，看来都是有备而来。

我缺少他们的先见之明，身上只穿着裤衩背心，把自己冻得够呛。后来实在扛不住，又蹿回三等车厢。窗外吹来的热风刚好把身上的冷气中和。我又看到遍地爬行的乞丐，听到往来小贩的叫卖，有一种在市井中随处可见的喧哗热闹。

我想我作为旅行者的幸运，是可以自由穿梭在印度的穷人和富人之间。

▲ 把交通工具的运载潜能发挥到极致

2017 年 7 月 [老挝，孟威村]

一个夏天，三个雨季

时隔九年，我决定重返孟威村。从廊多镇开往孟威村的渡船依旧又瘦又长，雨季的南乌江也仍然浑浊不堪。为了避免不必要的麻烦，我在上岸前还乔装打扮了一番，戴上帽子墨镜，又用户外围巾包住嘴，只有鼻孔露在外面。我问同行的其他人：“怎么样，还能看出我是谁吗？”摄影师嘉豪说：“看倒是看不出来，不过，小鹏哥，你不热吗？”

“能不热吗?! 你看我这汗流的。反正只要我不说话，应该连我妈都认不出来。”

孟威村还是老样子。有人在自家门口编织鱼网，有人用竹竿捅椰子，孩子们依旧疯跑疯闹，看起来还是那副岁月静好的模样。也有一些新变化，村子里多了几根电线杆，错综复杂的电线接进各家各户。手机信号也没消失，网速还不慢。我跟大家说：“九年前我第一次到这儿时，没有电，没有网络，没有手机信号，完全与世隔绝，特别安静，特别适

▲ 电线从村子上空穿过

合思考，也是这个原因，让我住了将近一个月。也不是说现在就不好了，不过要是当年跟现在一样，什么都有，我恐怕不会住那么久，也就不会发生后来的那些事儿了。”

我们沿着村子里的主路一路前行，看到什么我就跟他们介绍什么：“这里以前是个杂货铺，我记得当时是四兄弟中的老二还是老三在这儿卖货，我总在他们家买花生米，装在用橡皮筋儿勒着的塑料袋里，他们家老四还找我借过钱。”“这家以前是个客栈，我在他们家借过小说看。怎么客栈的招牌都没了？可能早就不干了。”“你们快看，这儿还有家酒吧，有了电就是不一样，可以天天放音乐了。”

就这样边走边聊，很快我们就来到那幢被漆成淡粉色的房子面前。我让嘉豪替我在房子周围绕了一圈，他很快回来跟我汇报：“小鹏哥，一个人都没有，安全。”还做了一个 OK 的手势。

我把大家叫到一个不那么显眼的角落，然后说道：“我的钱就是在这房子后面的一排平房里被偷的，后来我去找这一家人评理，老板就站在那儿，”我用手指向篱笆后的一块空地，就像在指认案发现场，“他从后院拿出一把砍竹子的弯刀，还说要弄死我。当时我一下子就懵了，因为每天只有一班船进，一班船出，当时船已经开走了。而且这里没有电，没有手机信号，原本这些都是世外桃源的设定，没想到却成了监狱里的铁栅栏，让我插翅难逃。好在老板没有追出来，但是晚上我也不敢睡在他们家了。我换了另外一个客栈，但仍旧是在村子里，大家抬头不见低头见，我怕老板改变主意。其实他都不需要把我捅死，只要叫几个亲戚，把我打蒙，然后扔进湄公河，我就从这个地球上消失了。所以那个夜晚是我这辈子经历的最黑暗的一个夜晚，还下着很大的雨，东南亚的雨季非常夸张，什么都看不见，什么都听不见，那一夜，我一分钟都没敢合眼。那也是我这一辈子的噩梦，现在我看到这房子，还会感到心里有点儿紧张，有点儿害怕。”

“那你为什么这次还要回来？”

“因为那个夜晚也改变了我的人生走向。有点像《天龙八部》里虚竹下棋，把棋子搁在死穴，却盘活了整盘棋。当时我的处境也差不多，正处在人生的低谷，不知道是否应该继续追逐梦想，还是就此放弃，找一份朝九晚五的工作，平稳地度过余生。正是那个彻夜难眠的夜晚，让我意识到，只有穿越茫茫黑暗，才能获得内心的平静。这次到琅勃拉邦拍摄，正好路过这里，如果不回来看看，我会觉得有点儿遗憾，所以宁可把自己包成粽子，只要碰面时不被认出来就好。你们先在村子里拍点儿空镜吧，我去找一个老朋友，看看他还在不在。”安排好工作，我一个人朝独臂阿仔的家走去。

▲ 独臂阿仔

他的家就在粉房子的拐角处，门开着，屋里正有两三个男人坐在地上吃杧果。我一眼就认出阿仔，当然还是因为他的断臂。

我叫他：“你好，阿仔！还记不记得我是谁？”他抬起头，一脸茫然。我才想起自己还全副武装着呢，赶紧摘下帽子和墨镜，然后冲他笑。阿仔像是在努力回忆，然后诚实地说：“你也好，我有点儿印象，但是不确定，你能再多给一些线索吗？”

我说起往事，又说他怎么帮我破案。说到这里，他叫了起来：“哈！我记得，我记得，你是中国人，你离开时我还到码头送你。”阿仔的外貌和九年前差别不大，依旧是短发，四方脸，眼睛里反着光，只是眼角多了几道皱纹。

他把我让到屋子里，分给我半个杧果。说起这些年的经历，他说他后来去了万象，做了几年生意，去年才决定回来。

话题还是回到九年前，他一边回忆一边说：“你走以后，偷钱的事也就不了了之了。但是那一家的名声也不太好了，七八年前他们把房子卖了，搬到琅勃拉邦。薄安（老板的女儿）很快就嫁人了，但那个男的也不好，赌博，还打女人，后来他们就离婚了。你知道我们家和他们家虽然是亲戚，但也没什么来往，所以对他们家后来的事我知道得也不太多。哦，对了，艾爸爸（老板）包了一辆旅游车，翻到沟里了，听说后来也不干了。”

这听起来像是一个仇人落魄的故事，可我却并没有那种大仇得报的快感，相反还有一点内疚。如果不是因为那件事，不是因为“名声不太好”，那一家人可能也就不会背井离乡。阿仔看我听得出神，就把话题引到自己身上：“去年回来，发现孟威村变化还是挺大的，当然这变化是没法跟万象和琅勃拉邦比的，但毕竟在一点点好起来，有了电，有了网络，明年还会通车，你下次来就不用再坐船了。”

“那你还打算离开吗？”

阿仔平静地说：“应该不会了吧，我已经看过了外面的世界，在城市里的那些年有很多收获，也终于找到了自己的方向，还是孟威村这样的地方更适合我，不需要很多钱，还有新鲜的食物，清新的空气，这些在大城市里花钱都买不到。我现在最大的梦想，就是发展孟威村。在这里，如果你有五百美元，就可以做很多事，可以帮很多人，你会发现给予比得到要快乐得多。我对未来还没有太多计划，应该会待在这里吧，也许会永远留下。”

2008 年我从孟威村回国后，几乎逢人就会讲起这个故事，大家也都觉得精彩，催我赶快写出来，可每次下笔都半途而废。其实这个故事除了我前面提到的高潮部分，还有若干次反转，并不是被小说家设计好的段落，就是按照事物内在的逻辑，一件一件地发生。直到2017年上半年，我才终于把它完成，我相信《孟威村的雨季》一定是我最重要的一部作品，因为那段经历不可复制。

现在想来，我一共在2008年的夏天经历了三个不同的雨季。

真实的雨季，每天都会下雨。

旅行者的雨季，被偷钱还被威胁的事就像头顶的乌云，挥之不去。

人生的雨季，孟威村的经历让我明白，雨季之后，一切都将不同。

▲ 村口停着几条瘦长的渔船

2017 年 10 月 [法国，欧什]

欢乐又紧张的马戏

欧什位于法国西南，恐怕大多数旅行者都没听说过这个地名，每年只有那些要走圣地亚哥之路的朝圣者才会经过这里。我这次来，是受邀参加在欧什举办的当代马戏节，今年已经是第三十届了。这个节日设立的初衷是为了提高城市知名度，后来却成了发展当代马戏艺术的助推器。

说起马戏，我们首先会想到一顶巨大的圆形帐篷，然后是小丑的串场，再把空中飞人、驯兽表演、高能杂技加进去就算完整了，也算是流水线批发产品，只要能把孩子们逗乐就行。当代马戏看起来更先锋一些，所谓先锋就是看不懂。我一共看了四场，场场风格不同，有的演出要求观众噤声，有的全靠演员即兴发挥，连剧本都没有，有的又几乎不使用任何道具。虽然空中飞人、睡钉板、踩钢丝等传统马戏元素也会被用到，但在当代马戏中，技术已经让位于艺术。这有点像戛纳电影节，买票进场的观众不会期待去看一场爆米花电影，他们希望看到对电影艺术的推陈出新，往往越是深邃复杂挑战智商的先锋作品，越能获得评论家的一致好评。

四场马戏演出中，最容易看懂的就是踩钢丝了。钢丝架在城市正上方四十米的高空，表演者手握一根十米长的平衡杆，在没有任何保护措施的情况下做出高难度动作，那一刻全城都在往上看。马戏节总监马克先生说，我们一直在探索如何将马戏和城市融合在一起，这可以增加市

民的参与感。

有的马戏在兼具娱乐性的同时，还增加了一些叙事元素，其中最典型的是一场叫作《公主们》的演出。几位女演员分别扮演白雪公主、小美人鱼（用胶带绑住双腿）和豌豆公主，剧情则是她们在现代世界寻找爱情的故事。演出场地非常紧凑，空中飞人几乎擦着观众席掠过。表演中还加入很多互动桥段，比如，让观众到舞台中央吻醒吃了毒苹果的白雪公主；往观众席投掷塑料道具；让我们打拍子配合公主们的演唱，台上台下联动成一片，每个人都在演或看的过程中，让情绪得到短暂释放。

马克说，当代马戏与其他艺术形式的最大区别来自现场的紧张感。在观看一场叫作《凿沉》的表演时，舞台中央立着一根四米高的木桩，底部并没有固定。表演者在同伴的帮助下爬到木桩顶端，再试图一点点站直身体。木桩很细，目测直径不超过二十厘米，而且一直在晃，大家都屏息凝神，四周鸦雀无声。我情不自禁地想，如果站在上面的人是我，我该怎么做？我的腿会止不住地哆嗦吧，我的注意力必须全都放在平衡和稳定上面，至于台下的观众，我是一眼都不敢去多看的。这应该就是来自现场的紧张感吧。

在《稀有的鸟》的表演中，没有剧本，没有台词，没有道具，背景音乐也时有时无，观众的视线全都集中在表演者的身体展示上面。两个人手臂抵在一起，各不相让，不一会儿就满头是汗；一个人踩着另外几个人用手搭起的“桥”在空中前行，他往前迈一步，其他人也要跟着移动；表演者先站到同伴的肩膀上，然后整个身体向后倒，其他人再把他接住，这需要和同伴之间长期形成的默契和信任才能完成。其实这也暗合了生活中的道理，人与人之间的关系始终处在竞争与合作的动态平衡之中。

虽然时代在变，但表演者对艺术的追求并没有随波逐流，他们仍旧忠于自己的内心表达，这也让欧什培养出大批“就好这口”的忠实粉丝。也只有每次演出结束后的欢呼声，才会让台上的演员觉得自己的每一次尽力都得到了回报。其实最大的受益者还是台下的孩子们，从小就被马戏的万花筒耳濡目染，也就拥有了接受新鲜事物的能力，心胸越来越宽广，足以包容所有怪诞。

十几年前，就在我刚刚开始背包旅行的时候，我看到一条招聘信息，一家常年在美国巡演的中国马戏团需要一个随团翻译，一个月一千美元，包吃包住，我马上动了心，还投了简历，也达成了初步的意向，这不就是我一直向往的生活吗？要不是后来项目不了了之，我现在可能也过着流浪的生活，坐着大篷车四处漫游，就像吉卜赛人一样，这一生的路途可能就和现在完全不同了。命运啊，还真是谁都说不好。

▲ 公主在表演
▼《稀有的鸟》的表演充满先锋实验的味道

2017 年 10 月［法国，巴黎］

三个匠人的大智慧

一天之内拜访了三位匠人。

米歇尔的工作室位于巴黎工匠扎堆的多梅尼勒大街。因为在手工制伞领域拥有绝对权威，他在 2013 年被评为法国艺术大师。

米歇尔告诉我："二战之前，几乎每座欧洲城市都会有一家雨伞店，后来随着工业化量产，雨伞就成了超市里的大众消费品，手工制伞店慢慢被淘汰了。"

"既然这条路不好走，为什么还要把做雨伞当成一辈子的职业？"

"我从小就对雨伞有一种迷恋，八岁时就掌握了基本的雨伞组装技巧。别小看一把伞，伞面、伞架、伞骨，藏着无穷变化。我希望这门古老的手艺可以一直传下去，我现在已经开始带徒弟了。工业化制造的雨伞用不了多久就坏掉了，但我做的雨伞可以用二十年，这也是环保的一种方式吧。我现在最喜欢刮风下雨天，总有老客户给我打电话说别人的雨伞都被吹跑了，但我做的雨伞就

▲ 米歇尔在讲解制伞工艺

没事。”

“我看到工作室里有很多宫廷风的雨伞，也是您亲手制作的吗？”

“一部分是，还有一部分是从古董店里买来后进行修复的。我这辈子没给自己买过房，赚的钱都用来在古董市场淘旧雨伞了，差不多有几千把。”

米歇尔拿出一把大号黑伞，伞面撑开时轰轰作响，听起来非常有质感。“我做的雨伞是最棒的！”这句话可不是米歇尔自己说的，而是从他一直挂在脸上的自信中流露出来的。

随后我们来到奈丽女士的工作室，她是一位用羽毛进行创作的匠人。工作室内的色调呈现出天堂般的纯白色。正中有一张工作台，上面摆满了图样和已经完成的草图，看起来有些凌乱。我问她，这是世界上最轻的艺术品吗？她微笑着表示默认。与米歇尔一样，她也拥有艺术大师的称号。

其实在中国，用羽毛作为装饰的点翠技艺从汉代流传至今，就是将翠鸟的蓝绿色羽毛粘贴在金银制作的金属底托上。奈丽用到的羽毛要更丰富一些，她把这些羽毛都收纳在从地面一直摞到房顶的白色纸盒里。她爬上梯子，把其中一个盒子递给我，除了感受到纸盒的重量，里面仿佛空无一物。打开之后，我看到艳丽的孔雀羽、色彩单一的鸵鸟羽，还有几根粉红色的火烈鸟羽毛。我不禁疑

▲ 盒子里装满了羽毛

惑起来："这么多羽毛，究竟从哪里收集的？"

奈丽微笑着回答："大多是从古董店里买回来的，也有一些来自人工饲养的鸟类，我在公园里跑步时，看到好看的羽毛也会捡起来带回工作室。没有一根来自捕杀，这也是我反对的事情。"

奈丽的工作流程并不复杂。她先用极细的画笔勾勒出草图，再从百宝箱中找到合适的羽毛，剪出其中她需要的那一小截，再把它们拼到图案上。难点在于，即使同一片羽毛，选择不同部位所呈现的色彩也不尽相同，需要反复比对，没有耐心和眼力，根本无法胜任，当然还要融入创造性。

奈丽跟我说，她从十四岁就喜欢色彩缤纷的羽毛，认准自己将来要做一位羽毛艺术创作师。虽然那些纸盒只有纸盒的重量，却承载着她三十年来投入的时间与精力。

第三位出场的是一位来自西非国家马里的摄影师，马里克·斯蒂贝曾在 2007 年获得威尼斯双年展终生成就奖。

1995 年，巴黎卡迪亚现代艺术基金会为马里克举办了他在非洲大陆之外的首个摄影展，时隔二十二年，马里克去世后的首次摄影回顾展也在同样的地方拉开帷幕。摄影展的主题叫作"马里旋风"。虽然已经无法和马里克进行面对面的交流，但我依旧可以通过摄影作品来完成与他的对话。

展厅内的三百多幅黑白照片拍摄于二十世纪六十到八十年代，大致可以分成两个系列。第一类偏纪实，他拍舞会上摇摆的年轻人，陶醉在音乐世界里的 DJ，河堤上惬意的野餐……看起来到处都是蓬勃朝气，让人心情大好，原来五十年前的非洲大陆已经如此时髦了。另一类是工作室沙龙照，就像明星为杂志拍摄的封面，只不过马里克把镜头对准了普通人，因为他学过画画，于是把人物当成静物，给他们摆出各种姿

势，让沙龙照上的每个人看起来都轻松随意，就像听着什么欢快的音乐。为了营造马里克创作时的氛围，展厅内播放着复古的迪斯科音乐，还设置了一个互动区，准备了很多适合拍摄沙龙照的道具。我戴上鸭舌帽蛤蟆镜，抱着一个单卡录音机，冒充二十世纪八十年代的小镇青年。

分析马里克的作品并不需要从技术层面入手，仿佛随便给一位业余摄影师一台普通相机也能拍出来。这不像在欣赏《国家地理》摄影比赛作品，让我忍不住琢磨“这只老鹰的眼睛得用多长焦段的镜头才能拍出来”，或者“摄影师为了拍出这种阳光透过云海的效果一定在山顶熬了好多天吧”。

既然马里克的摄影作品看起来平平无奇，那为什么威尼斯双年展会把最高荣誉授予他？双年展艺术总监罗伯特如此评价：“（这些照片）记录着当地的历史，扩充着这里的图像档案，使我们得以感受到非洲文化的质感并注意到它的变革。”也就是说，威尼斯看重的是马里克对一个变化中的时代的记录。我甚至觉得，马里克拍照的动机完全出于本能，只是因为敏锐观察到生活中的一些变化。二十世纪五十年代，当法国结束对马里的殖民统治之后，当地的文化生活也刮起了新时代的旋风，舞厅多起来，派对更热闹，年轻人的娱乐走向多元化。反正他的拍摄动机肯定不是为了到威尼斯拿大奖，而只是打心底里觉得应该去拍。

中国有句俗话，“三个臭皮匠，顶个诸葛亮”，说的是人多力量大，把三个普通人的智慧加在一起甚至可以超过一个聪明绝顶之人。可当我完成对三位匠人的探访之后，却从他们身上发现了一种共同的智慧——让他们获得艺术成就的原因，并非一把伞、一件羽雕、一张照片，而是他们都在持续并且投入激情地做一件事，并且把自己做成了那个领域的独一无二。这种智慧的确比表面上的聪明高级许多。

在拜访三位匠人的那天清晨，我还完成了一个心愿。

我是在前一天的傍晚从法国南部的欧什回到巴黎的，正好赶上齐勇姐带着另一个媒体团也刚到。本来打算一起喝点小酒，可由于各自行程都结束得太晚，就发微信说那回北京再见。可我觉得还是应该在巴黎见个面，合个影，因为齐勇姐带完这个团就正式结束了在法国旅游局的工作。于是一大早我穿过半个城市来到她入住的酒店，她完全没想到我会来。2005 年 1 月，我第一次被齐勇姐邀请到法国采访戛纳购物节，转眼一个生肖轮回就这么过去了，虽然她总说自己没做什么，可她就是这样一个人，一个好人，我相信很多旅行者正是因为她的帮助而成了旅游撰稿人或者自媒体。我不能代表别人，但我可以代表这十二年来每个快要走不下去时的自己，对齐勇姐说一声，谢谢。

2017年11月［突尼斯，西迪布赛］

大脑缺氧之后的发现

中午落地突尼斯，因为出关要报备无人机，耽搁了将近一个小时，也就没回酒店，大巴车直接把我们拉到了此行的第一个目的地——蓝白小镇。

抵达小镇后先去吃饭，可这顿饭吃得并不踏实。因为突尼斯人沿袭了法国人的做派，就是上菜极慢，头盘不撤绝不会上主菜，最后我不得不放弃甜点和茶，心急火燎地赶紧开始工作。

虽然已经是第四次来到这个地方，但这次的工作性质不同。以前是撰稿人，感受一下就能写出东西。可这次要拍视频，拍不到画面就相当于白来一趟。于是紧赶慢赶地支起三脚架，长焦换广角。眼看光就要跑了，没了光，黑乎乎的，哪还看得出什么蓝白？所以必须要和时间赛跑。

其实论风景，这里并不输希腊的圣托里尼，尤其是从山腰处的咖啡馆远眺，近处是白色的房子和蓝色的伞，山脚下泊着上百艘闪着银光的游艇；远方是起伏的山峦，远与近之间隔着靛蓝的地中海。

可我根本没工夫欣赏，因为日落的速度太快了，才五点刚过，那个金色的大盘子就无影无踪了。

太阳下班了，我却不能下，又去了那家百年老字号的草席咖啡馆。它太有名了，也是因为独占高处的优势，毕加索来过，凡·高来过，找没找到灵感不知道，他们一定是会点上水烟抽的。这时两个机位已经架

▼ 台阶上面就是草席咖啡馆

好，麦克风也指向了我，我该说话了，该表达了，该说此地多美而我又是多么兴奋。可能是我刚闻到的水烟劲儿有点大，也可能是时差的影响，反正我的脑子突然不转了，嘴里冒出的字词根本连不成一个完整的句子。

于是放弃，把脸一扭，将摄像机和麦克风都搁在脑后。眼前的蓝白小镇已经亮起明黄色的路灯，灯光照在青石板上，荡漾出一层暖色的光，让走在上面的每一双腿都留下了清晰的剪影。旁边那对来自北非的情侣一直在看着我微笑，无论男孩女孩，笑起来都特别好看。我将目光穿过人群，落在不远处的大海上，群山也已完全隐没在夜色之中，海水泛出一缕暗色的光芒，那是落日余晖照到云层再折射向海面形成的，马上也要消失了。

本来蓝白小镇这个地方，最吸睛的一定是蓝色的门、白色的墙，因为人类是视觉动物，颜值即正义，真是放之四海而皆准。

可我对这里的喜欢，却是在一阵大脑缺氧之后才找到的。因为遗忘，忘了身在何处、今夕何年，甚至手边的工作，都如海市蜃楼般，不太真实，又具体得有模有样。

每次来蓝白小镇，都能遇到同一位老人，他的耳朵后面永远别着一朵白色的茉莉花。每次见到他的地点也固定不变，就是在草席咖啡馆台阶下的椅子上，连姿势都固定，总是一动不动地晒着太阳。更加神奇的是，我来了四次，他似乎一点都没老，这从跨越十年的四张照片中就能看出来。我总把他当成蓝白小镇的布景，因为有人物出现的照片总会显得生动一些。如果还有第五次，我一定会走到他跟前，说一声：“您好，下次再见。”

▲ 耳朵后面别着茉莉花的突尼斯老人

2017 年 11 月［突尼斯，撒哈拉］

沙漠中的几千亿颗星

那块写着“欢迎来到火星”的牌子孤零零地戳在营地入口。在它身后，是几十个点缀在沙丘之间的白色帐篷。帐篷看起来都很大，并不是那种户外徒步过夜用的单人或双人帐篷，而是更像一间间真实的房子。如果把视野放大，在方圆百里空无一人的沙海之上，那它再大也还是显得渺小，还真有点像人类登陆火星后建立的临时定居点。

掀开帐篷的布门，发现里外一共有两层。外帐的篷布质地厚实，足以挡住风沙，内帐是红色的纱幔，看起来就柔和许多。正中是一张双人床，寝具皆为纯白色，脚下铺着地毯；卫生间里有马桶，还有盥洗用的水壶和铜盆。这样的配置出现在沙漠之中，会让人产生一种不真实感，会不会下次眨眼之后，眼前的一切都将消失不见？

虽然居住条件已经算得上沙漠里的希尔顿了，可没人愿意把时间浪费在作为客房的帐篷里。要么站在高处等日落，要么坐在中央帐篷里等晚餐。我们来得有点儿晚，夕阳早就等得不耐烦，只是敷衍地在天上照了两下，很快就滑落到沙丘之后。其实大家今天来，倒不是单纯为了观赏沙漠景观，而是为了聆听明天在沙漠中举行的一场音乐会。等音乐会结束，所有人即刻离开，就像是一场快闪活动。

中央帐篷比作为客房的帐篷大了四五倍，可以同时容纳几十个人共进晚餐。这里的内帐不再是纱幔，而是由几十张挂毯拼贴而成，挂毯都是暗红色，仔细看还能看到古老的阿拉伯花纹。餐桌上已经摆好蜡烛和红酒杯，虽然这里没有电，却有很多浪漫。

这时帐篷外的篝火已经点燃，厨师正在借用炭火烤馕，这也是生活在沙漠中的柏柏尔人的主食。当然我们的晚餐远不止于此，还有烤鸡腿、蔬菜沙拉、椰枣、库斯库斯（一粒一粒的黄米饭）。

菜过五味之后，我打起瞌睡，趴在桌子上睡着了。再次醒来时，听到从身后传来音乐声，原来是乐师们正在为明天的音乐会认真排练。

嘉豪说："小鹏哥，你醒了啊，我们正在讲每个人的初恋故事，你也参与参与。"其他人都笑着起哄。

我笑着说："我先等等，头还有点儿晕，先听你们讲。"已经有几个人说完了，这时轮到哲宁。

哲宁说："我的故事其实挺平淡的，一起走了七年时间。但还是要感谢他，正是因为这段感情结束了，我才留在丽江，才加入背包十年，也才有现在坐在撒哈拉的我，还有以后一定会越来越精彩的我。"大家热烈鼓掌。

孟夕说："我在高二时喜欢上一个女生，我们是同班同学，我追的人家，但她没同意。后来我们班要拆，我就跟她说，拆了以后要是还分在一个班，我们就在一起，"他在烛光的映衬下狡黠一笑，继续说，"然后就真的还在一个班。"原来这家伙从小就是霸道总裁。

Amandine说："认识的过程我就不说了，说说怎么分手的吧。就是跟他在一起的时候，我们都经历了一段非常低落的时期。他抑郁的时候，我义无反顾地陪在他身边，可当我抑郁时，人呢？不见了！我就觉得还是算了吧。"大家纷纷说："不值得，不值得。"

嘉豪说："复读时喜欢上一个女生，但那一年我们说好了要好好学习、天天向上，先不谈恋爱。结果我们以同样的分数上了同一所大学，这绝对是缘分啊。她觉得我应该先经过她的同意再告诉其他同学，但我先说了，她就发短信说不要再联系了。后来在大学，我因为出演校园话剧，海报贴满了学校，被她注意到，就又联系上了。但那次恋爱只谈了四天，可能两个人都还没想明白，就火速告吹了。好了，我们都讲完了，小鹏哥，该你了。”

我说：“我这个其实是个暗恋的故事，先是喜欢，但过了很久才有勇气表白，最搞笑的是表白前明明很在乎，却表现得特别无所谓。”大家追问：“那后来呢？”

“后来就成了朋友，到现在已经快二十年了。”说完这句，可能思绪也跟着穿越回二十年前，突然觉得脸上有点儿发烫，好在挂毯是红的，烛光也是红的，即使脸再红也不会被发现。

晚宴结束后，我往自己的帐篷走，看到孟夕已经支起三脚架开始拍星轨了。他是专业星空摄影师，每一张照片都令人惊艳。我说：“孟夕，能不能也帮我拍一张？”孟夕说：“没问题啊，不过，小鹏哥，我建议你穿那件柏柏尔人的长袍，看起来跟沙漠更搭一些。”我换上长袍，孟夕找来一把椅子让我坐下，再三嘱咐我不要动。几十秒的曝光之后，白色的帐篷成了我身后的背景，更大的背景，则是几千亿颗星。

第二天一早，沙漠中起了大雾。远远近近的白色帐篷都变得虚无缥缈，像一层层重影。在干燥的沙漠里，你也可以把雾气看成雨，地表也被“雨”浸成更深的黄色。我从地上抓起一把湿沙，马上发现湿沙和干沙差别很大，干沙能从指缝间溜走，湿沙却能捏出形状。

早餐过后，越野车把我们带到一个巨大的沙山之下，我猜选择这样的地方开音乐会，应该是把这道天然屏障当成了回音壁。

这时乐师已经站好位置，三个人，三种乐器，吉他、长笛、小提琴，成为天地之间，沙漠之中，静谧深处的回响。观众或站或坐，我们把所有的注意力都集中到耳朵上，聆听，心无杂念地聆听。如果说优秀的按摩师可以让人的身体感到放松，那么音乐按摩的就是我们的灵魂。

▲ 晨雾中的帐篷
▼ 几千亿颗星

一曲结束，我对身边的一位外国朋友说："这可真是一生一次的经历。"她不住点头。其实我们旅行的目的，不就是去寻找一个个足以铭记此生的瞬间。我余生的记忆，应该会为这场火星音乐会留有一席之地。

每个人都想体验不重复的人生，而这种不重复的精髓，就是拥有尽可能多的可以留在记忆深处的美好瞬间。这样的记忆点越多，也越会让我们觉得，这一趟人生旅途，不虚此行。

▲ 在撒哈拉中举办的音乐会

2017 年 12 月［奥地利，萨尔茨堡州］

神仙生活

12 月的奥地利，天黑得特别早。才刚下午四点半，当我们抵达凯普伦城堡时，看到城堡外的路灯都已经亮起来，衬得远方的雪山越发黯淡，原本巍峨的轮廓被夜幕一点点吞没。

周末的凯普伦城堡被打扮成一个圣诞集市。每扇窗都透出温暖的光，让冰冷的建筑仿佛有了短暂的生命。集市摊位分散在城堡各处，售卖的圣诞商品种类丰富，从圣诞树上的挂件到动物形状的香皂，从冒着热气的苹果派到色彩缤纷的毛线团，或以造型，或以香氛，或以色彩，总能让人产生购买的冲动。欧洲的圣诞集市和中国的年货市场差不多，从来都不缺人气，因为装饰圣诞树就是西方的挂灯笼、贴春联，怎么弄都不嫌烦。

正逛得兴起时，听到从广场方向传来一阵嘹亮的小号声。我循声而去，不知从哪里冒出来几个披着黑色毛发的怪物，头上都长着羊角，羊角旋转着朝外拧成倒八字。每个怪物的手里都拿着一根鞭子，见人就抽两下，大人小孩都不放过，我也不幸中招，还隐隐有点儿

▲ 让我想要收藏的坎卜斯面具

疼。孩子们却个个兴奋，一边躲一边大喊："坎卜斯！坎卜斯！"

在奥地利的传说中，坎卜斯是个半羊半魔的妖怪，也是圣诞老人的死对头。圣诞老人的工作是给孩子们发礼物，坎卜斯的任务则是来惩罚不听话的孩子，这和中国的奶奶吼孙子时的专用句式"听不听话，听不听话，再不听，老妖精来捉你了"有点儿异曲同工（专指小鹏这一代 70、80 后的孙子，不包括 90、00 和 10 后等新时代的孙子）。看来无论东方西方，都喜欢用封建迷信来吓唬小孩。

坎卜斯玩够了捉弄人的恶作剧，开始手拉手跳起广场舞，看起来就像萨满教的招魂仪式。不得不说，虽然坎卜斯的面具丑陋，却丑得绝不雷同，牙齿糟烂，眼睛暴突，面孔扭曲，但都做工精致，甚至让我动了想要收藏的心思。

演出结束，离开城堡时，我看到刚刚结束表演的坎卜斯们都已经把面具摘下。原来都是十几岁的男孩，每个人的手里都提着坎卜斯的脑袋，就像把刚刚欺负他们的妖怪反杀了一样。

这次来奥地利，无论走到城市还是村镇，都会遇到大大小小的圣诞集市。如果让我打分，规模最大的非萨尔茨堡莫属；凯普伦城堡的集市因为有坎卜斯的助阵，在精彩程度上拿满分；可是圣诞集市的终极衡量指标一定是它的氛围，从这个角度来说，米特希尔的集市绝对可以力拔头筹。其实米特希尔的常住居民只有九千多，集市也小得可怜，数来数去都不超过二十个摊位，可那天从下午就下起雪

▲ 慈祥指数与脸上的皱纹成正比

来，伸出舌头就能接住漫天飘落的雪花，再加上从摊位里溢出来的暖光，售货奶奶脸上与慈祥指数成正比的皱纹数量，还有不知从哪儿开来的一辆四轮马车，让眼前的一切就像一场冬日里的童话。

雪花落在地上，不一会儿就积了厚厚一层。来这儿赶集的大多是本地人，一个个熟得不行，打个招呼都要勾肩搭背。他们大多拖家带口，把孩子往集市里一放，也不再多管，孩子们会自动找到同龄的小伙伴。大人们喝着又暖又甜又酸又容易让人微醺的苹果酒，一边碰杯，一边交换着八卦和新闻。等天色完全暗沉，小小的圣诞集市就成了镇子里最暖的那束光，就像卖火柴的小女孩划亮火柴看到的景象。

怎么觉得眼前的一切都像电影里的布景？造雪机一刻不停，灯光师努力把色温控制在让人心情愉悦的那一档，所有人都是演员，表演着热闹，表演着快乐，只要导演不喊停，就会一直演下去一样。

Betty 是我的多年好友，也是这次奥地利拍摄项目的体验者。我和她躲在圣诞集市的角落，一边喝着苹果酒，一边吃着长得像糖葫芦的巧克力串。说起眼前的小镇和生活在这里的居民，我们都羡慕不已。生活似乎就该如此简单，娶妻生子，生老病死，根本不必为生活之外的事操心。

我问 Betty："这样的日子你能过多久？"

Betty 思考了几秒，认真地回答："一周应该没问题，一个月坚持一下也能做到，但更长的时间，比如半年，我可能就受不了了，你说我们是不是有点儿叶公好龙啊？"

我笑着说："那我跟你差不多，也是最多半年吧。以前我特别羡慕这样的人生，我第一次背包去阳朔，觉得在阳朔开青旅、开酒吧的老板过的就是神仙日子。后来我也去了很多其他地方，发现所谓的神仙生活都有着差不多的模样，就是在美好的地方过着清闲的生活。不过我现在改变了看法，你看我每天都很忙，旅行、拍视频、造青旅，没有工作日、星期天，一刻都停不下来。我现在理解的神仙生活，就是脚踏实地地做着自己喜欢的事，没人逼迫，自由从心，并对未来始终充满希望，就像现在一样。”

▲ 雪中的圣诞集市

2017 年 12 月［奥地利，萨尔茨堡州］

听了莫扎特，耳朵会“怀孕”

已经是第三次来萨尔茨堡了，也早就过了一回生二回熟的阶段，可以轻车熟路地登上山顶，看城市灯火浩瀚如海，也可以在粮食大街找家百年咖啡馆打发时间。

在粮食大街 9 号的房门前，永远少不了络绎不绝的游客，因为这里就是莫扎特的出生地。

莫扎特年轻时笃信宗教，作曲前总会把自己关进一间小屋，闭目冥想，自问三个问题：我是谁？我从哪儿来？我要往哪儿去？每每这时，莫扎特的灵感就会喷薄而出，随后曲式、旋律、音节等一气呵成。莫扎特故居与他的出生地仅一河之隔，在他的故居中，同样用大量展品呈现出莫扎特的音乐之路。

虽然出生地和故居都馆藏丰富，但要想和这位旷世奇才来一次亲密接触，就一定不能错过莫扎特音乐晚宴。晚宴在一处巴洛克风格的宴会厅举办，按照头盘、主菜、甜点的次序，疏密有致。上菜间隙，一出出宫廷音乐剧在中央舞台上演。从

▲ 音乐晚宴上的首席乐手

《费加罗的婚礼》到《唐璜》，莫扎特的经典作品被逐一呈现。我不是古典音乐爱好者，所以无法从理论高度总结出音乐为什么好听，如果非要比喻，那声音就像红酒，让人如痴如醉，耳朵听久了，也是会“怀孕”的。

与这种顶级音乐体验对应的，则是萨尔茨堡街头的即兴音乐会。那天刚从教堂出来，就看到两排四五岁的孩子已经站好位置，唱起圣诞歌，让这个天寒地冻的世界一下子溢出温暖。你也能在萨尔茨堡街头听到一些当下最火的流行歌，比如《慢慢来》(*Despacito*)，我就在不同的街角听了不下五遍。看来音乐之城不光有莫扎特，更重要的，是拥有让莫扎特成为莫扎特的土壤。

晚上我和 Betty 在老城里胡乱走着，我跟她说，感觉眼前这条街好像在哪儿见过，却想不起来究竟是在哪儿，就是觉得特别熟悉。

Betty 说：“我懂你的意思。”

旅行了太久之后，眼前的世界就有点儿像个假世界。我的意思是世界变得不太真实，看到一条街，脑子里会同时浮现出许多条街，看到一座山，也仿佛是过往所见无数山的组合，而脚下的路，也不再具体指向东南西北，而变成了千千万万或深或浅的脚步。

我试着从旅行者的角度来回答莫扎特自问的三个问题。

我从哪儿来？

在我过去几十年的人生中，有太多需要做出选择的时刻，高中时文理分班，大学选学校、选专业，毕业后究竟是留学、考研还是找工作，把旅行作为职业后，遇到低谷时，究竟该坚持还是该放弃，取得成绩后，该再接再厉还是急流勇退。如果将每一个必须做出选择的时刻看成一个点，那么把这些点连起来，就是我曾经走过的那条路，也回答了“从哪儿来”的问题。选择的结果无关对错，关键在于做出选择的那个瞬间，有没有听见内心深处的声音。

我要往哪儿去？

这其实是个关于信仰的问题。这个信仰并不是宗教信仰或政治信仰，而仅仅是一种观念，我相信它正确，并愿意把它贯彻到自己今后的行动中去。我的信仰其实就是两个字：分享。通过我的书、自媒体平台，以及日常的为人处事来分享我对旅行的理解、对世界的认识、对人生的看法。如果你的人生因为我的分享而发生一些朝着积极方向的转变，哪怕只有一丁点，对我来说，都是一件值得高兴的事。继续保持分享的激情，同时让自己所做的一切值得被分享。这，恐怕就是未来要走的那条路吧。

我是谁？

这个“我”不是身份证上的姓名、性别、生日、家庭住址，也不是用工作、财富、社会地位定义的那个个体，而仅仅是在自我认知的体系中，我认识的自己究竟是什么样子。对这个世界来说，每个人都是普通人，但又具有独一无二的属性。自我认知程度越高的人，内心也会越平静，因为他已经探知自己能力的边界，不会再为那些无能为力的事情伤脑筋，也不会在做完小菜一碟的事情后沾沾自喜。对任何人来说，自我认知永远处于一种未完成的状态，是一个不断深化和完善的过程。因为世界在变，人也在变，唯有变化才是永恒。因而读书永无止境，行路也永无止境。这里的行路不是指某一次旅行，而是指在人生的这条长路上踯躅前行。

▲ 莫扎特就是萨尔茨堡的城市图腾

通往自由的道路由三个部分组成：
是否可以接纳自己的全部，
是否可以坦然面对生死，
是否找到了灵魂的栖息之地。

第三章

[2018—2020]

自由之路

2018 年 1 月［智利，百内］

百内徒步日记（上）

第一天

百内的 W 线被《孤独星球》评为全世界最佳徒步路线，《美国国家地理》杂志也把它选作全球五十大必去地之一。下午抵达时已经来不及走主线，就选择了一条支线，顺便让自己尽快进入状态。从营地前往诺尔丹湖（Norden）单程徒步需要四十分钟，一路上雪山和巴塔哥尼亚的大风如影随形。抵达后发现风景不过一般，除了湖里竟然掀起大海一样的波浪，当然这也是因为狂风作祟，真不知百内出名在哪儿？希望明天的主线徒步能让我有不虚此行之感，也不枉我从地球另一端千辛万苦地飞来。

第二天

昨天在营地吃晚饭时，坐在对面的徒步老前辈介绍，百内 W 线的精华就在于“W”的三个尖儿，从左到右分别是格雷冰川、法国谷和三塔观景台（Base Torres）。徒步可以从左到右，也可以从相反方向走，我选择后者，据说一路以下坡为主。

今天走 W 的最右边，没过多久，就开始翻山越岭，爬坡也还罢了，可风大得能把人顶个跟头，等走到一处悬崖边上，我不得不停下来暂

避风头，下蹲降低重心，同时双手还得紧紧扒住靠山一侧的石头。不小心扬了一下头，帽子瞬间离我而去，下一个瞬间就无影无踪了。这也成了这一天中最危险的时刻，内心一个大写的㞞。扒石头的工夫我脑子里也没闲着，设想了一下打伞的人，如果敢在这儿把伞打开……二十年后，还是一条好汉。我想这也是百内不允许飞无人机的原因吧，否则早就尸骸遍地了。

三塔观景台是这条线路的终点，几乎全程上坡，爬坡的时候我就想，现在费劲，回来就轻松了。可下坡时的顺风简直像火箭推进器，差点一个跟头滚落山下。

百内徒步不需要向导，沿途遍布橘黄色路标，想迷路都不容易。我看到一条岔路，路口处写着大大的“NO”。

终点处的三塔就像五指山断了两指，顶峰的雪量也不够，湖面呈现出一种浑浊的绿，天阴阴的，也没看到倒影。即使现在是夏天，羽绒服也是必备的。而且我一回营地就听说明天因为风太大要关闭一天，感觉自己还挺幸运，要是再多等一天，后面的行程就会被打乱。

▲ 五指山断了两指

晚餐异常丰盛，头盘是

奶油蘑菇汤，主菜是三文鱼，还有甜点。我想这也是让百内出名的原因吧，后勤补给非常到位，可乐、香槟、葡萄酒，还能洗热水澡，即使再辛苦，也能让徒步者的体力迅速恢复。

第三天

今天徒步路线不长，只有 11.6 公里，地图上给出的参考时间是 4.5 个小时。心想这么短的距离可以晚一点再出发，于是一直耽搁到九点半，足足比前一天晚了一个小时。

不过今天是重装徒步，因为要从一个营地前往另一个营地，全部行李都得背上。出发不到一小时就已大汗淋漓，每次爬坡前都得先停下来喝口水，喘口气。

一路沿着湖岸线行走，很快就陷入上坡下坡上坡下坡的死循环，好在风景对得起眼睛，抬头是雪山，低头是奶绿色的湖泊，那色彩倒是跟西藏的羊湖有几分相似。很多地方都值得停下来拍它的日夜晨昏，可我无法驻足等待。

有几次爬到山顶时累得大口喘气，还自言自语，我的妈呀！也不知谁能救我出苦海。喘息声又粗又重，健身房里爱举铁的小伙伴应该不陌生。然后就开始想念老北京的铜锅涮肉，想念一切带辣味的食物，想念泰式马杀鸡，可这些都不如想念冰镇啤酒和可乐来得实际，也正是这样的信念，让我坚持走到下一个营地，

▲ 总怕脚下不稳，落入激流之中

然后一口气喝了三罐，啤酒加可乐加雪碧。

四个半小时的路用了五个半小时才走完，这让我有点儿担心明天的行程，地图上的参考时间要十二小时，按照今天的速度，可能得走到半夜了。

今天走完后感觉整个人都瘫掉了，从营地宿舍到食堂的几步路走得十分缓慢，还一瘸一拐，洗澡时肥皂掉了都懒得去捡。

晚饭时跟我同桌的三个韩国小伙说他们打算只走一半，就不到 W 中间那个尖了，他们说这叫小 w，我听了也有点儿心动，心想明天吃完早点就马上出发，路上再根据时间来决定究竟走大 W 还是小 w。

第四天

今天是百内 W 线最难走的一天，全程 23.3 公里，垂直距离也将近一公里，出发前我都做好舍弃最难走的那段上坡路的准备。可万万没想到，原本需要两个小时的第一段路，我一小时十分钟就走到了。

其实今天一起床我就发现身体状态有点儿不对劲儿，洗脸刷牙的速度比平时快了一倍，往烤面包片上抹黄油的速度快了一倍，咀嚼吞咽的速度快了一倍，连上厕所都速战速决，手机都不玩了。出发后感觉大腿和双脚也都特别有劲儿，即使还是重装，可一米多高的大石头，腿一蹬就上去了，上去之后也不用停下来喘气，第二步直接跟上，一步一步之间，甚至有了惯性，想停都得先缓一下。

我一边走一边琢磨，怎么昨天还手无缚鸡之力，今天就成了武林高手。思来想去，我觉得是潜意识发挥了作用。昨天抵达营地后就一直焦虑，怕到天黑都走不完，没想到反反复复的碎碎念不知在哪一刻突然把沉睡的体能给唤醒了。这就像明天要交毕业论文，可还一个字都没写，你看他晚上困不困，连咖啡都不用喝。人类的潜能实在强大，只是大多数时候我们都没去开发。

之前情报有误，法国谷并不是 W 中间的那个尖儿，英国谷才是，两个谷之间还有两个小时的路要走，还都是上坡，原本我打算把英国谷忽略，就走到法国谷，可既然有了充沛的体能加持，也就没有任何理由错过。

从法国谷可以遥望对面的雪山和冰川，也幸亏在对面，因为一天之内竟然发生了两次雪崩，轰隆隆的声音震动了整个山谷。如果把法国谷比作电影院里的银幕，我们在这边，它在那边，那么英国谷就是 360 度全景屏幕，四面八方全被雪山环绕。除了雪山壮阔，还有满山满谷的烈烈大风。

下山时赶上顺风，就差没跑起来。乐极生悲往往就发生在得意忘形的时刻。一步没踩稳，右脚一崴就躺倒在地，同时伴随着剧烈疼痛。心想大事不妙，这是老伤，一个月前刚崴了一次。忍着剧痛原地坐了

▲ 不时发生雪崩的法国谷

十分钟，站起来摇摇晃晃，竟然又能走能跳了，应该是高帮鞋起到了保护作用。

抵达第三个营地时比地图上的参考时间提前了两小时，早晨同时出发的路友也都陆续抵达，大家互致问候时说得最多的一句话是：我们成功了！

原以为是最难走的一天，却成了走得最高兴的一天。我也终于找到了一点徒步的感觉，原来它非但不会让人筋疲力尽，相反却精力充沛，胃口大开。说实话，我今天甚至都没动过畅饮啤酒和可乐的念头。

百内W线被评为世界最佳徒步线路，究竟是言过其实还是货真价实，我来简单总结一下。

第一，徒步难度只能算初到中级，基本就是零海拔，最高点九百多米，对登山爱好者来说简直可以忽略不计。在路上看到许多银发老人，有的走得比我还快，还看到一些爹妈身后跟着一两个跟屁虫。路标也极其清晰，只要沿着路上的橘色标志走，就一定能抵达目的地。

第二，沿途没有大型猛兽，虽然百内有几只游荡的美洲豹，可它们的地盘和徒步线路被几处湖泊隔离了，所以我只在路上看见了一只狐狸和几只长耳兔，它们见了人也几乎完全不躲。

第三，百内气候变化莫测，上午还热得想要光膀子，一场大雨就立马进入冬天。百内的狂风让登山杖在这里有了特殊用处，遇到实在无处可躲的大风，我就把登山杖往地上一戳，变成两根可以跟狂风抗衡的定海神针。

第四，徒步时说得最多的一句话，就是西班牙语的“你好”。绝对没人说的一句话是：“请问到哪儿还有多长时间？”走就完了。

第五，从国内任何一个城市去百内都得转两次飞机，先从欧美澳中亚转机（我从加拿大多伦多转机）前往智利的圣地亚哥，然后再飞到智利最南端的蓬塔阿雷纳斯，还要再转两次长途车（各俩小时），就到百内门口了。

▲ 走了一天之后，一杯冰镇啤酒简直就像天赐的饮料

2018年1月［智利，百内］

百内徒步日记（下）

第五天

我一共要在百内住六天，可实际上W线四天就能走完，当然这是来了之后才发现还能如此优化。之前信息不对称，网上攻略有的说三四天，有的说五六天，我就按照最高配置预订的住宿。好在百内很大，除了最著名的W线和次著名的O线，还有一些支线任务可以用来消磨时间。

今天从入住的大百内（Paine Grande）营地坐渡船回到可以通车的主路，一辆辆旅游大巴拉来一日游观光团。渡船落客点旁边有个瀑布观景台，瀑布由两湖交界处的落差形成，水量很大，形成咆哮之势，再借着狂风的推波助澜，让人有点儿担心会被卷入激流，不敢往没装护栏的岩石边缘多走一步。

▲ 枯树林就像森森白骨

观景台旁边即是一条支线路段，大约一个小时可以抵达角峰观景台。

徒步时经过一大片枯树林，白

花花的树枝像一只只白骨爪。2011 年，一个以色列徒步者不小心引燃树林，一把火烧毁了一千五百公顷，无处不在的大风一定也是帮凶。现在百内公园只在几处指定地点可以生火做饭，严禁明火出现。

我在终点处坐了很久，看大风卷起湖水变成水雾，有时还会因阳光的刹那驻足而流淌出彩虹的颜色，可那水雾要是突袭而来，就绝不是春风拂面的效果，别看只是水滴，但是被大风提速之后，飞花落叶皆可伤人。

这时走来一个徒步小分队，领队是个阿根廷人，手里握着一个喝马黛茶的圆杯子。当他知道我来自中国后，就说他去过一次香港，“差不多一半香港一半中国吧”。这话一下子引起我的反感，没想到他变本加厉地继续问道：“现在西藏怎样了？我听说前两年……”我不客气地打断他的话，说“香港属于中国，西藏也和平得很”。旅行中我最反感别人聊政治，在我看来，旅行和政治是天底下最不相关的两件事。

领队碰完软钉子，竟变得更加无赖，先是自言自语地说了一句“好吧”，然后指着我的冲锋衣说，你这件“哥伦比亚”是假的吧，中国到处都是假名牌，一边说一边把手伸过来要摸衣服的面料。我一把挡开他的手，冷漠又骄傲地说：“这不是赝品，中国也并不是你想的那样。”

晚上回到营地时看到满天火红的晚霞，火焰跳动了几分钟之后就消失殆尽。想起来这些天一直埋头赶路，都忘了去看日出日落，赶紧上个闹钟，不知明天是否有看到日照金山的幸运？

第六天

早晨五点半，闹钟把我从酣梦中叫醒。我拉开帐篷一角，月亮还挂在头顶正上方，是个半月，发出银闪闪的光芒。

我钻进睡袋，打算再睡个回笼觉，可这一觉怎么都睡不踏实，闹钟也不敢关，怕自己睡死过去错过日出，就这么让闹钟隔九分钟响一次。

再次钻出帐篷时，东边的天色已经有了显著变化，漫天的红云不禁让我有点儿担心，虽然昨晚也是满天红云，可俗谚不是说，朝霞不出门，晚霞行千里吗？也不知哪句更准。

此时最早的一批徒步者已经上路，成了霞光中一团团蠕动的剪影。那红晕也照在每一个等待日出的人脸上，看上去都像刚喝了二两白酒。

一只狐狸也来凑日出的热闹，在营地里招摇过市，它不怕人，人也不怕它。

今天是百内行走的最后一天，要前往 W 左上角的那个尖儿，从我入住的大百内营地走过去大约需要三个半小时，格雷冰川即是此行的终点，其实要看冰川不用走到头，半路上有个观景台效果更好，那里居高临下，视野辽阔。而我则要走到终点，因为已提前买好了从终点码头离开百内的渡轮船票，也就是说，最后一程不用再走回头路。渡轮一点半准时开船，我只要赶在一点前抵达码头就好。

八点多钟收拾背包准备出发，这时却死活找不到那张船票了。我把所有行李从背包里一件件掏出来，翻遍每件衣服的口袋，又去垃圾桶里找了找，船票依旧无影无踪。

原定的出发时间被耽搁了小半个钟头，又乱中出错，一直挂在胸口 T 恤上的户外墨镜也跟着失踪了，这真是屋漏偏逢连夜雨！

看了一下时间，再不出发就来不及了。想着船票丢了可以再补，只是票价贵得离谱，一个多小时的航程，折合人民币七百多，显然是把沿途风景也折算成价值。七百多块就这么不明不白地打水漂，说不心疼，那是瞎扯。

先翻一座大山，还赶上顶风，也算是船破又遇打头风了。糟糕的心情让我对风景的感知力变得迟钝，只知埋头赶路，心里的思绪起起落落，怎么都串不到一起。

一路无话，一直走到山顶处的观景台，从这里就能眺望远方的格雷冰川了。硕大的冰川就像被冻住的大海截面，在阳光下，闪出幽蓝色的光。看了会儿冰川，强光晃得眼晕，就把视线收回，对面的雪山上架着一道彩虹，也就这样了吧，百内徒步的最后一站，我一点儿都激动不起来。

▲ 巴塔哥尼亚的湖与山

在山顶站了不到五分钟，又得继续出发了。因为怕错过渡轮，还因为山顶的风实在太大，如果你对巴塔哥尼亚的狂风没什么概念，那就想象一下自己站在快艇甲板上，脸上的肉都能被吹起来。

接下来的路好走一些，毕竟是下坡，沉重的背包压着身体一溜小跑。

终于抵达最后一个营地，也休息不了几分钟就要赶往码头了。照例是一瓶啤酒加一听可乐。百内各个营地的可乐价钱都不一样，折合人民币从二十元到四十元不等，越难抵达的地方越贵。

我跟工作人员打听去码头的路线。一头棕色卷发的智利女孩笑着朝门外一指："一直往下走，大概十五分钟。"可话没说完，就看她皱起眉头，扭头用西班牙语跟同事飞速交换信息，再把头转向我时，眉头仍旧没解开。她抱歉地说："看来你得原路返回了，今天风大，渡轮停了。"

早知这样，就不用把行李都背来，现在还得翻山越岭背回去；早知这样，就不用找一早晨船票，还把墨镜和好心情给找丢了。

反正不赶时间了，我把自己陷进沙发，又摊开园区地图，地图又软又结实，因为不是一张纸，而是一块布。从地图上看，营地附近还有一个观景台，究竟要不要去，又纠结了半天。最终还是中国人典型的四大宽容之一——来都来了（另外三个，大过年的，都不容易，人都死了）——帮我下了决心，反正来都来了，万一有惊喜呢！

我把背包放在营地，拄着登山杖就出发了。也不知拐了几个弯之后，我就与它面对面了。

那是一片漂浮在山脚下的冰川组合，由浅蓝色浮冰和深蓝色冰山组成。看准山路，我三步并作两步走到岸边，最近处的冰块完全触手可及。

那块深蓝色的冰川好似有毒，我的眼睛一刻都离不开，上下左右地看，越接近水面的部分颜色越深，那下面恍然还有一个洞口，似要把魂魄吸入。

世上色彩那么多，我唯独偏爱蓝色。那是天空和大海的颜色，而且越是深海，越是高原，蓝得就越深，因为那里的海水和空气都越发纯净。由此可以推论，眼前的冰山一定经过千万年的压缩沉淀，冰晶极其纯净，我相信它还会继续蓝下去，这种颜色的变化也是一种成长吧，时间给了它生命。

我对自己说，够了，足够了。这种一生一次的经历，一次旅行中能打一回照面，就已完全值回票价。

回程的路上下起大雨，这还是六天五夜徒步中第一次下雨。走到一半，我回望了一眼天地山河。乌云笼罩之下，原本白得锃亮的雪山变成了灰色，彩虹也早就无影无踪，群山层层叠叠，模糊成一片。

我知道，百内的大门在身后关上了。此时的它就像一条贪婪的喷火龙，盘踞在自己的宝藏之上，只剩下孤芳自赏。

就在即将抵达终点的那段路上，我甚至产生了一种“不舍得一下子走完”的情绪，看来我已经喜欢上这种轻度自虐的旅行方式。就在从百内回国的飞机上，我已经开始迫不及待地策划下一次徒步之旅了。

▲ 重装徒步

2018 年 2 月［马来西亚，吉隆坡］

老 Joe 一家人

老 Joe 要到晚上才能赶回吉隆坡，我计划白天先自己转转，可万万没想到，虽然他人不在现场，却也帮我把这一天安排得明明白白。

上午刚睡醒，就看到老 Joe 的三哥发微信说他到了酒店门口，要带我去巴生吃早点。我问巴生是什么地方？他说是肉骨茶的发源地。上车后我才知道，从吉隆坡开过去要四十分钟，我心里还有点儿过意不去，吃个早点往返一个多小时，这接待规格有点儿高。

刚到巴生，就看到满大街都是肉骨茶店，颇有点儿成都人民公园旁

▲ 巴生的肉骨茶铺子

边的十几家老妈蹄花都宣称自己是总店的意思，好在有熟人带路，就不用担心挑花眼。三哥带我走进一家“直落玻璃瓦煲肉骨茶店”，店内七八张圆桌旁已经坐满人，看起来生意特别兴隆，再晚点儿恐怕就得等位了。小店装修自带一种旧时光的味道。墙上挂着梅兰竹菊的国画，还有老板和当地名流的合影，只不过照片都褪了色；上茶时茶壶上印着大红色的牡丹。这一切组合在一起，就好像跨越时空偷窥了一眼老华侨的生活。

三哥从口袋里掏出一包普洱，然后说可以自带茶叶，就多了很多选择。又说这家的肉骨茶有汤锅、干锅的区别，汤锅就是用瓦煲在小火上慢炖，可以加排骨、大骨、小骨、内脏等食材；干锅有点儿像三杯鸡的做法，同样是一堆猪骨内脏，加上白糖、米酒、酱油，等熬干后调料的味道就都进入食材了。三哥让我挑好肉，然后跟伙计说汤锅干锅各来一份，让我都尝尝。我偏爱汤锅，因为有白胡椒的味道。

回到吉隆坡，三哥还要去上班，就把我放到老 Joe 的大哥家门口，就像完成了接力棒的交接。大哥说：“走，我带你去吃早点！”我说：“啊？您不是开玩笑吧，我刚吃完一顿，三哥带我去巴生吃的肉骨茶，已经撑死了。”大哥说：“我知道我知道，但我带你去的不一样。”然后

▲ 已经经营了大半个世纪的“中国酒店”

▲ 瓦煲里炖着滋味香浓的肉骨茶

二话不说，就把我“绑架”到“中国酒店”。别看店名取得响亮，其实“中国酒店”不过是路边的一间咖啡馆。大哥也没问我意见，直接点了一杯咖啡，还有两片抹了咖椰（Kaya）酱的吐司。我问咖椰酱是什么？大哥说你吃了就知道，可我吃完还是不知道，只觉得里面有点儿蛋香，还有点儿椰蓉的味道，倒是和吐司、咖啡很搭。大哥看我吃得直抿嘴，又买了一罐咖椰酱让我带回国。中午又带我去了唐人街，在一家人挤人的中餐馆里点了两碗福建碳烧面。端上来时黑乎乎一大盘，面条、青菜、海鲜本来的颜色都被酱油膏的深褐色盖住了，不过味道鲜美，还略微有点儿甜。这也让上午在黑风洞的参观和下午在中央市场的购物成了饭前饭后的消食运动。

可能全世界华人招待朋友的第一要务都是要让他吃好吃饱。上次来吉隆坡老 Joe 也是这样，全程陪了好几天，从夜市海鲜大排档到排名靠前的路边摊，后来他可能觉得自己在美食领域的知识面还不够宽，又叫来朋友帮忙，我亲眼看到他们为了争论明天带我去吃什么而说着说着提高了音量。

当然这一天的美食之旅还没结束。黄昏时，大哥开车把我送到郊区的妈妈家，那是一栋乡间别墅，今晚正好是老 Joe 一家的春节聚会。他妈妈兄弟姐妹十三人，又各自开枝散叶，虽然没来全，但也是济济一堂。这时老 Joe 和未婚妻 Cassie 也从柔佛回到妈妈家。他家是福建华侨，所以餐桌上五香、腊肉饭这些福建当家菜是必不可少的。席间还听到一个好消息，老 Joe 要在十月办婚礼，他问我有没有时间，我想都没想就说一定到。

我已经记不清那天晚上喝了多少红酒，反正后面的记忆都是跳跃式的。只记得老 Joe 跟我说，小鹏，你是不是困了，我送你回去吧……路过一间庙宇，到处挂着正月十五的红灯笼……我不记得自己怎么回的房间……然后就醒了，躺在松软的床上。

2015年，老Joe在朋友的推荐下来背包十年丽江店住了八九天，白天在地理咖啡馆办公，晚上跟我们一起喝酒聊天，还参加了六一儿童节派对，我俩也从那时成了朋友。后来他就成了背包十年青年公园的义务宣传员，亲朋好友一批接一批地来，还把几个侄子侄女介绍来做义工。他也几乎每年都要过来住几天，我们每开一家新店，他也都会过来捧场。

2018年10月，我如约到吉隆坡参加老Joe的婚礼。他让我成为兄弟团中的一员，还发给我一件黄马褂，与姐妹团的黄旗袍呼应。我以为兄弟团就是起起哄喝喝酒，没想到还要过五关斩六将：吃大蒜，徒手开椰子，用透明胶“刺啦”一下拔腿毛，用脚趾夹起冰桶里的麻将，否则姐妹团就不让新郎见新娘。

上午的婚礼按照中式习俗，新郎穿中山装，胸前戴着一朵大红花，新娘的衣服上绣着龙凤呈祥的图案。最出彩的是大妗姐，相当于婚庆主持，各种吉祥话张嘴就来，妈妈笑得没少给红包，真是让女方嫁得矜贵，男方娶得气派。

晚宴在一家五星级酒店举办，所有人都换上西装和晚礼服。我平常很少有穿西装的机会，这次也是下血本买了这辈子最贵的一套西装。

其实开青旅赚不了多少钱，却能赚到很多友情，赚到很多推杯换盏的机会，赚到很多听都听不完的故事。这一切，都让我心满意足得像个百万富翁一样。

2018年3月［约旦，瓦迪卢姆］

贝都因人的世界观

旅行社老板豪耶尔跟我们在约定地点碰面。他开来一辆破皮卡，从车窗里招手，让我们上车，我坐副驾。为什么说破呢？豪耶尔连车钥匙都没有，不知从哪儿变戏法似的抻出三根电线，再把裸露的金属头碰在一起，车就启动了。“偷车”成功后，他还挑起眉毛朝我邪魅一笑，仿佛在说：“看我本事大吧！”又像在说：“走，咱们去抢银行吧！”

这次旅行的目的地是约旦和沙特交界处的瓦迪卢姆，又被叫作月亮峡谷，因其地貌景观与月球表面极为相似而得名。沙漠是这里的主要地质特征，但又与撒哈拉那种纯粹的沙海不同，这里还能看到很多已被风化数百万年的矮山，山里的罅隙也是泉水的发源地。说不定再过百万年，这些山峦也终将被黄沙湮没。

直到二十世纪六十年代，瓦迪卢姆还只是个默默无闻的小地方，后来好莱坞电影《阿拉伯的劳伦斯》在这儿取景，随后问鼎了当年的奥斯卡最佳影片奖，瓦迪卢姆也跟着名声大噪，光是络绎而来的影迷就包办了这里一多半的生意。再后来又有几部大热作品在这儿拍摄，比如“印第安纳·琼斯”系列、《火星救援》等，月亮峡谷的知名度进一步提升，旺季

▲ 我们的贝都因向导奥瓦特

时往往一帐难求。

破皮卡把我们送到沙漠边缘的卢姆村，贝都因向导奥瓦特已经在那里等候多时。奥瓦特眼窝深陷，眉毛胡子又黑又浓，头上裹着一条阿拉伯大方巾，一身深棕色长袍一路盖到脚面。眉宇间透出一种饱经风霜的成熟与镇静，就像刚从沙海穿越而来。我们都猜他已经年逾不惑，其实连而立都没到。

出发前和奥瓦特再次确认行程。这是一次五天六夜的徒步之旅，我们要在沙漠的营地里过夜，然后以营地为中心，在大地上朝东南西北用脚步去画圈。每天都要去三四个景点，有山泉、崖刻、回音壁、风化成不同形状的岩石、三种颜色的沙漠等。听着奥瓦特对那些景点的描述，我想起余秋雨在《文化苦旅》中写道，每本县志上都会有十景八景，什么“远村明月”“萧寺清钟”“古池好水”之类的名目，不过就是一个荒村，一座破庙，一口老井，沙漠中的风景应该也差不多。想到这里，心里也就没什么过分的期待了。况且我的主要目的也不是为了看风景，因为一直对过着游牧生活的贝都因人充满好奇，也想通过这次旅行，对他们的生活和想法多一些了解。

第一天的行程从卢姆村走到营地。很快发现登山杖在沙漠中绝对是鸡肋一样的存在，要先把它杵进沙子，还要费更大的力气才能拔出来。快到黄昏的时候下了一场急雨，沙漠一下子变成暗红色。

我们的营地一共有十几顶帐篷，可以住三十个人。洗手间出人意料的干净，还配了洗手液。每天晚上都能洗热水澡，还有两个小时会来电。这里没有手机信号，要是有急事，就要沿着山丘往上爬，说不定会有一两格信号。营地里的固定员工只有两个贝都因人，各自身兼多职，安排行程、打扫卫生、洗菜做饭，晚上还会为我们弹琴唱歌。每餐都很丰盛，烤馕、饮料、苹果、奶酪、黄油、面包、椰枣，还有鱼罐头……这就是我在沙漠里的临时居所，会暂时和外界隔绝，也容易忘记一些日常、琐碎、无用的小事，是不是很像断舍离？

徒步团一共三个人，Sue 和 Joleen 分别从瑞士和澳大利亚飞到约旦跟我会合。她俩从没在沙漠里住过那么多天，化妆也只能给天地看，于是天天素面朝天。每天都是我和奥瓦特商量好行程，她俩跟着我们走，一句怨言都没有，颇有一种“嫁狗随狗”的豁达。同时她们也在默默证明着男人能做的，她们也能做，而且还能做得更好——有一座悬空桥，她俩都上去了，只有我恐高，不敢上去。

那些所谓的景点仅仅是每天的休息站，更多的时候，我们只是在沙漠中行走，有时连风声都听不见，像末日后的世界一样安静。日落时就更静了，眼前的每一寸沙漠、岩石、天空都被映成红色。

奥瓦特的英语很好，也愿意跟我们天南海北地聊，所以一路上并不寂寞。

他说要是在沙漠中遇到麻烦，就用镜子反射给远方的车队或者驼队。我问，这种荒野求生的技巧真的管用？他说是的，他们会以为那是金子。

说起阿拉丁神灯，他相信那盏灯就埋在这片沙漠之中（2019 年版《阿拉丁》的部分场景就在瓦迪卢姆拍摄）。我问他要是找到了神灯，你会许哪三个愿望？他想了一下说道：第一，我要成为世界之王；第二，帮助所有需要帮助的人；第三，消灭所有负能量。

他说在夏天的沙漠里有时能看到一片水塘，可是走过去又什么都没有。我问那是不是海市蜃楼，他却说海市蜃楼是魔鬼，因为那些千辛万苦去寻找水源的人基本都渴死了。

他说一定要喝热水，于是走不了俩小时就会捡树枝、搭灶、生火，然后用一个黑茶壶煮姜茶给我们喝。我说更想喝冰镇啤酒，他说人体在排热过程中一定要补充热量，否则就不平衡了，那些跑马拉松猝死的人多半是喝多了冷饮。

他说他之前娶过一位德国妻子，一起生活了两年，后来妻子离他而去。

他向沙漠里的朋友要了一瓶骆驼奶，想让我们品尝一下贝都因人的饮料，又提醒我们这种奶有点儿腥，肠胃不好的容易拉肚子。

他说夏天时沙子表面高达六七十摄氏度，贝都因人都白天睡觉，晚上才会在月色星光下赶路。

他带我们去看他生活过的洞穴。我问他你每天在这儿干什么？他说什么都不干。我问那你吃什么喝什么，他说朋友隔段时间就会送来大米和桶装水。

他说灵魂能看见万物，可是万物看不见灵魂。

……

……

跟奥瓦特边走边聊，竟让我的世界观发生了轻微倾斜，虽然他连约旦首都都没去过，可我却从他身上发现了对生活的另一种解读。

2017年圣诞节前夕，我在荷兰的一家书店买了一本户外书籍，叫《漫游症患者》（*Wanderlust*）。书中详细介绍了世界顶级的三十五条徒步线路，包括何时去、去多少天、行程中的亮点等。其中就包括智利百内国家公园、约旦月亮峡谷，还有下一站要去的日本熊野古道。

▲ 在月亮峡谷中穿行的驼队
▼ 一群羊躲在一棵树的阴影里

2018 年 4 月［日本，熊野古道］

一路的关照

从 Nahano 民宿出发时已经过了九点。

我和安慬把行李放在玄关，会有运输公司的人帮我们把行李运到今晚入住的民宿，这样就省去了重装徒步的麻烦。我俩一人一个双肩包，包里装着矿泉水和路餐。安慬是我十几年的老友，一起去过很多地方。他姓安，并不叫慬，安慬是他的微信昵称。

玄关侧面立着一个九宫格鞋柜，里面只剩下两双徒步鞋，看来昨晚跟我们一起分享美食的伙伴们都已经出发，想起他们，我脑子里马上会跳出一盆香喷喷的火锅面，吃完那碗面，感觉体温都比之前高了两度。

自从三月份安慬知道我要去日本徒步，就跟我说他工作压力大，打算出来放松几天。没想到来了也没消停，接了一路电话，各路人马跟他沟通汇报工作，我听着都嫌累。我说你关机不就完了，他说电话那头的理由也很充分啊，还模仿员工口吻说："我知道您在日本休假，要是这事不着急，真不想打扰您！"

这是在熊野古道徒步的第三天。

熊野古道是纪伊半岛上的一条徒步路线。半岛上的熊野三山在日本非常有名，一千年来，上至皇室贵族，下至黎民百姓都有到这里参拜的传统。熊野古道就是把熊野三山连在一起的朝圣路的统称。这也是全世界仅有的两条被联合国教科文组织钦定为世界文化遗产的徒步路线之一，另一条是西班牙的圣地亚哥朝圣之路。

虽然我对这条路上的宗教性景观兴趣不大，但是《漫游症患者》里的推荐理由远不止这一点：住在传统日式民宿，品尝最地道的和式料理，徒步后还能在温泉里泡一泡，就是先让你在地狱般的徒步中痛不欲生，再让你在天堂般的享受中乐不思蜀。

继樱王子是今天徒步的起点。相传熊野古道上一共有九十九个王子，九十九是个虚数，“王子”也不是国王的儿子，而是在漫长旅途中休息停靠的地方。大一点儿的“王子”像废弃的古刹，飞檐滴水，木瓦青台，还可以盖章留念；小一点儿的“王子”就是路边的一块石碑。今天要先后经过六个“王子”，晚上在汤峰温泉村过夜。

九点多的太阳已经有点儿晃眼，这可不是徒步的好天气，阴天不下雨才是。好在我们很快钻进一片密林，头顶的树杈就像无数双手互相交叉在一起，阳光也被结结实实地挡住了，这下山风吹在身上，凉嗖嗖的。

走了差不多两个小时，路边闪出一个山村，也就七八户人家，木屋都建在路边，木料已经被阳光晒褪色了。木屋主人都做点儿游客生意，有的挂起可以售卖的鲤鱼旗；有的在门口摆个水槽，里面冰着几听饮料，价格也很公道。

路过其中一间木屋时，一位老太太直接迎出来，用音调奇怪的英语对我们说：“Welcome，welcome（欢迎，欢迎）！”老太太穿着浅色和服，背后的鼓包就像背着一个小枕头。她手里还端着一个盘子，盘子里摆着两个黑色茶碗。我心想老太太一个人在这儿卖茶水也不容易，接过来也没问价钱就一口喝光，竟然还是凉茶，太解渴了，于是又和安懂各自续了一杯。当我打算付账时，老太太却连连摆手，原来茶水不要钱。

我倒是老脸一红，因为刚才我把和老太太之间的关系认定为“买卖关系”，基于这个判断，要第二杯时的语气简直理直气壮，虽然我也是笑着说：“再来一杯！”可我应该说的是：“请问是否可以再要一杯？”两句话意思一样，可祈使句听起来肯定没有疑问句让人感觉舒服。

▲ 招展的鲤鱼旗
▼ 路遇的一间茶室

老太太身后是一间和室，我数了一下，地上铺着十块榻榻米。在日本，榻榻米的尺寸是固定的，数一下榻榻米的数量马上就能心算出房间面积。左手边的榻榻米上叠着被褥，墙根还立着一台电暖器，右边直接挖了一个地坑，里面堆满沙土，应该是晚上添柴烤火用的，有点儿像我国云贵地区老百姓家里的火塘。山区不仅早晚温差大，湿气也重，的确需要烤火驱寒。

我和安懂在和室坐了一会儿，告辞时老太太还出门相送。她问我们今晚要在哪里过夜，我按照汤峰温泉村的音标读出地名，老太太的脸上马上闪过一丝惊恐表情。她抬头看了看太阳的位置，又用蹩脚的英语说："哈利哈利！"（Hurry hurry，赶快，赶快！）她一边说一边用手比画出一道又一道的弧线，那意思是还要翻好几座大山。

走出一段路后安懂说："你看刚才老太太的表情是不是有点儿夸张，是担心我们走不到吧，我们没问题吧？"这次来，安懂一点儿攻略都没做，把筹码都压在我身上。

我说："没问题！还早得很。不过她那种夸张也很真实啊，完全不是浮夸的表演，是真的在为我们担心。"安懂不住点头，因为这一路我们已经被关照过好几回。

第一天晚上我发现现金不够了，当晚入住的民宿位于半山腰，别说找银行，连邻居都找不到半个。我们向民宿老板求助，他看了一眼窗外的天色，自言自语地说："现在银行肯定关门了。"他的眉头锁成了八字，但随即又眼中一亮，让我们赶紧坐进他的汽车。

他开车带我们找到一家小超市，我下车一看已经打烊了，就朝老板一摊手。第二个地方是个邮局，这里倒是有二十四小时 ATM 机，但只接受日本银行卡，我又朝老板一摊手。第三个地方是个大型连锁超市，这才终于取到现金。我十分感激，老板也很高兴，那种氛围让我没法说出"您看这一趟给多少合适"这样的话，只能把这份关照记在心里。

还有昨天发生的一件事，也让我们打心底里感到温暖。昨天中午我们路过一家便利店，进门后老板娘就像认识我一样，跟我叽里呱啦说了一大堆日语，我还以为走错了地方。

神奇的是，我竟然从连成一片的日语里，听到自己的名字。我疑惑地重复了一遍，老板娘见我似乎听懂了，脸上的皱纹都漾开了。

我只感到奇怪，明明素昧平生，她怎么会知道我的名字？

随后老板娘在手机上打了一行日语，又用软件翻译成英文，大意是："你有没有丢失一个包，一个小包？"说着她还比画出一个小包的形状。我想了半天，我的行李已经被托运到下一站民宿，什么都没丢啊。老板娘仍不死心，开始打电话，电话接通后，听筒那边竟然是前一晚入住的那家民宿主人，他说我走的时候把洗漱包落在了他家，不过已经专程送了一趟。他不知道我的电话号码，但他知道我一定会走进途中这唯一一家便利店，就把我的体貌特征跟便利店的老板娘描述了一番，让老板娘转告我，不用担心！其实我根本就没想起来。

离开便利店后，我跟安懂说："感觉我们被监视了！"其实这种一路被人关照的感觉，真的很好！

我们的旅途记忆大致由两部分组成：风景、美食、声响引发的表层记忆，以及人与人接触后产生的深层记忆。前者像微风，可以暂时吹皱水面；后者却像暗流，虽然表面看起来风轻云淡，可内心深处已不知涌起多少波澜。

如果没有相聚，没有欢腾，没有失落，没有错过，没有情绪的起伏，没有人与人之间的相助，又怎么能算一次完美的旅途？

2018 年 4 月［日本，熊野古道］

漫长的下坡路

熊野古道沿途溪流众多，溪水却没法直接饮用，否则连矿泉水都不用背了，就像年初在智利百内徒步时那样，渴了就把脑袋往路边溪流里一扎。

今天太阳大，上下坡又多，还没走到中午，我背的两瓶水就都见了底。剩最后两口时不敢再喝了，一旦喝光，又不知道下一个补水点何时出现，我肯定会心慌焦虑起来。这可能也是强迫症的一种表现，就像睡觉前我通常会在床头放一杯水，或者上飞机前也会买一瓶，甭管喝不喝，至少心里是踏实的。

终于走到一个补水点。就是一个敞口塑料桶，一条从山里引来的胶皮管把清水注入桶中。塑料桶下方有个水龙头，水流有点儿小，我用了半分钟才把水瓶灌满。安懂走过来，直接把胶皮管子抽出来对着瓶子，三秒钟就满了。跟他比起来，我总感觉自己智商不够用。还有一次我俩在东南亚参加浮潜一日游，回程时船停得有点儿远，还得蹚水走一段路。我跳进齐腰深的海水里，一手抓着一只拖鞋，脖子上还挂着相机，走得一摇三晃。安懂说你把鞋给我，他接过去一使劲儿就把拖鞋

▲ 沿途都能看到熊野古道的标志

扔到了岸上……

今天早晨出发时我跟安懂大致说了一下今天的行程，要走将近二十公里，包括一千多米的海拔上升和一千四百多米的海拔下降。当他听到一千四百这个数字时，条件反射地说了一句：“我去！”

他现在最怕走下坡路，昨天下坡时把膝盖扭到了，晚上到民宿一看，肿了一圈儿。这也是早晨我没催他早起的原因。

他说上坡时还没什么感觉，一下坡就特别疼。下坡时人体的重心重力向下，人的作用力也同时向下，这样就有双重力量压在膝盖上；而在上山时，重心重力仍旧向下，但人的作用力却是向上的，这样就形成一种平衡。这也是我们常说的“上山容易下山难”的道理。

今天上午的徒步，安懂走得还算矫健，看起来受伤的膝盖影响不大，我们始终保持着攻略建议的配速。中午之后，下坡越来越多，速度也降了下来。

下午四点，我们来到一个三岔路口，地图上显示已经走了三分之二，比原计划慢了差不多一个小时。我跟安懂说，还剩最后六公里，三个小时怎么都能结束战斗了。安懂问下坡路还多吗，地图上显示最后这段路还有四百四十米的垂直下坡，我却跟他说，没多少了。又问他膝盖怎么样，他说上午还好，下午就有点儿疼，比昨天还疼，可能是今天走的路比较长吧。的确，第三天要走的路比前两天加在一起还多。

我安慰他说：“天黑前死活都到了，我对你有信心！”

安懂苦笑着说：“我对自己没信心！”

这时安懂已经明显力不从心，不一会儿就落在我身后一大截，我等了半天，按了好几下快门，才看到他蹒跚而来。我心里一沉，倒不是怕天黑，反正眼前就一条路，路标也清晰，虽然没戴头灯，用手机自带的手电筒照路完全没问题。我担心的是最后那段全是下坡路，地图上画的那条线非常陡峭，要是再有人受伤，救援就成了问题。今天除了两个荷兰姑娘，一个人都没见到，这个点大家可能都已经走到目的地了吧。

大概在六点左右，天色开始一层层变暗。那条看不到尽头的下坡路终于出现在眼前，全部由嶙峋山石组成，坑坑洼洼，高低不平。一侧是山壁，另一侧虽然不是悬崖，但也有一两米的落差，一脚踩下去，轻则崴脚重则骨折。

我在前，他在后，我们俩始终保持着一根登山杖的距离。这时安懂已经走不出连贯步伐，后脚要先跟前脚并拢才能迈出下一步。他还尝试了侧着走、倒着走来缓解膝盖上的压力，每种姿势坚持不了几分钟就得停下来喘几口大气，额头上也布满汗珠。

虽然天气预报显示七点左右才天黑，可在大山里，这个时间还要提前半个小时，仅存的天光都被繁茂的枝叶挡住了。

我走在前面指挥交通：

“往左往左，下面有个水坑！”

“这块石头有点儿大，抓住我的手！”

“登山杖点这里，拄实了再往下走！”

我一直担心夜幕降临，可等真的黑到伸手不见五指的时候，反倒心里一宽。我和安懂已经适应了这样的行走节奏，他两只手都得拄着登山杖，像拄着两根拐棍，尽量让受伤的膝盖打直。我一只手举着手电，另一只手搀着他的胳膊，也不去想几点能到了，慢是慢了点儿，可也非常稳健。

也不知走了多久，山脚下突然闪出一束微光，随后那光源逐渐扩散，就像夜色中成群的萤火虫。

汤峰温泉村非常有名，很多不徒步的人也会慕名而来。即使订不到自带温泉的民宿，也可以到公共温泉泡一泡。

温泉村有条小河，河面上飘着一股臭鸡蛋味，这是硫黄温泉特有的味道。据说这种温泉功能多多，溶解角质，杀菌杀虫，缓解关节疼痛，改善新陈代谢，就差包治百病了。

今晚入住的 Teruteya 民宿建在河边，跨过一座小桥就到了。

这是一家典型的日式民宿。二层是七八间客房，榻榻米上铺着洁白的被褥，看着就感觉暖和。一层有点儿像迷宫，用比纸厚不了多少的“墙”隔出许多功能区，比如厨房、餐厅、洗衣房、温泉池等。

温泉池分男汤和女汤，汤池不大，我让安懂先去泡了，等他出来时，皮肤红得就像被烫过的死猪皮。等我躺进池子里，四肢百骸都被滚烫的温泉水包裹，就像有一百只手在同时给我按摩。温泉水很滑，不一会儿，我摸自己就像摸一条鱼。

晚餐像传说中一样丰盛。我和安懂面对面盘腿而坐，他膝盖弯不了，一条腿就直直地架在一边。我们俩之间的矮桌上已经摆满各种食物，鹿肉刺身、鸭胸肉、煎鱼、腌笋、水果捞、烧酒……连咸菜都好吃得不得了。走了一天之后，用美食和温泉从里到外地补一补身体，竟有一种鱼与熊掌兼得的快感。

我问安懂：“你明天还徒吗？”

安懂说：“还徒什么呀！我一会儿查查附近的美食攻略，找一家海鲜日料店，明天你一边走我一边吃，我把每道菜的照片发给你！”说完他就咯咯乐起来。

我佯装气愤地说：“刚才谁把你一步步扶下来的，你就这么报答我！”

安懂贱兮兮地说：“给你打包，给你打包！”

既然是旅途，就不可能永远一帆风顺。身处逆境，最先产生对自己的怀疑：我怎么那么笨？真的没有希望了？继而出现破釜沉舟的勇气，人的生命力远比我们以为的强悍。笼罩森林的迷雾终将消失，只有一条路，要一往无前。

▲ 汤峰温泉小镇

2018 年 7 月［挪威，斯瓦尔巴群岛］

去北极观鸟

“早晨好！早晨好！”大概七点半左右，先从船舱广播里传出嗞啦啦的电流声，随后探险队长卓迪先生开始用他那特有的西班牙味儿英语叫早。西班牙语有很多连读，不仔细听很容易漏掉关键词。

“大家好！今天是 7 月 22 号。天气不是特别好，但也没下雨，还算说得过去。上午我们有一次登陆，去看鸟群。下午去新奥尔松，那里驻扎了很多科考队，还有一个世界最北的邮局。祝大家旅途愉快！哦，对了，要是到甲板拍照的话，记得多穿点儿！”

我们搭乘的伦勃朗号是一艘三桅帆船，论船龄都快过百岁大寿了，不过经过若干次升级改造，倒是越来越结实，越来越漂亮，也越来越高科技，安装了各种可能我这辈子都搞不清所以然的巡航搜救系统。此时它正全速前进，沿着斯瓦尔巴群岛的海岸线一路向北。

八点吃早饭，看起来异常丰盛。羊角包、吐司、果酱、烤肠、水果、咖啡、牛奶，标准三星级酒店配置。登船前我还一直担心营养不够，于是买来好几种水果，打算在漫长旅途中补充维生素。现在看来我的担心纯属多余，不仅那几种水果都有提供，甚至种类更多，让我自责又花了冤枉钱。

早餐之后还有早课。卓迪滔滔不绝地讲了很多关于登陆的注意事项。比如不能把石头垒成玛尼堆；不仅路边的野花不要采，更不要触碰任何北极动物；不能把任何不属于你，也不属于伦勃朗号的东西带上船，如驯鹿角等，记住是任何，甚至包括土壤。中心思想就是希望我们都是幽灵，来过就跟没来过一样。

讲课时的卓迪非常严肃，因为一旦遇到极端情况，比如碰到北极熊，我们都要严格按照他说的去做。私下里的卓迪总给人一种兄长式的安全感。他的年纪大概在四十到五十岁，用眼神深邃、面孔坚毅、饱经风霜之类的硬汉词汇形容他再恰当不过。其实在伦勃朗号当探险队长只是卓迪的副业，主业则是南极科考队员，只不过现在南极正经历极夜，他就跑到北极的游船上赚点儿外快。卓迪说他没有老婆，也没有家，所有的家当都存在西班牙加那利群岛的一艘船上。

劳伦斯是卓迪的搭档，也是一位极地科学家。主要研究跟“冰”有关的一切。冰山、冰川、冰洞，在我们俗人眼里，“冰”指代的永远都是同一种物质，透明、寒冷、硬邦邦，可在他眼中，冰的世界简直就像一个独立的宇宙一样色彩斑斓。

早课刚结束，就听见一阵咯啦咯啦抛锚的声响。随后发动机的噪声彻底消失，伦勃朗号已停在一处峡湾之中，从船舱往外望去，两侧都是山壁。峡湾是挪威的国宝级景观，冰川的侵蚀作用让山地之间形成“U”或“V”字形山谷，海水注入后就成了峡湾。卓迪用低沉的嗓音说道：“我们到了！大家穿好救生衣，准备出发。”

每次出发前我都有点儿紧张，因为总是丢三落四，所以总要反复检查相机带没带，电池够不够（极寒之地耗电极快），手机、手套、帽子、羽绒服、冲锋衣、墨镜、救生衣都带好没有，最后套上橡胶登陆靴，出门的刹那，还要回头看一眼，再在脑子里过一遍。

伦勃朗号一共搭载了二十几名乘客，两艘冲锋艇刚刚好。进入冲锋艇之前，每个人要先在舱门边的白板上找到自己的名字，然后把一块吸铁石摆在“出舱”的条目下面，回来时还要把吸铁石挪到“入舱”底下。这一步十分关键，否则船长会以为你失踪了。

登陆后卓迪第一个走下冲锋艇，在他把子弹上膛之前，所有人都不能动，因为谁也不知道哪块石头后面有熊！

徒步时要步伐一致，走得快的不能超过最前面的卓迪，走得慢的也不能比押队的劳伦斯更慢。一旦掉队，在北极熊眼里，我们就只有一个统一的名字——猎物！

上午的行程就是观鸟。第一处观鸟台只比海岸高出一百多米，空中的确有几百只鸟雀飞翔，可跟想象中百鸟朝凤的欢腾景象相去甚远。卓迪说，这只是头盘，大餐还在后面，于是我们继续朝山顶走去。

走在最前面的卓迪突然停下了脚步，还把手放在背后朝我们摆了摆，示意大家不要说话。随后他指向正前方，原本空无一物的山石间突然有个物体晃了一下，我举起长焦镜头，一只灰色的狐狸就出现在镜头里。我们与它之间也就几十米的距离，它似乎也看到了我们，还坐直了身子，脖子扭来扭去，眼珠一直在转。

▲ 一只机警的北极狐

大宝在我耳边轻声说：“北极狐！”大宝是这次北极探索之旅的中方领队，也是位博物学家。

大宝一定没看见我皱起的眉头，北极狐不应该是白的吗？怎么眼前这只灰不溜秋的。当然这问题只在脑子里停留了两秒，就被聪明的我给解决了。现在可是北极的夏天，苔原上一片雪花都存不住。北极狐要是仍旧裹着一身白毛，威风是威风了，可也把自己完美暴露在光天化日之下，那离饿死也就不远了。

终于站到山顶之上，回头望时，我们的伦勃朗号就像孩子放在水池里的玩具模型。眼前是漫天飞舞的海鸟，密度是刚才好几倍。海鸟的巢穴都筑在悬崖之下，即使离悬崖最近的，狐狸都够不着。

有两种海鸟在这里和平共处。一种是三趾鸥，黄色的嘴，白色的腹部，银色的翅膀；另一种是厚嘴崖海鸠，一袭纯黑色背羽就像穿着燕尾服。

卓迪不仅是极地生物学家，也是野外摄影师。他先把我们安顿好，随后一个人朝着鸟群聚居的悬崖走去，我知道他想离得更近一些。著名战地摄影师伯特·卡帕曾说过："你拍得不够好，是因为靠得不够近。"征得卓迪同意后，我也踩着他的脚印跟了过去，可我的登陆靴比脚大了两号，又是一路陡坡，就有点儿底盘不稳，虽然没摔倒，可袜子已经褪到脚底，后脚跟直接踩在凉嗖嗖的胶皮上。

卓迪、大宝和我组成拍鸟三人组，我们走到悬崖边上，各自掏出600mm 长焦镜头，随后快门声噼里啪啦一阵乱响，听起来非常过瘾。

我拍了一会儿在空中飞舞的鸟群，又把焦点聚在巢穴中被哺育的幼鸟身上。想起早课时卓迪曾提到，在厚嘴崖海鸠的一生中，最关键的一步就是第一次飞翔，这也是它们的成"鸟"礼。只有那些翅膀长硬了的才能成功，而那些还没做好充分准备的，可能一步跨出，就成了悬崖下北极狐的盘中餐，这可真成天上掉馅儿饼了。当然海鸠的父母也会助它一臂之力，在早晨播放的纪录片中，一只幼鸠就在妈妈的帮助下狐口脱险。

朗伊尔城是这次北极之旅的起点，它也是世界上纬度最高的城市，英文名叫Longyear，每年都要经历几个月的极昼和几个月的极夜，这样的一年，真是够漫长的。七月的北极圈完全被极昼笼罩，再加上时差的影响，让我每晚只能睡到凌晨两三点。这些文字就是在那些无人打扰的寂静之夜写出来的。不想写的时候，我就把脑袋往舷窗前一放，眼皮底下是海水，蓝幽幽的，卷成浪，浪花又一层层铺展出去，直到在视线尽头被扯成一条直线。

总之，是寂寞的。

▲ 站在悬崖边的厚嘴崖海鸠

2018 年 7 月［挪威，斯瓦尔巴群岛］

世界最北的邮局

伦勃朗号除了在登陆时稍歇片刻，其余时间都在赶路。午餐刚结束，我们就到了新奥尔松。

新奥尔松地处北纬 79 度 55 分，这里是地球最北端常年有人居住的地方。原本只是一个煤矿小镇，废弃后被挪威政府重建，再把盖好的房子租给各国政府进行科学考察。

登陆前卓迪再三提醒大家把手机调成飞行模式，因为科考小镇的仪

▲ 新奥尔松之前是一个煤矿小镇

器极为精密，任何微小的干扰，比如手机发射的电磁波，都可能对实验数据造成影响。

新奥尔松只有一条路，一直往前走，再往左拐个弯，这条路就到头了。道路两边除了各国科考基地，还有一个可以免费参观的博物馆。展览分成两部分，一部分是新奥尔松作为煤矿小镇的历史，另一部分则是生活在这里的人们的自述，讲述他们为什么来这里，以及如何在漫漫极夜中获得对抗孤独的力量。

这里还有一个小卖部，出售各种旅行纪念品，从可口可乐到明信片，从北极熊玩具到 79 度 55 分的标志牌，价格也没有因为地处偏远而贵得离谱。小卖部每天只对外开放一两个小时，还得提前预约。我买了两张明信片，一张寄给远在美国的王毅，一张寄给自己。

▲ 全世界最北的邮箱

寄明信片的地方当之无愧地成了全世界最北的邮局。大家把明信片塞进信箱前，都会先拍一张到此一游的照片。邮局墙上还贴着一句温馨提示：千万别把邮戳盖在护照上，否则风险自担。

北极黄河站就在这条路的尽头，把门的一对石狮子非常中式。我们在黄河站门口拍合影时，正好赶上站长打饭归来（各国科考站共享一个北极食堂）。女站长十分健谈，刚开始我们还有点儿担心打扰了人家的工作，可站长说，没关系，科普也是黄河站的工作之一。她刚上任不久，主要研究极地大气变化，她的同事都是海洋及冰川领域的专家。从她讲话时滔滔不绝的神气，就能看出她对自己的工作爱得深沉。

黄河站之外就是一片旷野了，脚下的路也消失了，可新奥尔松的行程还未结束，卓迪说：“走，我们去看一座铁塔！”说着就把子弹上了膛。因为这段路没有任何保护，要是有熊出没，我们跑得再快又怎能快过时速超过六十公里的北极熊？

好在不一会儿眼前就出现了那座铁塔，呈三棱锥形，稳稳地戳在大地之上。塔前立着一块纪念碑，上面写着：1926年，三位分别来自挪威、美国和意大利的探险家驾驶着一艘飞艇，从新奥尔松启航，不间断飞行了七十小时，最终抵达阿拉斯加。这是人类历史上第一次从空中飞越北极点。眼前的铁塔就是用来放置飞艇的系留塔。

纪念碑上的文字只有短短几行，卓迪又补充了一些幕后故事。那次飞越北极点的行动成功之后，因为挪威探险家阿蒙森早已名声大噪，他的名字就排在了功劳簿的第一个。意大利人气不过，又造了一艘更大的齐柏林飞艇，在1928年重新尝试飞越北极点。可那次行动失败了，飞艇坠毁在北冰洋的冰面上。来自十四个国家的救援队伍前去营救，营救过程中又死了十七个人，其中就包括第一次飞越时的战友——挪威人阿蒙森。去世的十七个人只有阿蒙森留下了名字，还在新奥尔松留下了一尊雕像，其他人都变成了冰冷的数字。

人类在探索未知的崎岖之路上付出过巨大代价，但也因为有这些探索者前赴后继，人类文明的火光才越发闪耀。

我认真地听着卓迪的讲述，其中有个词引起了我的注意：齐柏林。卓迪解释说，齐柏林是一种飞艇制造标准，在飞机成为最主要的空中交通工具之前，齐柏林飞艇才是真正的空中巨无霸！最大的一艘，长度是波音747客机的三倍！在二十世纪初叶，乘坐齐柏林飞艇进行洲际旅行是流行于欧洲上流社会的时髦消遣方式。在最豪华的飞艇上，甚至有专门设立的阅览室、酒吧、带钢琴的空中沙龙。后来因为两次严重的航天事故，飞艇最终被禁止进行商业飞行。

再次回到伦勃朗号时将近下午六点，我把自己名字旁边的吸铁石拨到“入舱”之下。

现在理应是黄昏时分，可阳光依旧明亮得晃眼，把远方的雪山变成了镜面，也把峡湾里的海水映得更加湛蓝。我突然想到，如果把阳光换成极光，即使眼前是无尽的黑夜，恐怕也不会那么难熬吧，说不定还有治疗颈椎病的功效。

飞艇的发明者简直是造梦大师，把人类的两个终极梦想——环游世界和飞翔——合二为一。

▲ 放置齐柏林飞艇的系留塔

2018 年 7 月［挪威，斯瓦尔巴群岛］

哦，这里才是最北的邮局

我从噩梦中惊醒，心脏还怦怦跳着，依稀记得梦里我走在空无一人的广场上，广场铺着大理石地砖，有没有反光这个细节记不清了。然后就看到很多人，像“雨”一样从天而降，一个个摔死在前后左右，肝脑涂地那种，恐怕连 B 级恐怖片都用不了那么多血浆。然后就吓醒了。

我抓起手机，现在时间是凌晨三点半。好消息是比昨天多睡了一个小时，看来时差正在被一个小时一个小时地倒过去；坏消息是船上无法上网，也就没法周公解梦了。否则输入“梦见血光之灾”或者“梦见死了很多人”，马上就能搜索到对应的吉凶祸福。虽然我一直宣称自己是无神论者，可有时候小小地迷信一下，也是缓解压力的好办法。

原本打算趁着晨光看几页书，但很快我发现这不可能，因为今天的海浪有点儿大。我朝舷窗外一望，差点没吐出来。船在摇，床在摇，人也在摇。坐着跪着站着都不行，这些姿势都会让身体为了保持平衡而下意识发力，而人力

▲ 停在峡湾中的伦勃朗号

又怎能跟自然力抗衡？此时只好顺其自然，趴在床上，跟床融为一体，跟海浪的节奏保持一致，果然一下子就舒服多了，可其他事也都不想干了。

大概在早晨七点多，伦勃朗号终于停止了钟摆一样的晃动。

不一会儿，小广播里再次传来卓迪先生的早安播报。

“早晨好！早晨好！早餐还是八点开始，不过我猜大家应该没什么胃口。”我怎么听见这句话后面还跟着一声狡黠的笑。

卓迪继续说道：“其实刚才的浪也不算什么，还不到一米，我看了下天气预报，接下来还有三米的巨浪！”如果船舱里有镜子，我一定能看到一张面如死灰的脸。

“跟大家开了个玩笑！”这回他的笑声藏都藏不住了，“伦勃朗号会根据天气选择合适的航线，如果风浪太大，我们就躲进避风港，不会折磨大家的。”

去餐厅之前我一个人走上甲板。海面上漂着许多浮冰，星星点点，像撒了一地的蓝宝石，还没人去捡。扑面而来的冷空气像被冻过一样，一呼一吸之间，就把我从船舱里带出来的那点儿热乎气全给捎走了。

看到旁边有个船员正拉起一段缆绳，三下五除二就拽上来一个水桶。他让我过去看，又指着水里的生物喊：“海天使！海天使！”

那是一种我从没见过的生物，有点儿像水母，全身透明，除了脑袋和心脏呈不透明的橘色，身体两边还长着一对软肢，无论它朝哪个方向游，那对软肢都在上下摆动，就像一对翅膀。

我把大宝也叫上来看。他说海天使只出现在高纬度海域，比如南北极，还有北海道附近，不过通常躲在冰层下面，它还有一个更梦幻的学名叫“冰海精灵”。

我和大宝聊天时，旁边一位船员一直举着望远镜左顾右盼，最开始我以为他的职责是为了监控航线前方出现的冰山，以防泰坦尼克号的悲剧重演。后来才知道他是在帮我们寻找北极熊。斯瓦尔巴群岛生活着三千多只北极熊，是这个星球上密度最高的区域，可伦勃朗号只能沿着海岸线航行，这让我们看到熊的概率大打折扣。听说在上一段的船期中，一共才看到三只北极熊。所以每艘航行在北极地区的游船上都有一位专职“搜熊员”，一日三班，从未间断。可他工作越认真，我就越担心，怕在我们的航程中一只都看不见。

此时伦勃朗号已经行驶到斯瓦尔巴群岛的西北角，上午的登陆点是一个十七世纪捕鲸队留下的遗迹。

冲锋艇离开母船后拐进一处浅水港湾，这里风平浪静，水平如镜。跟我们一起游进来的还有一只海豹，豹头始终露出水面，游过的轨迹就像一个深“V”。海豹上岸后侧卧在浅水区，黝黑的皮肤还有点儿反光，它完全静止的模样就像一尊青铜雕像。

跟这只孤独的海豹相比，两只北极燕鸥正双宿双飞，这么形容似乎并不准确——只有公鸟在飞，母鸟始终站在一截枯木上，等着老公喂食。一轮投喂结束，公鸟高高飞起，在海面上盘旋几圈，一个俯冲扎进海心，可不一定每次都捕鱼成功，只能再次盘旋，再次俯冲。夏天是北极燕鸥哺育后代的季节，极昼结束之前，它们就要拖家带口飞到几万公里之外的南极，去过另一个日不落的夏天。北极燕鸥通常可以活三四十年，每年南北极一个来回，让它当之无愧地成为飞行里程最长的鸟类冠军。别说鸟类，这么个飞法，恐怕只有航空公司的终身白金卡拥有者才能与之媲美。

▲ 两只正你侬我侬的北极燕鸥

我们离开燕鸥栖息的海滩，朝内陆深处挺进，很快就看到大块大块的鲸鱼骨散落四处。

卓迪说："这里就是十七世纪丹麦捕鲸队的地盘，大家猜一下，人类为什么要捕鲸？"

"刺身！"我脱口而出，大家都笑了。

卓迪也笑着说："嗯，最早的确是为了吃肉，后来主要是为了提取鲸油。在工业革命时期，鲸油才是真正的硬通货，不仅被用来照明，还被用作工业油脂，再做成肥皂和蜡烛。当年各国为了争夺北极地区的捕鲸权还打打杀杀。直到后来石油被广泛普及，全世界的鲸鱼才躲过灭顶之灾。"

卓迪指着一个已经半截入土的木桶说道："这个桶就是用来炼油的，这样就不需要把整条鲸鱼运回国，把鲸油运回去就好了。"难怪这附近到处都是鲸鱼骨头，其中一块巨大的头骨后还连着一段完整的脊椎。我就想问，煮这盘鲸蝎子得用多大一口锅？

捕鲸队的遗迹中还包括一个垒成圆锥形的石堆，上面斜插着一根木头。

卓迪说："经过这里的捕鲸船有的向北，有的向南，北向捕鲸船的水手就会把信用油布密封起来，塞进这堆石头下面，回程南下的捕鲸船路过时再把信捎回家。"原来这才是人类历史上最北的邮局！

我在"邮局"旁边站了很久，试着揣测水手们当年写信时的心情。

船已经开到这儿了，想回头已经不大可能。当初上船的原因无非是捕鲸收益丰厚，或许还有点儿英雄主义情结："老子去过最冷的地方，杀死过世界上最大的动物！"可船开了那么久，脑子里的狂热也慢慢降了温。这时会不会想到几个万一：万一不小心掉进大海淹死了？万一扛不住严寒冻死了？万一被北极熊吃掉？这时远方的家人以及他们的期盼，可能就是心中仅存的温暖和依靠了。于是写在那些信里的文字，肯定与金钱无关、与利益无关、与数字无关，与之有关的只是爱与思念。

当水手把家书塞进“邮箱”，会不会又出现另一种担心？

担心回程的船员没有发现自己的信，担心信没有被送回家，担心信的安危甚于自己。可一想到家人在夕阳下展信阅读的情景，说不定又已经热泪盈眶了。

想到这儿，我觉得自己非常可笑，因为这种揣测实在有点儿“为赋新词强说愁”的意味。可我还是在回到伦勃朗号之后拨通了海事卫星电话，就是跟爸妈说一句，“我很好，别担心”。听到熟悉的声音，电话两头的心都放下了。

电话线就像风筝线，无论我们飞了多远，也不要让父母觉得手中的线断了。

▲ 水手用油布把信密封，塞进这堆石头下面

2018 年 7 月 [挪威，斯瓦尔巴群岛]

邂逅北极熊

午饭时伦勃朗号依旧一刻不停地驶往下一个目的地，但也快不起来，因为现在遇到的冰块更大更多了，与船体碰撞时还发出哐啷啷、哐啷啷的闷响。第一次听见那声音还感觉惊心动魄，不一会儿也就习以为常了。

下午的行程分两段。第一段要爬到一座小山上跟 Svidjodbreen 冰川面对面，随后还要乘坐冲锋艇从冰川下方仰视，这样就能获得欣赏冰川的全景视角。

从登陆点到山顶的路不算长，但一路的软泥、雪堆以及巨型鹅卵石还是制造了不少麻烦。登顶后看到的冰川被两座光秃秃的矮山夹在中间，反射出淡淡的蓝色光泽。眼前的景象终于跟想象中的“北极”对上了号。冰学专家劳伦斯说：“由于冰裂作用，这里的冰川最终将全部落入峡湾，你们看，这些冰层剥落后露出的岛屿都是崭新的，还没起名字。”

我想起几年前在 VR（虚拟现实技术）设备流行的时候，总能看到套路化的推广文案：戴上最先进的 VR 眼镜，坐在家里也能环游世界。这实在太可笑了。假如我现在坐在家里，戴着 VR 眼镜，也的确能看到跟眼前一模一样的风景，可我怎能感受到寒风吹面的凛冽，嘴里呼出的热气被衣领挡回来的潮湿，还有那手脚冰冷但内心火热的激情？旅行难道不是由我们的所见所闻所思所想组合在一起的统一体？这是任何技术手段都无法帮我们完成的事情。

冲锋艇离开登陆点，从矮山背后绕到冰川正前方。一路上眼睛一刻都没闲着，或者说相机快门一刻都没闲着。

最先遇到一对海象母子，儿子在前，妈妈在后，像两块礁石一样一动不动。冲锋艇刚靠近，它们就双双扎进水底，连气泡都没留下一个。

接下来登场的是一只髯海豹，“髯”就是胡子的意思。这种海豹都长着两撇俾斯麦式的白胡子，每侧都有二百来根。这些知识点都由大宝像报菜名一样信手拈来地讲给我听。跟随博物学家旅行的好处就是可以天天享受被知识密集轰炸的乐趣。为了避免之前吓跑海象的一幕重演，我们在试图接近海豹之前，先关掉发动机，然后一点点靠近，它浑然未觉，依旧摆出一副慵懒的姿势。我却有点儿担心起来，要是悄悄靠近的是一只北极熊，那它一定凶多吉少了。后来又觉得这种担心实在没必要，物竞天择本来就是自然界最基本的生存法则。

▲ 一只趴在冰面上的髯海豹

髯海豹很快被我们甩在身后，眼前又出现一群水鸟。可它们展现的并不是游泳嬉戏其乐融融的一面，而是同类相残的另一面。一只黄嘴海鸥正凶相毕露，用它尖锐的喙去啄一只黑色水鸟的尸体。冰面上铺满了黑色的羽毛和暗红色的血迹。

随着冰川在视野中占据的范围越来越大，我们却不敢靠得更近了。因为每隔一两分钟就会有一块完整的冰山崩裂后落入峡湾，声音总要延迟两秒，才能听到雷鸣般的巨响。冰山落下后因重力作用迅速下沉，随后浮力又把它们带回水面，此时如果我们的冲锋艇就在跟前，说不定就

会被浮上来的冰刃轻而易举地扎穿。

虽然不敢靠得更近，但我们的冲锋艇还是在长达十公里的冰川之下巡航了一圈。不一会儿前方出现了一座冰桥，像大象鼻子一样跨在水面之上。我问卓迪是否可以从下面经过，他轻轻摇了摇手指说道：谁也不知道那座桥什么时候塌，可能一百年，也可能下一秒。说话时他顺手从水里捞起一块碎冰，举起来对着阳光照了照。卓迪笑着说，这块冰可能已经超过一万岁了，跟威士忌可是最佳拍挡，晚上请你喝一杯！

晚餐前卓迪给每人倒了一杯威士忌，然后用冰锥把万年冰块戳碎后倒进玻璃杯，一口下肚的感觉自然十分爽烈，不过也可能只是心理作用。

晚餐的头盘是一碗奶油浓汤，主菜是酱汁鸭胸肉配长豆角白米饭，甜点是巧克力慕斯。除了这些，还有团友从中国带来的老干妈和辣椒酱。原本以为在天寒地冻的北极，能果腹就不错了，没想到顿顿丰盛到要担心下船时体重超标。

不知是晚餐吃得太饱还是威士忌的酒劲儿太强，反正我完全不记得从餐厅到船舱的这段路是怎么回去的了。就在我睡意盎然连梦都舍不得做一个的时候，船舱里的小广播再次响起。仍旧是卓迪的声音，可声调却变得十分急促："我们看到熊了！大家快到甲板上来！赶快，北极熊正在游泳！"

我的脑子完全是蒙的，只是隐隐约约感觉看北极熊比睡觉重要，于是挣扎着穿上羽绒服，拎着相机走到甲板。出舱时我看了一眼时间，凌

晨一点半，半夜的天空竟然比白天还晴朗，蓝幽幽的，几只北极燕鸥飞来飞去，翅膀银亮银亮的。

“快看！”大宝指着岸边一个小白点儿说，“就在那里！”原来那只熊已经上岸。卓迪把手里的望远镜递给仍旧睡眼惺忪的乘客，随后他、大宝，还有我，各自举起长焦镜头。可还是离得太远了，眼睁睁看着小白点晃来晃去，却无法拍得更清楚。

卓迪突然说：“我们走！上冲锋艇！你们快去穿救生衣！”

可冲锋艇里的视线比刚才站在甲板上还矮了好几米，原本可以看到陆地很深的地方，此时眼前却横亘出一条地平线，北极熊要是跑到另一头，那我们只能无功而返了。好在那只熊非常贴心地一直踩着那条线在走，这让它看起来更显高大。它自己玩了一会儿，又大咧咧地拉了一泡屎，然后才消失在地平线的后面。

回程时大宝说起发现北极熊的经过。原来它不是被“搜熊员”发现的，而是大宝躺在船舱里睡不着，他说第六感让他觉得今晚一定能看到熊，于是跑到甲板上用望远镜搜索。他最先以为水里游的是只海豹，可海豹怎么是白的？体型也大很多，那不是北极熊是什么！

我问卓迪这只熊是公的还是母的？

卓迪说：“公的！那么大，简直就是怪兽！”

2018 年的夏天，一张北极熊的照片刷了屏。那只原本应该是庞然大物的家伙已经瘦得不成样子，看起来随时都会死去。人类在这场无形的伤害中难辞其咎，由于碳排放与日俱增，破坏了臭氧层，温室效应让覆盖在北冰洋上的冰盖逐渐消融。冰盖正是北极熊天然的栖息地和捕猎场所。网上也列举了一些可以帮助恢复极地生态的办法，比如多种树，少开车，多利用太阳能，少用煤炭发电。如果想让宏观环境发生根本性改变，那真的需要每个人都从身边的微观小事做起，至少脑子里要有这个意识，当我们面对可做可不做的选择时，才会自然而然地进行取舍。

▲ 我们的伦勃朗号

2018 年 8 月［中国，丽江］

这很像一个乌托邦

今年是我连续第二年跟着“行走的力量”大部队进山。这个公益项目由陈坤先生发起，今年已经走到第八个年头。

跟去年相比，今年的路线难度不大，又是在丽江家门口，于是走得特别放松，总感觉还没开始就结束了，就像酒还没喝到微醺或者读了一本猝然收尾的好书。

无论走到第几年，“行走的力量”都有一个基本设定——止语，就是在行走的过程中不能说话，以便更好地和自己的内心交流。几十位行者，悄无声息地走在山川河谷之中，那画面，是不是很有一种仪式感，就像朝圣。把“朝圣”这个词用在我们身上，显然有点儿大了。因为在我们大多数人的脑子里，几乎都没有什么所谓的信仰加持，虽然一路上想了很多，可基本都是胡思乱想。

▲ 趴在我裤子上的蚂蟥

我还记得在行走的第一天，我一会儿在追忆起床前还没做完的那个美梦，一会儿又想起包里的榨菜能不能坚持到最后一天，晚上在帐篷里睡觉要不要加条秋裤……就像刷手机刷出许多前后完全不挨着的朋友圈。这些零碎的念头总会在脚下突然一滑之后，消失得无影无踪。

当然也有一些念头十分顽强，任凭我停下来吃路餐，看到风景拍照片，甚至被蚂蟥咬了一口，都不能阻止它们野蛮生长。

我觉得这些顽固盘旋在心头的想法，其实就是行走的力量的来源。

以前我理解的力量，是体能上的，就是在走了几天之后，身体会更结实，肌肉线条会更明显，也的确有这个功效，每次徒步完，总能感到新陈代谢被提速，也就是吃得多拉得多，即使躺在床上什么都不干，都能比之前消耗更多卡路里。

与身体机能对应的，是心理上的力量，而形成这种力量的正是那些顽固盘旋在心头的想法。那些想法，原本只是平静水面上掀起的涟漪，随着我们越想越深入，越想越激动，涟漪就翻卷成旋涡，而那个旋涡连着的，就是来自心底的声音。这些思考往往会形成一个决定，接下来的路该怎么走，乃至一二三四的步骤也都被想得一清二楚了，从这个角度来说，行走更像是一场闭关修炼。

每年行走都有一个主题，2016 年叫作“让心开出花来”；2017 年叫作“走一段有心的路”；2018 年叫作“每一刻都是最好的自己”。

所谓“每一刻都是最好的自己”，就是当我们遇到不好的那个自己时，通过调节情绪，可以不冲动、不冒失、不急躁。只有让心先静下来，才能对外部环境和内心世界保持清醒的判断。

那又该如何调节情绪？

关于这个问题，我们在一个阳光晴好的下午，在丽江一处人工湖的岸边，专门召开了一次圆桌会议。我们坐在草地上，围成一个圈，我还记得当时有阳光、有风声、有麦香。坤哥说，这很像一个乌托邦。

有人说，当心情不好时，大睡一觉，找朋友聊天，把自己灌醉，都是比较不错的解决方案。

有人说，我们总给情绪添加一个好或者坏的标签，高兴、满足、自豪是

好的，痛苦、绝望、失落是坏的，其实情绪根本不分好坏，就像人在悲痛时，你不让他哭，还不得憋出病来？

坤哥说，爱，可以是一种单向付出，我喜欢你，这个情绪会让我开心，这就已经足够。这句话也获得了大家的一致认可。当一个人傻傻地只想付出不计得失时，也根本就没有负面情绪的容身之地了。当然，这也是需要修炼的，学会倾听内心的声音需要，学会爱别人更需要！只有这样，才能真正做到每一刻都是最好的自己。

在行走的五六天里，每天的高光时刻一定是在即将走到终点时，看到炊烟从临时搭起的营地袅袅升起，整个人就从紧绷状态一下子松弛下来，可脚步却会不自觉地加快，距离热乎乎的饭菜和温暖的睡袋也就越来越近。

整个行程的高光时刻一定是最后的庆功宴，有人哭，有人笑，有人高歌，有人拥抱。为自己已经走完的步步长路，也为即将在脚下铺展的漫漫征途。

除了以上两种每个徒步者都会经历的精彩瞬间，对我来说，真正的高光时刻往往发生在遇到困难的时候。

就像去年的行走，我会首先想到那个雨夜，那是在正式行走的第二天。我们在海拔五千米左右的 C2 营地过夜。在此之前，我已经便秘了三四天，我甚至以为这泡屎得留到行走之后了。可就在那个雨夜，我都已经睡着了，却在半夜十二点被腹痛惊醒，随着疼痛加剧，我面临的难题是：如果此时出去方便，帐篷外的温度只有五六摄氏度，那就必须穿戴整齐，穿衣服产生的动静一定会吵醒同帐篷的室友。除此之外，当晚我的高原反应也非常严重，头很痛，连翻个身都得先喘两口气。

当时正好还下着大雨，心里也是凄风冷雨下成一片，我躺在帐篷里，翻来覆去纠结了差不多两小时，最终还是因为肚子实在太难受，才下定决心。

我穿好衣服，摸黑找到临时搭建的露天厕所，蹲着的时候，雨点一直往头上撒，不过好在我不到一分钟就解决了问题。再次回到帐篷，简直比吃了一顿大餐还爽。其实生活中的很多困难看起来都像不可逾越的大山，可一旦下定决心，你就会发现，那大山一下子就被我们踩在了脚下。

今年行走的高光时刻，发生在出发之后的第一天黄昏。我们已经安营扎寨，吃完晚饭，准备钻进帐篷睡觉了。可营地里突然吹响集结号，坤哥站在行者们围成的圆圈里，跟大家又是鞠躬又是说抱歉。原来由于一些突发状况，我们不得不拔营，去找其他地方过夜。这时坤哥找到我，问我家里还剩下多少床位。其实这次行走，从报到到培训，四五天里，整个大部队都住在背包十年青年公园，一百多号人包下了整个院子。大部队正式出发后，家里已经住进了新的客人。

▲ 整理驮包

我不确定是否有

足够的床位装得下那么多人，于是赶紧给店长打电话，询问还剩多少床位，答案当然是不够的。我让店长有多少留多少，跟坤哥商量后，他说先解决行者的住宿，工作人员可以用帐篷睡袋解决（后来一张床上甚至挤了六个工作人员）。那么多人回撤也需要车辆支援，除了官方用车外，店长也在很短时间内借调了十辆车，（最让我感动的，是在店里做饭的姚姐和她老公，两人各开了一辆私家车从家里赶到青年公园待命，还有正在度假的店员家长也开着车赶来了，这一幕就像电影《海盗电台》的结尾，当主角被沉船的绝望包裹时，突然看到自发从四面八方赶来的救援船队……）虽然最后没有完全用上，但在当时，我心里只有两个字：感激。

当天晚上，所有人都被安顿得妥妥当当。我回到自己房间之前，看到坤哥还在跟工作人员开会，我问还有什么需要帮忙的？能帮的绝对义不容辞。这时坤哥对我连着说了三声“感谢”。其实不用的，在帮大家的过程中，我也很高兴啊，这就已经足够。

就在那个大家围坐草地开圆桌会议的下午，我突然对乌托邦有了全新的认识。它可以顾名思义地大到一座城池，也可以小到几十个暂时把柴米油盐抛诸脑后而聚在一起的灵魂，甚至仅仅一颗安静的心，都可以被叫作乌托邦吧。

2018 年 12 月［印度尼西亚，巴列姆山谷］

不穿衣服的村子

2018 年的最后一天，虽然是崭新的一天，却没有一个愉快的开始。

我无法判断，究竟是睡醒后才感到瘙痒，还是因为痒才从梦中直接醒来。我用手指朝小腹方向划去，摸到六个连在一起的疙瘩。这一定是跳蚤的杰作，之前也有过被咬的经历，都在这种隐秘的位置，而且疙瘩连成一片。跳蚤的进攻路线也一目了然，防潮垫下铺着干草，它们就从草缝间钻进来。我挠了几下，发痒的范围竟然扩大了，于是赶紧转移注意力，我看到门缝外的天空已经亮起来，又听见环绕四周的鸟叫和虫鸣，这时散乱的意识才慢慢聚合，想起自己已经在这个达尼人的村子里住了三天。

村子在巴列姆山谷（Baliem Valley）之中，要不是传奇向导鲍勃带路，我们死活都走不进来。巴列姆山谷位于新几内亚岛腹地，九千年前就有人在这儿居住了，都是从非洲漂洋过海而来的黑人兄弟，他们高兴时就唱歌跳舞，不高兴了就打打杀杀，逐渐分裂融合成几个规模较大的部落，达尼人是其中人数最多的一支，性格也最温和，不像住在丛林中的拉尼人，个个骁勇好战，还喜欢把敌人的脑壳当枕头。山谷里的居民继承了祖先的外貌特征，皮肤黝黑，头发卷曲，鼻翼宽阔，嘴唇肥厚，让初来乍到的我们还以为到了非洲某地。

Roy 是这次旅行的发起人，他和女友 Sue 正在全世界旅居，每个月换一个国家居住，一边深入体察风土人情，一边拍摄旅居纪录片《千百种生活》。几个月前，Roy 在微信上问我：“小鹏哥，有个好玩的地方去不去？”我问：“哪儿？”Roy 说：“那里的人都不穿衣服。”我说：“走！”Roy 继续补充：“那里的人还吃人！”我说：“那就非走不可了！”我估计李拜天也是这么被忽悠来的，他和 Roy 是同学兼前同事。李拜天长得人高马大，留着一厘米长的寸头，穿着紧身背心，包裹着一身结实的肌肉，他还喜欢穿高帮军靴，一打眼还以为是个雇佣兵。我不厚道地猜测，Roy 找他来的主要目的是防身，可要是真的遇到食人族，李拜天那两条大长腿一定跑得比谁都快——也算是失策。

最后还要隆重介绍一下我们的传奇向导鲍勃·帕雷格（Bob Palege），《孤独星球》说他是“最有经验、知识最丰富的向导之一，在整个巴布亚拥有深厚的人脉”。Roy 担心《孤独星球》言过其实，还专门对鲍勃做了一番背景调查，结果人家果然经验丰富，三十年前就带着《洛杉矶时报》的记者去寻找食人族了。因此 Roy 在给鲍勃写邮件时还有点忐忑，怕他业务太忙没时间，又怕他开出天价向导费。结果证明我们多虑了，不仅档期合适，价格也合理，唯一的附加条件就是给他捎一条烟两瓶酒。

我们住的地方相当于村子里的招待所，六七间茅草屋随意盖在一大片空地之上，我和李拜天共享一间，Roy 和 Sue 共享一间。每间茅草屋都圆底尖顶，门框很低，进门时得六十度鞠躬。还有一间稍大一点儿的长屋，到了晚上我们就在那儿烤火聊天。长屋的一角还挂着圣诞节的装饰，彩色丝带上用英文写着“Merry Christmas（圣诞快乐）”，这里以前是荷兰人的殖民地，殖民者早就卷铺盖回家了，却把信仰留了下来。

早餐是一大盘面条，点缀着几缕菜叶子和几块炒鸡蛋，味道十分寡淡。好在餐后水果都是新摘的，菠萝又软又甜，百香果也一点儿都不酸。

这时老酋长来到我们住的地方，他的右手中握着一根木棍，左肩挎着一个袋子，除此之外，就只用一个阴茎鞘（Koteka，用中空的葫芦瓢制成）套住关键部位，再用一根细绳把葫芦瓢笔直朝上拴在腰间。两颗蛋蛋塞不进去，就完整地露在外面。截至目前，老酋长是我们在村子里遇到的唯一一个不穿衣服的人。老人家今年已经八十岁，浑身上下的肌肉线条依旧清晰可辨，脸上也看不到几条皱纹，还特别爱笑，总是嘻嘻嘻、嘿嘿嘿地把嘴唇咧开，光秃秃的牙床就暴露出来。鲍勃说，老酋长今天也要参加我们的徒步，这可真是求之不得，至少不用为找拍照的模特发愁了。

招待所被一条窄窄的护城河环绕，进出都得先跨过一座独木桥，最外面还有一圈篱笆，每次翻越篱笆我都要加倍小心，总担心要害部位被下面的木棍戳到。

老酋长走在最前面，随后是我们四个，鲍勃，还有酋长的孙子，这个只有五岁的男孩很会对女生献殷勤，不一会儿就从路边摘了一束鲜花举到Sue面前，Sue也笑得像花一样，走在旁边的Roy气哼哼地佯装嫉妒。

▲ 老酋长在前面带路

村子里的猪比人多。鲍勃说，猪是村民家里最值钱的财产，巴列姆山谷的一半风俗都和猪有关：杀了人可以用猪偿命；讨老婆可以用猪当彩礼；老婆和猪同时掉进水里，你知道他们会先救什么了吧——最后这句非常不可信，可鲍勃就是有这样一种本事，再荒诞不经的话，从他嘴里说出来都像至理名言，我不仅信了，还不住点头，就像被他洗了脑。

每次和迎面走来的村民打招呼都有一套标准礼仪，先说“纳拉克”

（“你好”的意思，如果遇见女人，要说“拉欧克”），然后使劲握手——鲍勃说，只有敌人之间不会触碰对方身体，如果不想被当成敌人，那就让他感受到你的力量吧——同时嘴里要发出“哇——哇——哇”的声音，你也可以说五个“哇”七个“哇”，数量越多表示关系越亲密。

上午经过了几个村庄，村子里的建筑仍以茅草房为主，也有样式新潮的用木板搭的房子，屋顶也换成了彩钢瓦。鲍勃说：“这是印尼政府免费帮他们盖的，有的还通了电，可村民并不领情，一直和政府摩擦不断，一边要独立，一边要资源，不打仗才怪！前几天四个政府军士兵被打死了，枪也被抢走了。你们来那天，市场里也死了人，你们办通行证时也看到了，好多人到警察局示威！不过提高生活质量也算一种趋势吧，就像这里，大多数年轻人都已经穿上了衣服，可能等到老酋长这一辈人都离世了，许多传统就只能等到八月份的山谷节才能看到了。”

▲ 把野猪牙直接穿过鼻孔

老酋长在每个村子里都有亲戚，跟在他身后去串门，就从心理上拉近了和当地人的距离。在一户亲戚家里，我们又遇到两个只戴阴茎鞘的男人。其中一个还给我们展示起他的才艺，就是把野猪牙从左边的鼻孔穿进去，再从右边的鼻孔穿出来，原来两个鼻孔之间的软骨是贯通的，随后他又把野猪牙拔出来，把一根手指横塞进去……

这一户的茅草房很大，竟是复式结构，二层用来睡觉，一层的土地上铺着炭火的余烬。房梁下悬着一只鸟，黑乎乎的，乍一看以为是只乌鸦，还怕它朝我扑过来，原来只是一个标本。Roy 兴奋地说：“这是天堂鸟的一种，叫作华美天堂鸟，是新几内亚岛的特产。记不记得商量行程时我还问过大家，要不要去另一个岛寻找天堂鸟，没想到在这儿看到了。”这只鸟并非纯黑，胸腹部的羽毛是蓝绿色的，用手电一照，发出翡翠般的光。

太阳升到头顶时，我们爬上一座山丘，上面立着一棵大树，分出几个杈子直指天空。大家都走累了，一边吹着山风一边坐在岩石上休息。老酋长面朝山谷，眺望远方，还真有点儿像美术学院的人体模特。

我突然想到，既然鲍勃被《孤独星球》捧为传奇向导，一定存着一肚子的故事，于是对他说：“给我们讲个关于食人族的传说吧，吓唬小孩的那种瞎编的都行。”

鲍勃想了一下，随后娓娓道来：“你们知道洛克菲勒家族吧？对，就是美国那个有钱的大家族，还出过一个副总统。这个故事，跟副总统的儿子有关。他叫迈克·洛克菲勒，是哈佛大学的高才生，攻读经济和历史学位，也像他父亲一样喜欢收藏艺术品，还喜欢旅行，有钱人家的儿子，就是想做什么就做什么。他在哈佛时认识了一个纪录片导演，导演打算来巴列姆山谷拍摄一部纪录片，叫作《死鸟》，那时迈克刚毕业不久，渴望通过旅行拓展视野，于是两人一拍即合。”Roy 说：“国内视频网站能找到那部记录片，迈克是录音师。”这次旅行之前，Roy 做足了功课。

鲍勃继续说道：“在拍摄纪录片的间隙，喜欢收藏艺术品的迈克跑到南部的阿斯玛特地区，从当地人手里购买了大量的木雕艺术品，盾牌啊，船桨啊，弓箭啊，后来都运回了美国，放在他爸爸的原始艺术博物馆展出。那是 1961 年 5 月的事情，那年 10 月，迈克第二次来到阿斯玛特，这次他带了一整船用来以货易货的物品，他想收集更多的木雕艺术品，还打算以阿斯玛特为题材写一本书，再做一场规模更大的展览。可那次旅行中却发生了意外，船被浪头打翻，他一个人朝岸边游去，然后就失踪了，再也没有人看到过他。洛克菲勒家族出动了飞机、轮船，搜索了两个星期，最终无功而返。荷兰殖民政府给出的官方调查结果是溺亡，还有一种民间说法，说迈克被阿斯玛特的食人族吃掉了。”出于一种猎奇心理，我当然更倾向于后一种说法，而且还想了解更多细节，可鲍勃却说：“时间不早了，我们得往回走了。”

不可否认，这次来巴列姆山谷，我心里藏着一个猎奇的目的，就是想看看这里的人，以及他们的生活。用 Sue 的话说就是，我们随时都能解锁一项新技能。

▲ 在我脚下即是巴列姆山谷

2018年12月［印度尼西亚，巴列姆山谷］

什么样的人可以被称为旅行家

2018年的最后一缕阳光走得一点儿都不拖泥带水。天黑之后，我们都聚在长屋里烤火。

这时走进来一对夫妇。下午曾见过那个男人，他拦住我们的队伍，说他老婆病得很厉害，问我们这些异乡人是否带着消炎药。李拜天说有一些备用药，让他晚上过来拿。我们围着那个可怜的女人观察病情，她的右臂外侧鼓起了一个脓包，差不多有婴儿拳头大小，脓包四周已经变成黑紫色，中间流出浑浊的液体，就像一座即将喷发的小火山。我们强烈建议男人把老婆送往医院，又说我们治不了这么严重的病，更不敢给她乱吃药，万一药不对症，谁都无法承担责任。李拜天在他们离开前，用碘酒帮她消了毒。

我又想起食人族的故事，就问Roy是否也听说过迈克被吃掉这件事。Roy说："做攻略的时候看到过，是《美国国家地理》杂志的记者写的。"

我问："那记者找到了什么确凿的证据吗？"

Roy说："迈克失踪后不久，两位荷兰籍牧师就知道了整件事的经过，他们都精通阿斯玛特语，是当地人告解时一点点说出来的。那天迈克游到岸边，正好遇到几十个送完货正在赶路回家的村民。他们认出迈克就是那个到村子里用烟草换木雕的白种人，这个细节很关键，因为阿斯玛特人更乐意吃认识的人。迈克被食人族吃掉后，其中一些人得到了他的眼镜、衣服、头颅、髌骨……两位牧师马上向荷兰政府汇报，当时

荷兰正在跟印尼还有美国争夺他们在亚洲的最后一块殖民地，‘溺亡’这个结论更符合大事化小的外交策略，这件事就被压了下去。后来那位《美国国家地理》的记者分别找到两位牧师，发现他们对事件的描述可以互相佐证，迈克的死因终于浮出水面。记者觉得光靠当事人的回忆写文章还不够有说服力，就自学印尼语，然后深入阿斯玛特人的村庄，想要亲力亲为地驱散这团阿斯玛特迷雾。在抵达村庄的第一个月，他连洛克菲勒的名字都不敢提，直到他和村民交了朋友，成了兄弟，他才从他们口中听到迈克的名字。就在记者离开村子的前一天，一个男人在村子里一边大声讲故事一边做出杀戮的动作。记者用摄像机把这一幕记录下来，后来他把这段视频放给精通阿斯玛特语的翻译，原来那个男人说的话就是最严厉的诅咒和警告：不要跟任何人说我们的故事，否则你会死，你的族人也会死……”

这时鲍勃打断了 Roy 声情并茂的叙述，说道：“明天是新年第一天，村子里要办一场红薯宴，也邀请了大家，在红薯宴之前，还有一个惊喜。”

既然是惊喜，我们都知趣地没有继续打听。只听见 Sue 对 Roy 小声说，惊喜会不会是把我们都宰了，我们——其实就是红薯……

跨年夜的晚餐并没有比平常更丰盛，可村子里的每一样食物都来之不易，所以最后吃得连米渣都没剩。Roy 开了一瓶从巴厘岛带来的 40 度米酒，就算为大伙辞旧迎新了。餐桌摆在露天的院子里，抬头就能看到夜空，不一会儿密布的云层就被夜风扯开一条缝，千百颗星星露出脸

▼ 大家一起畅饮了一瓶40度的米酒

来，就像在黑土地上撒了一把米。李拜天的手机里装着观星软件，我们找到了金牛座和小天狼星。李拜天说："可惜看不到南十字星，已经沉到地平线下面了，在大航海时代，船长们就是用南十字星来导航的。"

晚餐后各自回屋，疲劳和酒精的双重作用都没能把我催眠，毕竟是一年中的最后一天了，总有一些思绪在翻涌。

我想到一个人，像流星一样划过我的生命，又像恒星一样照亮我的天空。我相信《寻梦环游记》中的说法：只要还有人记得，你就不会真的烟消云散，直到我也离开的那一天。

我想到李拜天刚刚提到的大航海时代，想到杰克船长，顺着这个思路，又想到《夜航西飞》中的一段话，大意是：现在已经过了伟大的航海时代和飞行时代，那些凭借本能和直觉就能找到方向的船长和飞行员，都已经被灵敏的机器和仪表盘挤到了历史的边缘。我沮丧地想，现在也已经过了伟大的旅行家时代。旅行家最重要的任务就是给那些即将踏出家门的年轻人勇气，让他们知道，"这条路上，我不孤单"；也能让那些已经走在路上的人知道，"其实我还可以走得更远"。可现在旅行的门槛变得越来越低，已经成了生活必需品和一种时尚消费选择，出发前需要做的仅仅就是上网搜索攻略、买机票、订酒店，然后就可以说走就走了，谁还把旅行家当回事呢！

我当回事！想要成为旅行家，一直都是我的梦想。那究竟怎样的人才可以被称为旅行家？

他应该去过很多地方，见过山，见过水，见过日出与日落，风暴与彩虹；

他应该拥有许多一生一次的经历，在阿拉斯加守候过极光，在比利牛斯仰望过山鹰，在东非草原看过角马过河，在加勒比海倾听过涛声；

他应该拥有分享的意愿与能力，可以是文字、照片、影像、手绘……关键是找到适合自己的那种方式；

他应该对自己要求苛刻，对脚下走过的每一步路，写下的每一个字，按下的每一次快门负责；

他应该童心未泯，无论到了三十岁、五十岁还是七十岁，他仍然具备异想天开的本领，敢做那些最大胆的梦；

他应该自信，相信自己选择的道路是正确的，并且在得志时不放纵，失意时不气馁；

他应该明白这是一个多元化的世界，如果世界上只有一种颜色，那将会多么无聊；

他应该懂得能量守恒定律，得到了自己想要的，必然要付出相应的代价。

即使做到以上所有，充其量也只能算是旅行爱好者，从旅行者到旅行家的过渡，还需要跨越一条金线。幸运的是，我已经知道那条线的位置，我将用十年，甚至更长时间去跨越，一旦冲刺成功，我就会在心中为自己加冕。这就是一个旅行家的诞生。

我把双手枕在脑后，贯通的思路让我从兴奋到亢奋，虽然眼前依旧漆黑一片，视线却仿佛可以穿过屋顶直达宇宙深处，至少在心中的小宇宙里，我已经像船长一样乘风破浪，像飞行员一样翱翔蓝天了。

也不知过了多久，山谷中响起隆隆炮声，我知道 2019 已经降临大地。砰——砰——砰，刚开始还是一下一下，后来就杂叠在一起，砰砰砰，叽里咕隆，李拜天也被炮声惊醒，看我还没睡，就冒出一句："你听听，像不像野牛过河。"

我笑了，因为我心中的野牛也正在过河。我知道，那是梦想在横冲直撞。

2019 年 1 月［印度尼西亚，巴列姆山谷］

红薯宴前的惊喜

早晨院子里的气氛有点儿奇怪，平常早早就会到招待所报道的老酋长一家人一个都没出现，厨子帮我们做完早餐之后就连影子都不见了。鲍勃始终笑而不语，像是藏着什么秘密，又忍不住通过表情流露出一种“现在只有我知道将要发生什么”的得意。

大概在九点半左右，鲍勃像是得到了什么指令，突然宣布：“可以出发去参加红薯宴了！”

“昨天不是说红薯宴前还有惊喜吗？”我沉不住气地问道。

向来有问必答的鲍勃只有这次没理我，转身直接走到最前面带路去了。

▲ 达尼族男孩

我们跨过护城河，翻过篱笆，走上那条每天都要来回几遍的小路。路的尽头矗立着一个瞭望塔，其实就是一棵树，也不算粗，削掉树冠后搭了一个鸟巢式的平台。我昨天还爬到上面，Roy 问我瞭望到了什么（他太重，怕把树压折，所以没法自己爬上去），我说我都没敢往两边看，注意力全放在脚底，树一直晃，越晃心里就越慌，两条腿都是软的，哆哆嗦嗦，就怕失去平衡……

Roy 说：“《死鸟》里有个达尼族战士，

每天的工作就是爬上瞭望塔观察敌情。这份工作半天就能收工了，敌人不会在下午搞偷袭，因为害怕走夜路，他们相信天一黑，鬼魂都蹲在路边。”

绕过瞭望塔，鲍勃带我们走上一条之前没走过的岔路。不一会儿眼前出现一块空地，老酋长终于出现了，从空地的另一头朝我们走来，手里还握着一根长矛。只见他越走越快，竟然还跑起来，嘴里发出“唔——哇、唔——哇、唔——哇”的啸叫，长矛也被举过头顶，矛头正对着我们。一切来得太突然，根本无法判断这是闹着玩还是来真的，我们本能地往后退，Sue 也被吓得尖叫起来。退路也被堵死了，十几个赤身裸体的达尼族战士握着弓箭、举着长矛，“唔——哇、唔——哇”地叫成一片。

接下来的一幕就搞笑了。战士们弯弓射箭，砰砰砰连着好几声，原来只有弓在震，箭仍被他们握在手里，我却像惊弓之鸟，往旁边跨出好大一步。长矛倒是脱手而出，只是准头差了点，扎在三米开外。

我们被团团围在中间，战士们发出胜利的欢呼。其实我也想为这场大型沉浸式互动表演叫好，因为我也被动参与了演出，只是考虑到我现在扮演的角色应该算是俘虏，举起双手投降可能才会让表演显得更加完整。悬着的心放下后，我发现每个战士都精心打扮了一番，除了都戴着阴茎鞘，有的用黄黏土在身上画出图案，有的在头顶插满各式各样的羽毛，还有的把野猪牙穿过鼻孔，在脖子上挂满用贝壳串成的项链，倒让我们这些穿衣服的人显得有点寒酸。

▲ 达尼族小战士

这时包围圈裂开一个口子，现任酋长威风凛凛地出现在我们面前。他看起来四十岁左右，精壮结实，头顶的羽毛被高高束起，五彩缤纷，异常炫目。

接下来是一场大型握手仪式，酋长和我们每个人握手，我们也要和部落里的战士、老人、妇女、孩子分别握手。酋长握手的方式很特别，他直接握住我的手腕和胳膊，我不敢怠慢，也紧紧握住他的，就像两个人在贴身肉搏、难舍难分。

在跟一些年长妇女握手时，我注意到她们有的少了一节手指，有的少了四五节。鲍勃说："一旦家族中有亲人去世，女性成员为了表达哀痛，会主动削掉一节手指，如果是至亲，就要削好几节。"好在如此残忍的习俗在几十年前就已被政府禁止。

欢迎仪式的最后一个环节是部落全体成员跳起胜利之舞。每个人都举着武器，迈着同样的步伐，还边走边唱，他们相信歌声可以为歌者的灵魂增添力量。所有人都目视前方，就像被集体施了"目中无人"咒。又觉得他们的服饰、舞姿、歌声才最正常不过，我们倒像是闯进阿凡达星球的异族侵略者。

在所有表演、寒暄和仪式结束之后，红薯宴正式开始。我以为直接就能吃了，原来把红薯弄熟的过程也是一个看点。

▲ 把红薯埋入地灶中

院子里有个隆起的土包，几个妇女把最外层的稻草扒掉，露出里面的暗坑，坑里堆满大大小小的黑色石头。

四个达尼族小伙子扛来四根又圆又粗的木料，横竖摆成"井"字，大家把地灶里的石头运过来，在"井"口里铺了满满一层，上面再铺一层干柴，然后把剩下的石头盖在干柴之上。上下是石头，中间是柴火，就像一块巨大的夹心饼干。

现任酋长用摩擦生热的方式把一捧草屑点燃，再用引燃的稻草去点“夹心饼干”中间的柴火，不一会儿就腾出火苗，火势越烧越旺，浓烟把我们逼得步步后退。

妇女们也没闲着，把家门口芭蕉树上的叶子砍下来，垫在地灶的底部。等石头被烧得滚烫，再用一种镊子形状的木夹子把石头一块块夹到坑里。我得两只手一起使劲儿才能把石块夹住，又担心随时可能掉下来，把我光着的两只脚烫成烤猪蹄。

地灶里堆满石头，还要再铺几层芭蕉叶隔热才能在上面放主食，也就是洗干净的红薯和玉米。老酋长开始往地灶里浇水，蒸汽呼的一下直冲云霄。为了把蒸汽锁住，还要再覆盖若干层芭蕉叶和各种树叶，我怀疑门口的两棵芭蕉树怕是都要因为这顿红薯大餐变成光杆司令了。

最后一个步骤是用一条草绳把所有树叶勒紧，老酋长觉得还不够结实，又坐在上面用屁股压了压。

接下来才是真正的挑战。酋长走到我们跟前，手里拿着几个阴茎鞘，鲍勃笑着说：“你们也得戴这个，否则不让吃红薯。”Sue 也笑着说：“你们戴你们戴，我保证不看，我怕辣眼睛。”

更衣室就是一间茅草屋，我们把衣服脱光后先自己尝试着套进去，然后用绳子把阴茎鞘拴在腰间。李拜天弄了几次都摆不对位置，他说站着时还好，蹲下来就像要被割掉一样，酋长帮他调整位置的画面也是一言难尽、不可描述。

我们完成换装后集体亮相，鲍勃第一个欢呼起来。可我总觉得哪里不对劲儿，很快我就发现问题所在，跟这些山谷里的居民相比，我的皮肤简直白得可耻，光白也就罢了，还到处都是被跳蚤咬的红疙瘩，一片一片的，在白皮肤上尤其醒目。

这时达尼族的父老乡亲们已经摆起地摊。我们一人买了一根阴茎鞘，虽然知道以后再也没机会戴，连万圣节都不行，但只要一看到它，就一定会想起这个遥远的村庄。Roy还买了一把用黑色羽毛编织的鸡毛掸子，他说这可不是普通的鸡毛掸子，在《死鸟》那部纪录片里，部落最高指挥官就挥着同款掸子发号施令。

在我们选购旅行纪念品的时候，一股淡淡的香气蹿进鼻孔。地灶已经被揭开，芭蕉叶子被蒸汽弄得湿漉漉的，都被丢在一边。老酋长分到第一个红薯，软软的红瓤跟他没有牙的牙床倒是天生一对。我也掰开一个，里面的瓤软糯香甜，再也招架不住强大的食欲，连着吃了两个，还啃了一根玉米。

导游鲍勃每天都会戴着一顶宽檐牛仔帽，上面缀满各种收藏品，每次说起来，他都如数家珍："这是野猪牙，这是鳄鱼牙，这是鹤驼的爪子，这一串贝壳以前可以当货币用，这是毛毛虫蜕皮后的虫茧，这是树袋鼠的尾巴……"他就像个拥有很多玩具的男孩，让我这种什么都没有的男孩只剩下羡慕的份儿。

▲ 各种款型的阴茎鞘
▼ 鲍勃的帽子上缀满野猪牙、鳄鱼牙、鸵鸵的爪子等

2019 年 1 月［印度尼西亚，巴列姆山谷］

旅行创作的初心

我们花了一个多小时，才在黄昏将至时走到公路边，随后钻进面包车，隔着车窗跟送行的队伍挥手告别，从这一刻开始，与达尼村有关的一切就全都留在照片和回忆里了。

坐在车里，我问 Roy 为什么迈克·洛克菲勒拍的纪录片要用《死鸟》做名字。

Roy 说："在很久很久以前，鸟和蛇有一场比赛，决定了人类究竟会像鸟一样死去，还是像蛇一样通过蜕皮获得新生。鸟赢了，于是人类终有一死，没想到他们却活得更加努力，更有激情，说的就是生活在巴列姆山谷里的人们。"

汽车在天黑之前开进瓦美娜小镇，一股浓烈的焦油味从车窗外蹿进来，就像全城人刚刚同时抽了一根烟。鲍勃再三叮嘱我们，晚上不要出门，外面很危险。我却马上想到一个一点儿都不危险的地方，想起生活在那里的人，想起香喷喷的烤红薯，还有庆祝仪式上的舞蹈。

晚上反正哪儿也去不了，我们就聊起对未来的打算，毕竟是新年第一天，也是新希望的开始。李拜天回国后就要开工上班了，Roy 和 Sue 下一站要去蒙古，我也买好了十天后飞往坦桑尼亚的机票。

Roy 继续说道："我最近对人类学着了迷，想去世界各地那些拥有奇特民俗的地方旅行，巴列姆山谷只是第一站，这次去蒙古我们要去探访骑着驯鹿放牧打猎的查坦人，三月份我们还会去印度，寻找住在喜马拉雅山深处用鲜花做头饰的卓把人。要是再不抓紧的话，那些民俗和生活习惯恐怕用不了多久就都消失了。这也是我们拍摄《千百种生活》的目的，在记录生活的同时，也在寻找生活的答案。”

认识Roy和Sue已经好多年了，Roy更早一些，当时他供职的公关公司跟我有一些合作。这些年来我看着他们从辞职拍摄旅行MV到成为坐拥百万粉丝的旅行达人，当Roy跟我说打算清空北京的家当，去全世界旅居时，我打心底佩服他们的勇气，这才是真真正正为自己而活。

我对他们说：“我也拍过一些旅行短视频，每次面对镜头我就不会说话了，磕磕绊绊，特别不自然。你们的视频就很棒，接地气，语言还很幽默，这是你们的优势。现在已经进入视频时代，也是你们的时代，我就有点儿水土不服。不过我也和你们一样，也想为自己真真正正做点儿事，于是就在去年过生日的时候产生了一个想法。四十不惑了嘛，也在这条路上走了将近二十年，不知道你们听没听过蔡琴的《给电影人的情书》，我也想写一封给旅行者的情书，当然这个旅行者就是我自己。我还有点儿野心，在一次回国的长途航班上，一口气写下四百多个不同的角度去诠释‘旅行’这两个字，有江河湖海，有城市乡村，也有像跳蚤市场、蒸汽火车、涂鸦艺术、街头艺人、法国大餐等细分领域，然后就开始构思究竟该怎么写。很快我就遇到一个迈不过去的坎，我发现哪怕去过再多地方，我的经历和见识也是有限的，是以偏概全的。因为世界太大了，那些去过越多地方的人，越感到自己的渺小和世界的广阔。而且就算我照着这个思路写出来，那也不是情书，而是百科全书，因为它没有温度。于是我决定另起炉灶，从那些大到根本无法驾驭的旅行概念缩小到我自己的旅行日常，我想从过去以及未来的旅行中，选出365个最温暖、最闪光、最难忘的日子，有点儿像小时候妈妈给我读的《365夜故事》，每一天都会写得很详细，从早到晚，从白到黑，这不仅是我的一天，也是我的一年，更是一个旅行者追逐梦想的一生。”

我发现自己的语速越来越快，嘴有点儿干，喝了口水后继续说道："我不是为出书而写，也不是为读者而写，就是写给自己看。每一篇都不容易，思路堵住了绕不过去，就停下来慢慢琢磨。既然我把这个浩大的工程当成后半生最重要的事，那就完全不着急了，反正有的是时间。而且我发现用兴趣驱动一件事远比用利益驱动来得持久，因此即使花再多时间与精力，都在所不惜。"

说到这儿，我仿佛一下子回到十几年前第一次写游记的时候，不是为了出书成名，也不是为了赚钱获利，就是因为兴趣和想要分享的冲动。

这就是所谓的初心吧，还好还好，我从不曾失去。

电影《阿飞正传》里有一段经典独白："我听别人说这世界上有一种鸟是没有脚的，它只能一直飞呀飞呀，飞累了就在风里面睡觉，这种鸟一辈子只能下地一次，那一次就是它死的时候。"不知为什么，脑子里转了几个弯儿，我就想到了自己。

2019 年 1 月［坦桑尼亚，乞力马扎罗］

寻找属于自己的南十字星

在乞力马扎罗登山的第四天。

晚上八点刚过，我就裹着睡袋躺倒在防潮垫上了。实在太累了，也让这一觉睡得特别扎实，直到半夜被一泡尿憋醒。

醒来后感觉太阳穴不疼了，四肢也比之前轻盈了不少，根据以往经验，我知道身体已经对高原环境做出了本能性的适应，不由得心中一乐，对冲顶更有信心了。

手机上的时间显示才刚过两点，心里想着这泡尿怎么都憋不到早晨了。

我穿好衣服，就在把帐篷打开的瞬间，整个人几乎呆住了。眼前出现了一条完整而清晰的银河。银河之下，是乞力马扎罗山脚下的摩西小镇，镇上的万家灯火交织成一片白光。俯瞰着小镇和那里早已熟睡的人们，我无法分清他们的生活和我的生活哪一种才更真实。

与灯火通明的小镇和满天星宿的银河相比，我撒完尿往回走时看到的景象更加震撼。近景是营地中的几十顶帐篷，远景是被白雪覆盖的乞力马扎罗最高峰，而更宏大的背景，则是无边无际的天穹。

这让我脑子里只剩下一个想法，就是用相机把眼睛感受到的震撼记录下来。我回到帐篷摸出三脚架，带三脚架出门的主要目的就是为了拍星空，可前几天一次都没用过。要么因为云层太厚，要么因为海拔太低，要么因为手脚无力，总之就是心里犯懒。可在此时此地，我暂时忘了从四面八方围拢过来的寒意，忘了明天还要走很多路的艰难，只想拍一张完美的星空照片，至于其他，都成了次要的事。

接下来我开始了漫长的拍摄实验，因为每张照片都要曝光很久，否则雪山看起来就会比它背后的夜空还黑。紧接着出现了另一个问题，就是所有帐篷里都黑灯瞎火，拍出来的效果也是黑乎乎的，我的对策是把头灯打开，然后放进自己的帐篷。当曝光时间达到二十分钟，雪山就完全显形了，可近景的帐篷又因为曝光时间过长，就像着了火一样。我继续想办法，琢磨着在曝光 5 分钟左右时，回到帐篷把头灯关掉。接下来的问题是，究竟曝光多久才合适？此时在脑海里出现的是一幅群星划过乞力马扎罗的画面，那当然越久越好，这样星轨才足够长。可又担心电池在寒冷环境中无法坚持太久，最终决定把曝光时间设定在一个小时。现在已经凌晨四点多，一个小时后就过了五点，之后天就快亮了。时间不会给我留下拍摄第二张照片的机会。

在等待的一个小时里，我倚着一块半人高的山石，仰望着头顶的星空。这时一颗流星划过，飞翔了七八秒才完全消失。算上这一颗，整个夜晚我一共看到五颗流星。我还记得在亚马逊看到的那颗流星，一眨眼就没了，根本来不及许愿，而这颗八秒流星让我觉得下次可以尝试许个简短的心愿。

我又摸出手机。进山前下载了一个观星软件，打开软件后，我把屏幕对准银河，很快就看到位于银河左侧的南十字星。那是四颗异常明亮的星星，连在一起组成十字。南十字星是八十八个星座中最小的一个，也是最明亮的一个。把十字中间的一竖一直往下延伸，与地平线的交叉点就是正南方。无论下西洋的郑和，还是大航海时代的船长，都曾用南十字星指明航向。

其实每个人的一生都是一次大航海般的冒险旅程，我们一路都在寻找属于自己的南十字星，为生命引航。我的南十字星在哪里？我想我早已找到答案。

如果套用乔布斯那句经典名言“Stay hungry，Stay foolish（求知若渴，虚心若愚）”，那么我的南十字星就是“Stay with fantasy，Stay with hard work”。左手幻想，右手奋斗。你看，拍摄这张照片就是我今晚的fantasy，而一次次实验、一遍遍调整参数和角度就是我的hard work。

在快门计时器跳到3600秒这个数字时，我轻轻按下结束按钮。屏幕上随即出现群星坠落乞力马扎罗的景象，星星的轨迹又密又长，就像无数颗流星同时划过。

2013年，当我在肯尼亚安博塞利国家公园望着象群背后的乞力马扎罗雪山时，就想着哪天也要去爬一爬。六年之后，这粒种子终于生根发芽。

▲ 群星坠落

2019年1月［坦桑尼亚，乞力马扎罗］

暴风雪之夜

在乞力马扎罗登山的第六天，冲顶之夜。

晚上十一点半，挑夫加斯帕来叫我起床，他把帐篷拍得砰砰作响，必须得压住呼啸的风声才行。我躺在帐篷里回他："知道了，谢谢。"可也并没有马上起床，而是翻了个身，继续闭着眼。

外面正狂风大作，又发出轰轰的响声，风从帐篷的每条缝隙里灌进来，要不是地钉打得牢，真担心帐篷会原地起飞。

我鸡贼地想："向导AJ让我们十二点集合，穿衣服最多十分钟，还可以躺到十一点五十。"这时候的我，懒惰症和拖延症正同时发作。

其实我已经在防潮垫上躺了几个小时，可就是翻来覆去睡不着。我对自己说，半夜还要去冲顶，现在必须养足精神。然后就打雷了，刮风了，下雨了，雨又变成了雪。我还安慰自己，这雪一会儿就会停吧，要不然还不得冻死。又想起AJ在行前会上的讲话："我们十一点半起床，十二点吃行前餐，十二点半准时出发。大概在天亮时抵达斯特拉高地（Stella Point），然后继续向上，终点是乌呼鲁峰（Uhuru Peak），也就是非洲最高峰。乌呼鲁，是自由的意思。"听到自由这个词，我怎么感到眼中一热？

AJ继续说："除了我和副向导，还有几个挑夫也会一起上山，工作人员和你们的配比至少一比一，所以不用担心，总会有人在你身边。能穿的都穿上，多少层都不嫌多，那种寒冷是你前所未遇的。"

拖延到十一点四十五分我才决定起床。拧亮头灯，按照 AJ 说的“多少层都不嫌多”的标准穿衣服。上身一共五层，从里到外分别是速干衣、卫衣、羽绒服、冲锋衣、长外套；下身也是五层，内裤、秋裤、速干裤、滑雪裤，最外面还有护膝和雪套。感觉自己就像个全副武装的战士，而敌人只有一个，就是寒冷。

十二点整，登山队员们陆续走进餐厅帐篷。厨师帮我们煮了方便面，分给每人一小碗。虽然餐桌上仍旧摆着茶包和速溶咖啡，我却不敢多喝，怕心跳加速。

转眼就到了即将出发的时刻。AJ 大声问道：“你们准备好了吗？”

这句话就像考试的开场铃，终于要开始答卷了。

登山队排成一列，鱼贯而行。每个人都低着头，用头灯照亮脚下的路。

▲ 这碗方便面就是登顶前最后的晚餐

偶尔把头抬起时，就看到漫天雪花被狂风裹卷，斜斜地吹过来，越到眼前，速度越快，就像在看一场 3D 电影。不！是 4D，我还能感受到雪花在脸上融化的丝丝凉意。走在旁边的向导说：“下雪时天气不冷，赶上晴天，能看见星星的话，气温至少比现在还要低十摄氏度。”

地上的积雪越来越厚，杂沓的脚印旁是被登山杖戳出的一个个小孔，密密麻麻，就像用铅笔在白纸上一阵乱扎。

脑子里正在单曲循环着一首特别暴露年龄的歌曲，电视剧《雪山飞狐》（1991 年）的主题曲《雪中情》，我都忘了是谁唱的，但还记得几句歌词：“寒风萧萧，飞雪飘零，长路漫漫，踏歌而行……雪中行，雪

中行，雪中我独行……”这也算触景生情吧。

雪的形态一直在变化，从最初的雪花到雪粒，还有那么几分钟，竟然下起珍珠大小的冰雹。有的雪粒落地后又被大风卷起，起飞时还带着速度，刮到脸上竟有轻微痛感，就像被剃须刀片不小心割了一下，我还用手摸了两次，看有没有流血。

雪花刚落在身上时，抖一抖就掉了，可架不住又密又急，很快我的头顶、肩膀、胳膊、鞋面上就积了厚厚一层，积雪融化后又迅速结冰，外套就成了一个冰壳子，放在桌子上都能立起来，还重得要命。

走到凌晨三点左右，我已经失去了稳定的呼吸节奏。从鼻吸嘴呼变成口鼻一起吸气，这都嫌不够，必须大口大口喘气才能勉强供给心脏所需的氧气。我想用外套的领口挡一挡嘴，可拉锁被冻住了，怎么拉都拉不上来，又怕用力过猛把拉锁崩断，那就只能敞着怀走路，外套也失去了最基本的保温功能。

这时我们走到一个大风口，无遮无拦的暴风雪以更快的速度、更大的雪量迎面扑来，冷空气直接从张成O形的嘴里钻进肺泡，还不能把嘴闭上，如果氧气不足的话，心脏最先受不了，真是进退两难。在风口里足足走了二十分钟，风势减弱后，我就感到肺部一抽一抽地疼。步伐也乱了套，走不了几步就得停下来，然后找个背风的地方喘气。前几天一直保持的缓慢却持续的行走节奏，变成了走几步停一次，走几步再停一次，这可是登山大忌，因为心脏最受不了一惊一乍。

不知不觉我已落到队伍最后，负责押队的AJ问我："你还好吗？"我实话实说："不好！我吸进来太多太多太多的冷空气，我的肺，非常非常非常难受。"AJ赶忙用头灯照着我的脸，像是在观察我的嘴唇颜色和瞳孔大小，然后说："没事，加油！"

后半夜是一天中温度最低的时候，我的意识也在机械的行走中变得涣散起来，我怕意识会逐渐消失，赶紧找一些能证明头脑清醒的细节。

我发现登山杖已经被积雪没过了三分之一，而我的肺仍旧像针扎一样疼。这时一个可怕的字眼出现在脑海里：肺水肿，这是高原病的一种，不及时救治的话足以致命。虽然我的脚步依旧在向上挪动，可我的心已经开始往山下走了。我想起 AJ 在行前会上提到的百分之一的死亡率，我是不是也快死了？

就在脑子里七上八下的时候，一个登山伙伴决定下撤了，一个挑夫照应着他，两条黑影朝山下走去。也是在这一刻，我的登顶决心被彻底动摇，并认真思考起我买的意外保险是否能报销直升机救援的费用。接下来就是给自己做心理建设：反正山就在那里，这次上不去还有下次，而生命却只有一次。我甚至认为下撤才是最正确的决定。

我找到 AJ，认真地跟他说："我放弃！"

AJ 表情严肃地看着我，然后用很大的声音说："你没事的，相信我，不要吓唬自己，积极一点！你在我的队伍里，我比任何人都不希望你出事！"

我说："我走不动了，我不行了，我的肺难受得要命，我怕自己会死在山上。"说最后几个字时，还不争气地带着几分哭腔，我是真的怕了。

AJ 把语气软下来："这个海拔，又是在后半夜，每个人都差不多到了极限，你看大家都在咬牙坚持，相信我，你也可以到顶峰的！"

我有点儿被说服了，觉得自己可能并非特例，又跟着队伍往前挪动了几步，可我的肺还是疼得打哆嗦，冷空气仍旧不依不饶地往里灌。

我再次找到 AJ，用一种学术讨论的口吻向他咨询："我想知道，假如我得了肺水肿的话，会有什么症状？"

AJ 说："你会剧烈咳嗽，一步路都走不了，必须马上回到低海拔地区。"

我想了想，并没有这些症状，又问道："那脑水肿呢？"

AJ 说："得了脑水肿的人会频繁呕吐，还会出现幻觉，你看你现在多清醒，还有心情跟我讨论这个。”我难为情地笑笑。AJ 又伸出一根手指在我面前晃了晃：“这是几？”

我笑着说：“我还不傻！”

AJ 说：“你很棒！一定能做到！”

我说：“好，AJ，我相信你！”其实还有后半句没说出口：“我把自己这条小命也交给你了。”

▲ 在雪野中艰难跋涉

这场暴风雪肆虐了四个多小时才完全停下，转眼间就繁星满天了。一定有南十字星吧，我心里想，却再也没有力气抬头去找。比星星更亮的光，来自先行者的头灯，一个斑点，又一个斑点，点缀在夜的幕布上。我看清了方向，却又感觉遥不可及——希望和绝望这两种相反的情绪竟在心底同时升起。

还没感受一下黎明前的黑暗究竟有多黑，它就倏地一下飘然而过。天色慢慢变亮，我们已经来到云海之上。这是一个如混沌初开般的纯白色世界，至纯至净，一尘不染。我想把这个瞬间记录，就用手机对着自己的脸，嘴唇冻僵了，憋了半天才说出一句：“我快冻死了！”一缕鼻涕在说话时流到嘴边，我赶忙往上一吸溜。

终于等来日出时刻，眼前的冰河世纪被朝阳映出淡粉色的光泽。AJ 让我们把墨镜戴上，否则容易得雪盲症。

在到达斯特拉高地之前还有一段首尾相连的之字形山路，比之前的每一段都更陡峭。这时我的体能已经接近极限，每走几步路，就要停下来像狂追猎物的野狗一样疯狂喘气。心里还有点儿着急，因为目标就在眼前，又恨自己力不从心，后来发现最好别去想什么成功失败，只要一步一步，步履不停。

斯特拉高地海拔五千七百三十九米，走到这儿，就能拿到登顶证书了。可既然都到了这里，是否前往非洲最高峰——乌呼鲁峰——就成了根本不需要考虑的问题。也是从这一刻开始，萦绕在心头的背景音乐变成了“沧海一声笑，滔滔两岸潮，浮沉随浪，只记今朝”。站在斯特拉高地，我还看到了一种天象奇观，一道洁白的彩虹遥遥挂在天际，它的学名叫雾虹，只在极寒之地才会出现。上一次与它面对面，还是在北极圈的斯瓦尔巴群岛。

▲ 终于抵达乞力马扎罗之巅

又走了大约一个小时，终于，眼前出现了一片开阔空地，那块写着乌呼鲁峰的标志牌变得越来越清晰。站定之后往四周眺望，三面是云海，头顶的天空蓝得像深海，如果把世界倒转，就像来到大海边。虽然我们比原计划延迟了两个小时才站在这里，可连 AJ 都说，这样的暴风雪并不多见。

那块标志牌上写着：“恭喜，你已站在海拔五千八百九十五米的乌呼鲁峰之上，这里是非洲最高点，世界最高的独立山脉，世界最大的火山之一，世界遗产和非洲奇迹。”这一长串头衔看下来，就像听《权力的游戏》里的龙母自报家门：“我，安达尔人先民的女王，维斯特洛的统治者，不焚者，龙之母，阿斯塔波的解放者，罗龙石岛公主……”总结起来就一个词：无与伦比！

我走到 AJ 跟前，对他说：“谢谢你，如果没有你的鼓励，我肯定看不到这里的一切。”唉，明明没有沙，却怎么迷了眼。

回到营地已是下午两点。已经连续走了十几个小时，也将近三十小时没睡觉了。钻进睡袋，极度的疲惫感就像千斤重担，压得我浑身上下散了架，只想长睡不起。脸也被晒伤了，火烧火燎地疼，就像有人拿着酒精灯直接对着烧。

后来知道一起登顶的两个哥们儿都出现了不同程度的高山病症状。一个说他出现了幻觉，不记得自己是怎么从斯特拉高点走到乌呼鲁峰的，又说在山上看到许多紫水晶，还打算下山时捡几块儿。另一个更严重，一整天没排尿，直接被四五个挑夫用担架抬到山下，后来知道，他得了膀胱水肿。虽然乞力马扎罗已经算非常成熟的登山线了，但在启程前，还是要对身体状况进行全面评估。不过这场暴风雪的确属于意外之灾，AJ 说那天晚上有两个西方国家的登山队直接放弃了登顶。

▲ 我的向导 AJ，没有他的鼓励，打死我都爬不到最高处

2019 年 4 月［中国，丽江］

紧紧抱了自己一下

做了一个噩梦，睡了不到四个小时就醒了。

闭着眼睛，却死活想不起来梦的蛛丝马迹。这种时刻，也是一个人最容易感到孤独脆弱的时刻，因为在半梦半醒之间，意识聚不成形状，你想不起自己是谁，从哪儿来，往哪儿去，就像放在木盆里的婴儿，漂在水面，随波逐流。人的孤独，有时并不来自无人可以拥抱，而是无法拥抱自己。

想起昨天中午接的一个老友电话，安懂打来的。平时我们用微信联系，所以接到他的电话还让我感觉有点儿诧异，当时我正在工地上忙活。

他一上来就劈头盖脸地问："旅行这么多年，你最大的收获是什么？"

我笑着反问："你这是采访吗？怎么那么正经！"

安懂继续说："我为什么要问你这个问题，因为我正在规划自己的下一段人生。"去年他跟我走完熊野古道，前不久终于决定辞职，自驾走川藏线到拉萨，回程时还来丽江住了几天，然后回了北京。"我还打算再去自驾，又想去国外读个书，找个好点儿的环境学英语……"说后半句时声量弱了下去，明显底气不足。

我不客气地打断他："别做梦了，能学好早就学好了，你是打算去国外泡妞吧！反正咱都那么熟，没必要客套。"

他呵呵笑起来说：“我也知道，但还是想换一个思路活着，因为今天又婉拒了一个工作 offer（邀约），这段时间很多 offer 找过来，当然我基本都拒绝了，最开始拒了也就拒了，可在拒绝一个朋友抛过来的 offer 时，我意识到我是在浪费一种机会成本。我必须想明白接下来该怎么走，所以才想问一下你旅行那么多年有什么收获，我看能不能帮到自己。”

其实对于这样的问题，我也不知道怎么回答，就随口说丰富了经历，增长了知识，这是实话，却绝不是他想要的答案。我一边接电话，一边注意工人师傅在二楼拆窗框时扔到一楼的木棍，虽然做了防护，可还是有木棍反弹起来，上面连着钉子，我担心会扎到路过的人。这是一种潜在的危险，就像你通过别人的一声鼻哼就能感受到一种隐藏的恶意一样，于是我就没法一心一意地回答安慬的提问。

安慬说：“要不我这么问吧，就是你在选择旅行这条路的时候，害怕过吗？”

我说：“那简直天天提心吊胆，尤其三十岁之前，基本是看不到未来的，你是不是觉得我一直还挺坚定的？”

他说：“我感觉是啊！”我们已经认识小半生，彼此知根知底，“我最佩服你的地方就是你能在看不清未来道路的时候，仍然一直往前走。”

我说：“虽然看起来是这样，但我也怕啊，也没有你说的那么坚定。我就这么想：这是我喜欢做的事，喜欢了好多年，就想把它一直做下去。虽然战战兢兢，如履薄冰，但只要做到不后悔就好了。”我一边接电话，一边还要大声提醒站在二楼上面的师傅，“您慢点儿扔！”

我最后跟安慬说：“走了那么多年，最大的收获就是没有违背我的心，所以去做你最想做的那件事就好了。”

我想我终于说出了他想听的答案，想起这段对话，让刚刚还因为午夜醒来倍感孤独的我，被自己紧紧抱了一下。

2019年的整个春天，我都待在丽江的工地现场。

背包十年青年公园已经走过五个寒暑，开始出现各种小毛病：床板响了，椅子腿松了，彩绘墙上的涂鸦慢慢褪去了颜色……其实那一年，丽江的客栈经营环境就已经急转直下，很多客栈干不下去，纷纷贴出转让的小广告。以当时丽江店的软硬件水平完全可以再撑两年，我也可以等两年后看看风向，再决定是否重新投资装修。可我就是受不了自己打造的乌托邦变了模样，而且在造完成都店后，我变得更有经验，于是下定决心给丽江店做一次改头换面的大手术。该拆墙拆墙，该刷漆刷漆，该换床换床，请来北京的设计师对地理咖啡馆重新设计，又请来成都的墙绘师为彩绘墙涂上全新的色彩。

出现在工地的我也是一身包工头打扮，不修边幅不说，口袋里还永远揣着一个卷尺。每天就是量来量去，桌子多长才能摆得下，镜子挂在什么位置，柱心之间的距离……永远都有新问题出现，总觉得还可以更好。每天早晨都斗志昂扬，可到了晚上就累得要死。这就叫自作自受吧，可还有点儿乐在其中，因为我在享受创造的乐趣。

好在春天的丽江拥有全世界最好的天气，高原的阳光灿烂得像要把眼睛戳瞎，忙得晕头转向时，我就站在三楼平台看一眼挂在天边的玉龙雪山，也不知是冰雪把天空衬得更蓝了，还是正好相反。

转眼就到了2019年10月6号的五周年店庆，我再次站上同样的舞台。

我先问大家“背包十年”是什么，随后自问自答。

“《背包十年》最早是一本书，后来它成了一家青年旅舍，又从一家变成了好几家。其实我做这一切的目的，只是希望让更多人知道，青旅不只是一个洗澡过夜的地方，它也不一定简陋寒酸，它可以像星级酒店一样安全舒适，也能给你带来一些全新的体验，比如认识几个朋友，开始一段恋情，重拾一个梦想，甚至让那些已经被生活磨掉的锋芒重新闪光。我也知道，实现这一切绝不是一件容易的事，但路阻且长，事在人为，行则将至。”

▲ 五周年店庆现场音乐演出

2019 年 8 月［意大利，科尔托纳］

渴望阳光

我站在巴玛苏罗（Bramasole）门外。这是一栋三层建筑，外墙的色彩略显斑驳，却不是那种年久失修的斑驳，而是沉淀了历史的斑驳。窗户朝外对开着百叶窗，淡绿色的。二楼中央有个露台，被栏杆环绕，是个看风景的好地方，远方即是起伏的亚平宁山脉。门外立着一颗棕榈树，应该是新栽不久，像个高高瘦瘦的时髦青年，纤细的腰杆上顶着一个爆炸头。巴玛苏罗由两个词根组成，Brama——渴望，Sole——阳光，连在一起，就是渴望阳光的意思。此时我能站在这里，纯粹是因为上午坐火车时脑子里闪过的一个念头。

早晨六点半，飞机抵达罗马国际机场，这一天没有任何安排，只要能在晚上赶到五渔村就好。从机场到五渔村要转几趟火车，佛罗伦萨是其中一站，我就想去那里晃一晃，到阿诺河边吃块比萨，顺便再看看老桥上的风景。可当我在火车上打开《孤独星球》，一眼就看到科尔托纳这个地名，然后就走了神。我想起一个叫弗朗西斯的美国女作家，她也曾来过这里，还买下一栋老房子，然后找波兰籍的

▲ 阳光下的科尔托纳

工匠装修，其中一位还是落魄的文学教授；她在地窖里发现了几千个红酒瓶和一大堆废报纸；凿墙时还发现了一幅与圣母有关的壁画。女作家的生活仿佛换了一条轨道，虽然每天要对付蛇啊蝎子啊，还有不出水的水管，可她也在这儿实现了两个心愿：举办了一场婚礼，拥有了一个家庭。她把这一切记在一个像字典一样厚的本子里，内容琐碎繁杂：野花的名字，意大利语的生词，美食菜谱，榨橄榄油的方法，如何跟着月亮的阴晴圆缺种土豆……本子里的内容成了《托斯卡纳艳阳下》那本书的雏形，后来还被改编成电影。弗朗西斯买下的老房子，就是巴玛苏罗。

可惜《孤独星球》对科尔托纳的介绍只有寥寥数语，没写如何前往。我打开欧铁地图，查找对应的列车时刻表，然后发现从佛罗伦萨往返要三个小时，时间有限，看来只能等下次再去看望阿诺河和老桥了。一个人旅行的好处就是可以随时改变旅行计划，当然这也要感谢万能的欧铁通票，只要在有效期之内，就不用为额外的行程多花一分钱。还记得十几年前，我第一次打开欧铁地图时的情景，大脑皮层在一瞬间兴奋起来。当时买的是一个月有效的青年二等座席，那张票把我从荷兰一直捎到希腊（二等欧铁通票也可以免费坐渡轮，只不过是最便宜的甲板舱）。后来每次打开这张地图，听到纸张发出清脆的声响，我都会本能地胡思乱想，地图上的铁路网可以把我带到任何想去的地方，在那些伟大的城市，会遇到怎样的人，又会发生怎样的故事？会不会像通票封皮上写的那句“CREATE YOUR OWN STORY（创造属于你自己的故事）”？可能每个男人都做过这样的火车白日梦吧。

弗朗西斯把科尔托纳比作一个巨大的城堡：曲曲折折的街道就是城堡的走廊；一座座民宅就是城堡里的套房；镇中心的广场就是会客厅。广场上最醒目的建筑是一座中世纪的教堂，游客中心就藏在教堂背后。我跟工作人员打听巴玛苏罗怎么走，他抽出一张地图，先标出游客中心的位置，又在地图边缘圈了一个点。他边画边说：“你从这里走到那里

差不多两公里，半个小时可以走到。”他看见我身后还背着一个半人高的背包，对我说：“都是上坡路，背包可以先放这儿，不碍事。”

路上没有遇到一个同行者，看来书和电影带来的热度早已褪去。穿过一个城市公园之后，眼前只剩下一条土路，路边种满橄榄树，却看不到任何建筑。我以为方向感出了故障，停下来一边比照地图一边眺望远方，直到一个转弯之后，巴玛苏罗一下子闯到眼前。

我并不想打扰主人的生活，只在外面站了几分钟。望着这栋房子，我似乎明白了弗朗西斯对它一见钟情的原因：足够大，各种改造的想法都能实现；足够清幽，适合作家创作；看不到任何现代建筑，让人不知自己究竟身处哪个世纪；花园整饬，一棵杂草都没有；还有一大片种植园，至于它的面积，电影里是这么说的，“黄牛需要耕两天”。

几天后我去了另一个小镇，法国普罗旺斯的梅纳村（Menerbes）。那地方更偏，几乎没有公共交通，我在火车站门口等了一小时公交车，结果连影子都没看到，最后只能打车前往。梅纳村位于一座矮山之巅，站在观景台可以俯瞰附近的村舍和田园。村子很小，二十分钟就可以走遍其中每一条路。

有那么几年时间，国内旅游书排行榜的霸主一直被彼得·梅尔的《普罗旺斯的一年》垄断，而彼得·梅尔的普罗旺斯生活就是在这个小山村里展开的。直到今天，梅纳村依旧保持着最传统的法式生活。村口能看到马戏团的海报，商店里售卖一些刺绣类织物，面包房的面包又大又丑又好吃，菜单上一个英文单词都看不见。

无论前往科尔托纳还是梅纳村，对我来说，都有一种朝圣的意味。正是从《托斯卡纳艳阳下》和《普罗旺斯的一年》这两本书中获得的勇气，让我决定在束河打造背包十年青年公园。除了相似的阳光，我更渴望的是无拘无束的生活。

▲ 贴在村口的马戏团海报

2019 年 8 月［法国，霞慕尼］

就像冠军一样

早晨出发时，酒店前台看到我别在腰间的号码簿，笑着对我说："祝你好运！"

从酒店绕个弯就能看到那扇巨大的蓝色拱门，也是今天比赛的终点。突然觉得自己这不是吃饱了撑的嘛，坐在楼下咖啡馆看看雪山不舒服吗？非要难为自己，大早晨坐车到瑞士，再翻山越岭跑回来，从原点又回到原点，做了一整天无用功不说，还累得像狗一样。

七点半，一辆辆大巴车把参赛者从法国运到瑞士的起跑点。上车后，跟昨天刚认识的广东哥们儿坐一起。我们有个微信群，里面是四个参加今天比赛的中国跑者，因为大家抵达时间不同，所以直到昨天领号码簿时才算第一次见面。有个北京哥们儿出师不利，没在官网上完成报名，系统里搜不到信息，只能当给自己放假了。

广东哥们儿之前跑过世界五大马拉松，看起来胸有成竹。我就不一样了，之前只跑过一次二十五公里，于是今天的四十公里越野赛让我心虚得要命。这时我的护膝引起了广东哥们儿的注意，他笑起来说："不是吧，你这是治老寒腿的，不是越野的。"他说得没错，这是上次爬乞力马扎罗用的，就是为了保暖。他接着说："跑步护膝都是功能性的，能帮着吸收浮肿和积液，按摩半月板什么的。登山杖也不对，你这是徒步用的，比较沉，跑越野得像我这种。"说着把他的登山杖拿出来展示，"可以折叠起来，下坡时用不着就可以别在背包上，你看你这个，就没

办法收进去，有点儿累赘。”他说话时并没有一点儿讽刺的意思，完全就事论事，可我怎么觉得心里隐隐作痛，就像被连着捣了两拳。不过这跟昨天的刺激相比也就不算什么了。当时四人组中唯一的女选手范宇姐提醒大家准备好强装，否则领不了号码簿，然后在群里列出七八项强装里的内容。我一看就慌了，为什么要带强装？其中一多半我都没有。好在霞慕尼什么都缺，就不缺户外用品专卖店，我赶紧采购一圈，补齐了急救毯、止血绷带、能量胶（我们这个组要按照八百卡路里准备）、求救哨，总之就是大概率用不到但一定要放在背包里的装备，可以保证你在救援力量赶到之前，能够先让自己活下去。这件事也让我更加确信自己就是个跑渣。一个连准备强装都不知道的人，竟然还敢来法国跑越野赛，怎么听都像个笑话。

我是第 14274 号跑男，参加的是环勃朗峰越野赛（UTMB）中 MCC 组的比赛。UTMB 是越野圈的顶级赛事，也是很多跑者的终极梦想，但那说的是总长度一百七十一公里的 UTMB 组，通常要跑两天。我参加的只是成人组里距离最短的 MCC 组，只有四十公里，包括两千三百米海拔提升。按照 OCC 组的猫总的话说就是：“别看只有四十公里，你看海拔图，就一个坡，你想想一个坡干出两千三，特别顶！”接着她又安慰我：“没事，只要不受伤就坚决不退赛，要是跑得不好，关门兔追上你，在你身边哔哔哔哔劝退，别理就行了。”这下我更担心了。万一受伤怎么办？万一死在路上怎么办（真的发生过）？又担心下大雨，还担心阳光刺眼……想来想去，只能横下一条心，反正都到这儿了，走也要走到终点。

八点半，大巴车停在瑞士小镇马蒂尼－科姆（Martigny-Combe）。组委会包了个体育场给大家换衣服、存包、上厕所，还有免费的热饮和饼干。这时范宇姐也到了，我再次跟她表达我的担心，她安慰我说："你就找个人跟住了。"我说跟不住怎么办，她说那就跟下一个。其实我心里也有个小算盘，四十公里，十个小时关门，也就是平均每公里十五分钟，只要在这个范围之内就好。可以慢，但是不能停，我看海拔图上，经过最高点的巴尔梅垭口（Col de Balme）之后就一路下坡了，只要前半程不掉链子，那就基本稳了。

起跑点在小镇广场。蓝色拱门上的"UTMB"四个字母就像图腾一样吸引了所有人的目光。参加MCC组的一千多名选手都已集结在拱门之下。成绩好的大神排在最前面，这样就不会被像我这样的跑渣堵住道路影响发挥。广场上反复回荡着一首出征曲，范宇姐说那是《征服天堂》，电视剧《士兵突击》用过。低沉的鼓点，竟令人越听越心潮澎湃，就差举起手臂，高呼口号了！比赛开始后我和广东哥们儿、范宇姐就跑散了，后来再也没遇到。

沿途经过很多瑞士村庄，近处是葡萄种植园，远处是阿尔卑斯雪山，要是按照背包客的行为习惯，我不知道要停下来拍多少张照片。虽然手机就在胸前的马甲包里，但我想了想，还是应该尊重一下跑者的身份，于是全程一张照片都没拍。村子里几乎全员出动，就像一张张全家福摆在路边，也不知谁是谁的风景线。

在路陡坡大的地方，我借助登山杖的支撑，速度虽然降下来一点儿，可是一刻都没停下脚步。我觉得常年在丽江、香格里拉等高海拔地区生活的经历帮了我，已经对高原环境充分适应（丽江的海拔比今天要翻越的垭口还高）。另外最近两年我一直在世界各地徒步行走，体能还算不错。最后还要感谢从跑步 APP 里传来的提示音：您已经跑了多少公里，最近一公里耗时多少分钟，可以让我随时调整配速，心中有数才不会慌张，就像游泳时睁眼与闭眼的区别。即使路过休息站，我也只是快速灌满水袋，然后抓一把干果、奶酪、巧克力，边走边吃，连我之前一直排斥的能量胶，第一次品尝也感觉不错，其实就是甜甜的啫喱膏，还可以选不同的水果口味。

经过最高点之后，才算真正跑起来。但我的登山杖无法像金箍棒一样缩短，只能仍旧握在手里，就像用三条腿在跑。倒是在一些急转弯的地方，我把登山杖往地上一戳，马上就能找到平衡，不用担心失速跌倒。每次感到从身后传来一阵风，我就知道那是其他选手要超车了，我赶紧自觉地往路边一闪，就差说一句，您请您请。超车的人也都很有礼貌，经过时总会用法语说一句，谢谢。

最难的一段路其实跟路况和体能都无关。当时已经没有退赛的风险了，紧绷的神经松懈下来，才感到眼睛有点儿沙，应该是额头的汗水流进了眼睛。我用手一揉，没想到之前手背上出的汗已经变成了盐霜，被揉进眼睛，顿时什么都看不见了，登山杖成了导盲杖。路过的跑者问我是否需要呼叫医生，我忍了一会儿，很快就不碍事了。

当 APP 提醒我已经跑了四十公里的时候，别说终点线，连霞慕尼都不知道在哪里。我气坏了，怎么能这么没信用，说好的四十公里，怎么还有加赛！我看时间还有两个多小时，心想走都能走回去了，于是就泄了气，成了一个郊游客。这时才感觉浑身上下的肌肉都是硬的，酸疼得要命，登山杖又成了拐棍。最后一个补给站是非官方的，竟然还准备了红酒，我在心里说，不愧是法国啊。

当 APP 传出四十二公里的数字时，我才终于看到霞慕尼的轮廓。突然听到有人叫我名字：“小鹏，看这边！”原来是范宇姐的男友星爷，他正举着运动相机对着我拍。我说你怎么知道我在这儿？他说直播平台上能查到我的实时成绩，以及大概在几点撞线，就提前过来堵我。接下来他宣布了一个让我大吃一惊的消息：广东哥们儿和范宇姐分别挂在 CP1 和 CP2（Checkpoint，打卡点）。我完全不相信自己的耳朵，怎么会！四人组里看起来最菜的我竟然是唯一完赛的！星爷说：“你昨天说你不知道什么是强装，是不是在放烟幕弹？你是不是在扮猪吃老虎？”我笑着大声说：“我没有！”

这时我也不知从哪儿来了一股劲儿，竟越跑越快，也忘了刚才都快散架得不成人形的鬼样。我终于像一个真正的跑者一样挥起臂膀。最后一百米，我看到慧姐、猫总、翟爷，他们一起高呼着我的名字。我也越跑越兴奋，最后撞线那一下（其实没有线）我是蹦过去的。等双脚同时落地，我在心里说，达成！

最终成绩是八小时二十一分，七百一十名，对这个成绩，我还有什么资格不满意？只恨分身乏术，无法拍着自己的肩膀说：你行的，了不起！

谁说这只是从原点回到原点（我说的）？又是谁说做了一整天无用功（还是我说的）？显然有些事变得不同了，否则我怎么好意思在拍照时把完赛奖牌高高举起，就像得了冠军一样。

按照既定的旅行计划，我在比赛结束后的第三天来到了意大利小镇科莫。那天傍晚，我一个人在科莫湖边散步，夕阳在湖面撒下一层碎银子。我还找到一家网红餐馆，点了一份龙虾面。

面对着美景美食，我却有点儿心不在焉，一直在刷手机看直播，几个朋友的比赛都在同时进行，星爷已经跑了三十多个小时（他是 TDS 组别，要跑一百四十七公里，爬升整整一个珠穆朗玛峰），换我早就不知累死累活几个来回了；慧姐和猫总的OCC组也在当天上午起跑，她俩都是UTMB常客，也希望她们都能取得好成绩。

其实跑UTMB的中国选手有好几百人，之所以关注这三个人是因为他们都在我抵达终点之前，为我加油呐喊。可我却惭愧地先走一步了，好在也没走多远，于是我决定取消转天的行程，连订好的酒店都不要了（其实科莫湖边曾拍摄007的别墅和拿破仑的宅邸还是挺让我心驰神往的）。然后我又坐了一整天的火车回到了法国霞慕尼，因为UTMB还有两天才结束，这时候回去大家都还在。

旅行无外乎风土人情四个字，风土什么时候都有，人情却要看缘分。

于是在UTMB系列赛终极一百七十一公里的出发现场，来自中国的选手都能听到我的加油声。站在我身边的是星爷、慧姐、猫总和翟爷，跟喊什么相比，我更在意的，是跟谁一起呐喊。

▲ UTMB组盛大的出发仪式

2019 年 8 月［意大利，威尼斯］

不去评判

每次来威尼斯，都正好赶上单数年的夏天，也就无一例外地跟这个星球最隆重的艺术盛事面碰面。前两次纯属偶遇，当时我还处在旅游打卡阶段，于是在寻找圣马可广场的某个瞬间，在去玻璃工坊参观的路上，坐着水上出租在运河里穿梭的时候，总能被眼前突然出现的“这究竟是什么玩意儿”的现代艺术作品吸引。而这些零碎出现的雕塑与涂鸦，仅仅是双年展抛在水城里的诱饵，那时的我对双年展完全没有概念，所以还不是那条鱼。这次就不一样，专门为双年展坐火车跑到意大利的东北角，看来只要是愿者总会有上钩的机会。

走出火车站台，满眼都是双年展的海报。今年的主题是“愿你活在一个有趣的时代”。我马上脑补出几个关键词：现代感、科技元素、环保、五颜六色、LGBT（性少数）群体，而自由与包容一定是“有趣的时代”的两个必备元素。后来证明，是我想多了。毕竟我的脑回路跟那些艺术家相比，就像围绕太阳运行的不同行星，根本就不在同一条轨道上。

军械库是双年展的主展区之一，位于城堡区，与丽都岛两两相望。这里曾为强大的威尼斯海军服务，也为威尼斯共和国称霸地中海立下过汗马功劳。

军械库展区分为主题馆和国家馆两部分。主题馆呈线性排布，用一条单向通道串联。那是一座长达几百米的巨型单体建筑，墙面斑驳不堪，不知被潮涨潮落的海水浸泡过多少回。内部被幕布、隔板和灯光分成若

▼ 用碎布包裹的两层楼高的作品

干独立展区，有点儿像中国古代那种几进式的深宅大院。国家馆则是发散式的，散落在军械库各处，需要按图索骥才能找到。

我的双年展之旅从主题馆开始。

我看到关于罗马废墟的摄影作品，那些废墟并不是帝国时代的遗留。城市发展的同时，也在自己身上留下了伤疤，废弃的下水道、烂尾楼、没完工的医院、满地的垃圾、画在墙上的小丑。

我看到一块电子显示屏上同时播放着四十八部战争电影，四十八条音轨混在一起，枪炮声此起彼伏。

我看到一个两层楼高的椅子，一个巨大的“人”坐在里面，低着头，双手抱住膝盖，头发散下来，遮住脸。整个作品用碎布包裹。

我看到一张象牙白的座椅，从座位正中伸出一条黑色的橡胶管，在动力驱使下，橡胶管成了一条力道强劲的鞭子，随机抽打在四周的有机玻璃上，留下一道道惨白的划痕，仿佛再多抽一下玻璃就会支离破碎。

我看到用树脂、毛发和金属做成的怪物的脑袋，穿着人形铁笼逛街的女人，电梯间里铺满的塔罗牌……

我能描述的仅仅是展品中的一部分，还有大量作品无法描述。其实“描述”这件事本身，也只是用文字对其艺术形式进行高度概括，势必因“我”的主观印象而被重新编辑，可能已经偏离作者本意，形成南辕北辙的错误判断。

可是，既然叫作主题馆，作品不是应该为呈现“愿你活在一个有趣的时代”而存在吗？我完全无法找到它们和主题之间哪怕最表层的联系。

▼ 位于军械库展区的主题馆

是不是因为艺术家都个性独立，不屑命题作文？还是他们的作品的确在一个我无法仰望的高度和主题产生联结？看来不能怪艺术家的我行我素，要怪就只能怪自己不解风情。

在参观的最初，我还仔细研究对每组作品的介绍，作者来自哪个国家，创作动机是什么。很快我就发现信息点太多，大脑已经卡住了，于是我把接下来的参观看成是一场被动的头脑风暴，只是看，只是听，用感觉代替思考，说不定还能在单一的、多元的、纯粹的、复杂的、压抑的、疯狂的艺术生态中收获一张脑洞大开的证书。

后来我也本着“宁可错杀一千，不能放过一个”的原则把国家馆看了个遍。等参观结束，竟有一种呛了一口海水，一直憋着又终于吐出来的畅快。难怪参观手册建议展览至少要看两天，这绝对是一句善意的提醒，并不是因为展品太多，而是往年的大数据让主办方预判，蕴藏在所有作品中的巨大能量根本无法被普通人的普通大脑在一天之内消化。直到我重新听见贡多拉上的意大利小调，又喝下一杯橘红色的 Spritz（意大利的一种鸡尾酒）之后，大脑才重新切换到游客模式。

总之双年展的参观过程很累，把这个过程写下来更累。反正谁要说自己全看懂了，我就佩服他的厚脸皮。可你若问我还来不来，那如果有机会肯定还会再来，这是不是斯德哥尔摩综合征？

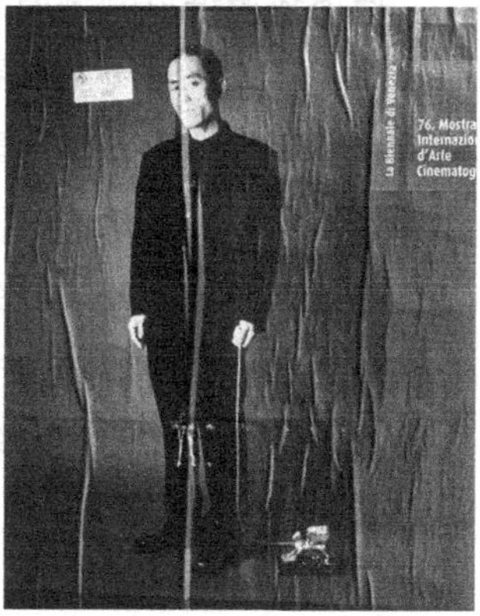

▲ 张导的海报贴满水城大街小巷

威尼斯电影节也是双年展的一部分。在电影节期间遇见明星也是常有的事，不必大惊小怪，毕竟威尼斯的街道都那么窄，而明星也要逛街。唯一的问题是，即使面对面，也不一定能认识。可我认识张艺谋导演，他的照片被印在一张回顾展的海报上——暗红色的背景前，身穿黑色中山装的张导手里牵着一只小小的金狮，其实应该是两只吧，他分别在 1992 年和 1999 年凭借《秋菊打官司》和《一个都不能少》两夺桂冠。我贪心地想，会不会一转身一回头就能和张导偶遇？所谓心诚则灵，没想到这个愿望火速成为现实，只不过此张导非彼张导。在华语电影《继园台七号》的首映红毯上，张艾嘉导演穿一袭黑色低胸晚礼服，手里握着一把红色折扇，走在红毯上的每一步都摇曳生姿，也迅速成为摄影师镜头下的焦点。她为这部电影配音。

其实我最想看的是《小丑》，遗憾的是，在我抵达威尼斯前，《小丑》就已结束所有场次的放映。好在赶上了《继园台七号》，杨凡导演的作品，入围了主竞赛单元。

直到电影开场，我才知道这是一部动画片，只不过没有一帧画面适合孩子看。三角恋、偷情、意淫、裸露、暴力、大段大段的旁白、0.5 倍速缓慢推进的剧情……影像质感明艳缤纷——据说宫崎骏的动画片每秒十二张，但杨导的某些镜头要画二十四张，是不输 4K 电影的画质。

影片结束，掌声雷动。杨凡导演、张艾嘉导演、田壮壮导演（也为电影配音）在聚光灯下和大家挥手。杨凡导演在接受采访时说道：“电影做完了，就算飞机失事也不怕了！”在艺术家的价值坐标系中，只有把作品价值看得高于自己的生命价值，艺术家自身的生命力才会转化到作品之中，艺术家也会以此作为人生的最终冠冕。

背包二十年，我去过很多现代艺术馆，参观过很多实验性质的展览，也逐渐形成了一条对现代艺术作品的评判准则，那就是“不去评判”。首先，我没这个资格；其次，艺术家也根本不在乎。

可过去的我却是这四个字的反面典型。我曾在欧洲看过一次何塞摄影展，在各类敲击心脏的战争类、纪实类、自然类摄影作品中，我看到一组裸体做俯卧撑的照片，当时我的第一反应就是感到反胃，为了表达这种不快，我还在自媒体平台抨击了一番。现在想起来，只觉得脸红心悸。

▲ 在威尼斯街头到处能看到狂欢节的面具

2019 年 9 月［意大利，波西塔诺］

旅行者的人设

下午三点，我在加巴迪火车站（Garibadi）买了张车票，没有车次，没有出发时间，就是售票员头都不抬地撕下来的一张纸。上次在这儿买票还是十六年前，同样头都不抬，同样一张纸片，可叹那么多年过去了，竟没一点儿长进，欧洲社会的不思进取可见一斑，或者美其名曰，在时光里歇歇脚。

所有从那不勒斯前往周边村镇的支线火车都从这里出发，十几年前我的目的地是庞贝古城，这次是阿马尔菲海岸。

九月初的暑热依旧，火车上没装空调，只能指望从窗口吹进来的风降温。等车时还没觉得热，一坐进去就开始哗哗流汗，其实我也没抢到座位，就在车厢与车厢之间的过道上，找了个不碍事的地方，把背包垫在屁股底下。几站地的上上下下之后，连过道都站满了人，眼前晃动着十几条大长腿，还有婴儿车，半人高的行李箱堆得到处都是。

我掏出手机打算预订今晚的酒店，可那个叫作波西塔诺的小镇竟然一房难求，只剩几间约合人民币五六千块的套房，于是打算抵达后再去找住的地方。上次这么干，还是在印度的大吉岭。

火车抵达苏兰托（Sorrento）后还要换乘大巴。大巴车顺着沿海公路从西往东行驶，公路将阿马尔菲海岸线的几个小镇像珍珠一样串起来，波西塔诺是第一颗。司机炫技似的把车开得飞快，要知道这可不是一条笔直公路，转弯一个连着一个，我不得不紧紧抓住扶手，以对抗横冲直撞的离心力，车窗外的风景也变得一惊一乍地忽远忽近。

眼中是一大块蓝色，那是地中海，仔细看还能找到星星点点的白帆。公路边盖着许多小房子，家家户户被鲜花围拢。这时一个念头一闪而过：在这儿过日子也太逍遥了吧，饿了吃块老祖母烤的比萨，热了就去舔口冰激凌，还能吹海风、跳进大海里游泳……突然一个急刹车，栩栩如生的想象也跟着烟消云散。

已经进入缓行路段，我看见波西塔诺就在前方不远处，密密麻麻的小房子从海边蔓延到半山腰。前后左右的车子也多起来，司机无法继续施展飞车绝技，就开始表演急刹车和快速起步，好在他还不敢在几秒之内加速到一百公里。

大巴把我放在一个三岔路口，继续开往阿马尔菲海岸的其他小镇。在欣赏风景之前，我还有一个重要任务。我沿着高低错落的巷子，至少找了七八家酒店，前台无一例外地耸耸肩、摇摇头，真正让我死心的原因是其中一位说道："今天是公共假期结束前的最后一个周末，恐怕您要去下个镇子碰碰运气了。"

这时已经天色向晚。街上的行人都表情轻松，穿着干净体面的衣服，手挽手地在餐馆外排队等位，又或者坐在露天小酒馆等日落。只有我例外，前后两个背包，举目茫然，狼狈不堪。

再次回到刚才下车的地方，心里还有点儿发虚，不知下个镇子能不能找到过夜的地方。就在等车的空档，突然手机里刷出一间波西塔诺的民宿，我也不管价格比平时贵了多少，赶紧手忙脚乱地下了单，直到显示预订成功，这才松了一口气。再一看地址，简直把我高兴坏了，就在等车的这条路上，我旁边的建筑物是 25 号，民宿在 95 号。我心想就差了几十个门牌号码，单数还要除以二，就决定走过去。大致判断了一下方向，是一段上坡路。

很快我发现自己上了当。门牌在三十几号之后消失了，公路边不再

有任何建筑，只剩下悬崖峭壁，直到又往前走了三四百米，才看到下一个门牌。这次是几个号码连着，然后再次消失。45，47，49……51，53……55，57，59……这些号码就像挂在大象眼前的香蕉，勾引着我爬了整整半座山。

路过的每个小卖部我都光顾，先把背包放下，一边流着汗，一边咕咚咕咚地灌下碳酸饮料，用不了多长时间，灌进去的气泡就会从胃里顶上来，打一个嗝，再心满意足地继续出发。好在我刚跑完越野赛，体能有保障，并不觉得特别累，也可能已经过了临界点，激发出的肾上腺素在帮我死扛硬顶。

95号是一个盖在路基下的二层小楼。房东把其中一个房间的钥匙交给我，然后说："你运气真好，要不是之前的客人临时取消，今晚的波西塔诺也就只有汽车能睡了。"

在若干次的流汗、风干之后，我洗澡时自带一种土耳其浴的效果，泥都不用搓，自己滚成了球，从脚后跟、脖颈子、后脊梁一层层脱落。

这家民宿的卖点是一个270度露台。走上露台一看，真没想到自己已经吭哧吭哧地走到了波西塔诺的正对面，和它之间只隔着一座空荡荡的山谷，之前我也打算去找这么一个观景台拍全景，真是得来全不费功夫，又一想不对，我可一点儿没少费功夫。想到这里，疲劳感加剧，一下子瘫在了露台的椅子上。

刚入夜的天空中，晚霞的暖色调正一层层褪成深蓝，银色的月牙锐利又明亮地挂在头顶，归舟停在港湾，万家灯火如星海般闪耀，随着对焦点的变化，那么近又那么远。而我，独自望着眼前的一切，看入了迷。

那天和朋友说起我们这些一直走在路上的“老”一辈旅行者，发现每个人的人设都异常鲜明，每个人走的还是自己那条老路，没脱轨、没跨界，专一得可怕。

比如就爱跟大自然掰手腕的谷岳，动不动就尸骨之路，动不动就骑摩托从北美到南美，看他分享的旅行日志就像看 Alex 在徒手攀岩，一边为他暗自担心，又一边相信他一定能成功，反正他就一直走在自己的野路子上，且越走越野。

比如阿 Sam，翻他的公众号就像在看一本关于旅行的奢侈品杂志，美食美酒，邮轮酒店，不极致、不优雅、不高端，便不会入他法眼，而他自己也的确是这些领域的专家，所以人设站得稳立得住。

而我呢，好像仍旧和十几年前一样，还是那个自得其乐的背包客。我好像从不过分关注“吃住行”。米其林也行，路边摊也行；有时会选择看得见风景的房间，有时也会为了离火车站近一点儿而住在青年旅舍；交通工具也是怎样都行，火车轮船自行车，从来都不挑。

既然我不在乎以上这些，那我在乎什么？我在乎这段旅行是否可以带来一些新想法。可能是因为遇到一个有趣的人，在博物馆看到一件特殊展品，甚至因为被偷被骗而产生情绪波动，每当这些时候，脑子里总会迸射出许多像流星一样一闪而过的火花，这些火花和新想法之间还有一段距离，还需要脑细胞的探索，才能顺藤摸瓜地一把抓住。这也是我喜欢一个人旅行的原因，只有在一个人的时候，才能随心所欲地进入深度思考状态，而不是被同行的朋友问：“嘿，想什么呢？是不是不想理我！”

2019 年 10 月［中国，香格里拉］

追风少年

10 月 4 日傍晚，香格里拉独克宗古城，月光广场。天色才刚暗了暗，气温就降了一大截。在这个季节，短袖加薄羽绒服才是最正确的穿搭组合，出太阳时就脱掉外套，太阳没了再穿上。这让我想起曾经看到的一句话："但是冷，但是不算太冷，但是有风，但是在情理之中。"

国庆长假期间的月光广场被布置成一个临时演出场地，广场西侧搭起舞台，背景板是一整块 LED 屏幕。每晚七点半，一场民族歌舞联欢晚会都会在这儿准时上演。只是今晚情况有点儿特殊，还有我的份儿，我将在七点十五分上台，主持第二届牛粪户外节闭幕式，不过主办方只给我十分钟时间，到点儿就得下台，不能给后面的演出当绊脚石。这时候我正在指定区域候场，马上就轮到我了，随着时间一分一秒地流逝，我感到越来越紧张……

2015 年 4 月，我和小崔来到扎巴哥的老房子，我们都觉得他家宽敞的后院特别适合举办露天音乐节，连名字都想好

▲ 我们的口号是：牛粪户外节，牛粪有的是！

了，就叫“牛粪音乐节”，因为在香格里拉的草原上，牛粪有的是！

在我的想象中，那将是一场小型的“伍德斯托克”：草原上扎起帐篷，人们在草地上打滚儿，在风雨中歌唱，再加上啤酒的泡沫、烧烤的肉香、高原的阳光，那种自由自在的感觉光想想就能让人心情舒畅。后来也的确为了这个小小的愿望努力过，我们联系了几个做乐队的朋友，又到主管部门打听要走哪些程序。乐队那头儿还好办，说只要解决交通食宿就好，就当来玩了。可是香格里拉地处藏区，对这种群聚性活动的审批要比其他地方严格很多，后来就只能作罢。

这几年我一直在丽江和香格里拉两头跑，对这片叫作“心中的日月”的高原圣地渐渐从陌生到熟悉。我发现这里除了拥有早已声名在外的松赞林寺、普达措国家公园和独克宗古城之外，还有数不清的徒步路线，它们连着高山牧场、溪涧森林、雪山湖泊，有的线路还能串联在一起，绵延几十上百公里，都能举办国际越野赛了。我想既然群聚性的音乐节审批起来有难度，那分散在自然中的户外节应该会好办一些吧。果然，这个项目从策划到撰写方案再到拿到相关部门的批复，只用了不到一个月的时间。于是在去年国庆长假，第一届牛粪户外节就热气腾腾地揭了锅。户外节为期三天，我们像模像样地设计了海报，印刷了活动手册，竖起了刀旗；为徒步者准备了登山杖、冲锋衣和户外头巾；精选了五条难度从低到高的徒步线路；邀请了户外大咖分享旅途经验；播放了若干场户外电影；安排了各种民俗文化体验，比如画唐卡、串藏珠、学皮雕，都由藏族老师手把手教学……也是因为第一届牛粪户外节的成功举办，今年的第二届才被主管部门邀请到月光广场举办开闭幕式。

今年的户外节同样为期三天，除了线路稍有调整，还多了一个三口之家的组合，要知道去年全是清一色的小年轻。壮壮是个不到十岁的男孩，从小跟着爸爸妈妈一起旅行。壮壮妈跟我说，素质教育要从娃娃抓起，我笑着拆穿：“其实，是你们自己想出来玩吧。”她就嘿嘿嘿。

10月2日，壮壮一家选择了难度最低的高山牧场线路，最高点海拔三千七百米。壮壮回来后依旧生龙活虎，倒是壮壮爸当晚被高原反应折磨得头疼难耐，连晚饭都没吃，倒头睡了一整夜，第二天才满血复活。

10月3日，也就是昨天。他们一家选择了难度稍高的千湖山线路，最高点的海拔高度升高到四千二百米。可能因为壮壮在第一天走得过于轻松，第二天想跟哥哥姐姐们试比高，于是从一开始就走得有点儿急，完全低估了高原的厉害，原本平稳的节奏也被打乱。昨天我走在队尾负责押队，我看壮壮停下来喘粗气的次数越来越多，小脸一会儿红一会儿白，就没敢让他继续攀登。一家三口下撤后也没闲着，又去了普达措国家公园。可是从壮壮妈发的朋友圈来看，她还有点儿不甘心："这里（普达措）游人不少，配套设施也很齐备，但公园的风景和野路子的风景简直没法比，有种索然无味的感觉。如果从未体会徒步的风光，那或许我会觉得这里也不错。"

也是在昨天晚上，壮壮妈跟我说，在他们商议是否要在最后一天攀登难度最高的阿布吉措的时候，壮壮说还是想去。壮壮妈说她既欣喜又担心，不过最终还是同意了壮壮的挑战计划，大不了再提前下山或者在原地等待。

10月4日，也就是今天，我留在大本营准备闭幕式，就没跟着他们一起爬山。阿布吉措全程没有手机信号，大概在十点左右，我跟壮壮一家失去了联系。这条线我也走过，从山脚到最高点爬了三个小时，往返五个小时。我从下午四点开始给壮壮妈发信息，问他们出来了没有，是否来得及赶到闭幕式现场。

直到六点三十八分，我才收到壮壮妈发来的信息。

“刚有信号，是直接去月光广场吗？”

“对！”

“司机说得七点多才能到，可能来不及了，不用等我们，进行你们的就好。”

“你可以让司机快点儿，闭幕式最晚最晚七点二十五分就必须得结束，后面还有演出。壮壮还好吗？”

“他很好，也很开心，虽然有些累，但还是爬到山顶了，他老爸还想打退堂鼓呢。”

“真棒！我为他准备了一个奖状。”

“赶不到就场外颁发，都是荣誉。”可能老母亲表达快乐的方式就是絮叨，她继续跟我说：“每次感觉壮壮快爬不动了，我问他还要不要继续，他就跟自己较劲，结果每次答案都一样：‘我还是想上去看看。’有个二十多岁的小姐姐中途跟壮壮说，咱就在这里等大部队下山吧，姐姐陪你，但壮壮说他还想继续爬！没办法，在壮壮的鼓励下，小姐姐也登顶了。小姐姐在山顶跟我说，能看到这么美丽的湖泊，再辛苦也值了。”

按照闭幕式流程，要先在LED大屏幕播放三天精彩瞬间的花絮集锦，然后由我总结发言，最后是颁奖环节。我们准备了五个奖状，最佳领队、最佳摄影师、最佳旗手、最佳拖油瓶和追风少年。最后这个奖当然是为壮壮特设的，无论他是否走到最后，那份敢于挑战自己的勇气，就值得鼓励。所以登台前让我感到紧张的原因，并不是担心自己忘记发言稿，而是壮壮可能无法及时赶到。

七点十五分。我朝观众席斜后方望了一眼，并没有盼来要等的人。很快短片放完了，发言结束了，五个奖状中的四个也都发出去了。我仍在东拉西扯地拖延时间，眼角的余光却看到工作人员用手势提醒我，剩下的时间已经不多了。

我决定放弃，可手中还剩下一个奖状，就对全场观众说：“最后一

个奖，‘追风少年’，本来想把它颁发给一个九岁的男孩，因为他在今天成功地挑战了自己，爬到了海拔四千五百米的阿布吉措。此时此刻，他和他的爸爸妈妈正在赶来这里的路上，但估计是到不了了，那我先替他收下。”正当我要鞠躬下台的时候，突然看到三条人影正快速朝舞台这边移动，看清是壮壮一家后，我顺手朝舞台后方一指，清了清嗓子说道：“看，他们来了！”

我把壮壮一把拽上舞台，又迅速把奖状塞到他手里。壮壮的表情看起来非常淡定，像是见惯了大场面，倒是台下的老父亲老母亲都眼含泪花了。

壮壮爸在朋友圈写道：“用了五个小时，我们终于登顶。那种艰难与兴奋，我相信壮壮会铭记一生。现在回想，我不禁汗颜，如果没有壮壮的坚持，我是否能完成挑战？答案不得而知。我也不知道他从哪里获得的力量，但这种力量在支撑他的同时，也实实在在地支撑着我。看着壮壮缓慢而坚定的身影，夫复何求！”在读完老父亲发自内心的独白之后，我想到的却是：在这个追风少年漫长的一生中，一定会遇到很多沟沟坎坎，希望这次成功登顶的经历能在关键时刻成为帮他一把的信心之源。

2019 年 11 月［墨西哥，莫雷利亚］

两次离开

到达辛祖坦村（Tzintzuntzan）时刚过下午四点，村子中心的主会场里已经到处都是人，车也开不动了，不得不停在距离会场好几个路口的地方。

辛祖坦这个地名很有意思，Tzintzuntzan，十二个字母可以分成三组，Tzin-tzun-tzan，每组只是元音不同。在汉语里就很难找到对应的例子（“傻瓜”“蜻蜓”元音没变，变的是辅音），因为汉语表意而拉丁语表音。如果从偏旁部首下手，我首先想到的是魑魅魍魉，恰巧，选择今天来辛祖坦，也和“鬼”字有关。

辛祖坦村位于墨西哥米却肯州，从首府莫雷利亚开车过来要一个小时。估计这么写读者还是没什么概念，那就说点儿刺激的。米却肯州一直被贩毒家族盘踞，他们杀人越货，无恶不作，连市长都不放过。直到最近几年，治安才略有好转。

按照墨西哥传统，亡灵节通常要持续两天。11 月 1 号是幼灵节，2 号是成灵节。如果非抠字面意思，幼灵节是给夭折的孩子过的，成灵节才轮到死去的大人。可在实操时，基本是一号村子里最热闹，二号城里最热闹。大家应该都看过《寻梦环游记》，里面的亡灵跨过阴阳桥回到家乡墓地和家人团聚的桥段，就复刻了在村庄中过节的景象。而几乎所有关于亡灵节的旅行攻略都会推荐辛祖坦这个地方，因为这里的仪式最传统、最正宗，如果你还没想好这一天去哪儿过，来这里准没错。于是

▼ 女生喜欢把自己打扮成亡灵节女神卡特琳娜的模样

每年在11月1号这天，来自本土和海外的游客人数都会暴涨，这就让住宿成了大问题，我们也只能等活动结束再开车返回莫雷利亚了。

在村子的中心位置矗立着一座天主教堂，教堂对面是一条宽阔的主街，正中用万寿菊拼出“TZINTZUNTZAN”。我走在主街上，头顶飘着一排排亡灵节剪纸，彩色的骷髅正迎面笑秋风。主街两边是临时搭起的店铺，最受欢迎的无疑是墨西哥卷饼店和烤肉店，大家都忙着往自己的肚子里填东西，多吃几口是因为谁都不知道晚上的活动要到几点结束。给游客画骷髅妆的化妆师们也忙得要命，画上鬼脸就可以更好地融入过节氛围。我排了半个小时，才让她在我脸上化了一个哭泣的小丑妆，大红色的嘴唇翘得老高，乌黑的眼圈下挂着两滴眼泪。化完之后我对着镜子左看右看，却怎么看怎么不对劲儿，原来问题出在衣服上，冲锋衣要是换成肥大的灯笼袖，再戴上红色的塑料鼻头和五颜六色的假发，才更像回事吧。

就在游客忙着吃东西化妆时，本地人也在做着最后的准备工作，只不过他们的主场在墓地。当我来到村子里唯一的墓园时，这里的白色蜡烛已经被一排排点亮。蜡烛看起来都很粗壮，应该能烧到晚上。每一家的墓地都被布置成微型花园，我还在花丛中看到十字架、自行车、吉他等花艺作品，这里比的就是主妇们的审美和想象力了。墓地上除了鲜花，还准备了水果、亡灵节面包、一打打啤酒、一瓶瓶龙舌兰，也不知是为了孝敬先人还是为通宵畅饮做好准备。

大概在五点半左右，天刚擦黑，亡灵节大游行就在主街拉开帷幕。游行以家庭为单位，打头的通常是两位男士，他们举着花圈，上面贴着

亡灵的照片（有时不止一张），步伐走出了一种T台模特的嚣张，还会时不时把花圈翻个面转个身，就像开屏的孔雀在显摆美丽的羽毛。走在后面的家属也不甘示弱，就像把舞会开到街上。家家都请了乐队，乐手身穿颜色统一的制服，把手中的长笛、圆号、单簧管等乐器弄得哇啦乱响。大家拼的可不是节奏和旋律，而是音量和嗓门儿，胜负交给分贝仪就行了。什么是震耳欲聋？这就是！只有小时候过年站在炮仗堆里的景象可以与之媲美。在墨西哥印第安人的世界观里，只有让亡灵高高兴兴地回家，来年才能让一家人过得快快乐乐。

在天色层层黑化的同时，一场秋雨也接踵而至。我在心里说，要来的果然还是来了，因为在往年的攻略里也经常提到这天会下雨，我赶紧把冲锋衣的帽子翻过头顶。很快雨水就从淅淅沥沥变成倾盆而下，游行的人群也跟着一哄而散。我找了一个摊位避雨，临时搭起的塑料棚布之下，人多到只能侧着站了。所有人都望着雨帘，听着雨点砸到塑料棚上的巨大声响，又兴奋又绝望。不知过了多久，突然"哗"的一声，头顶的塑料布承载不了积水的重压而垮掉，所有人都被从头到脚泼了一身水。好在我的冲锋衣防水，只湿了半条裤子。这时街上出现了三条小河，就像三条黑色的长蛇在迅疾地摆动着身体。雨点继续像子弹一样射进河里，弹出无数水泡，溅起的泥汤让我另外半条裤子也没能幸免。

眼看今晚的活动就要草草收场，可所谓"骤雨不终日"，这场突如其来的大雨在狂卷滥骂了半个小时之后，竟然渐渐收敛起脾气。街上重新热闹起来，颇有重打锣鼓另开张的意思。游行的队伍集结后继续吹拉

弹唱着往前移动，我也跟着队伍一直走到墓园。

墓园里的蜡烛都被雨水浇灭了，大家各自打开手电，就看到星星点点的银光在眼前跳起舞来。这时才发现墓园里的道路都被暴雨灌满，根本无处下脚，可明明大部队仍在往前走，我才意识到大家在踩着坟头前进。这合适吗？我心里想着。可退路已被堵死，只能犹犹豫豫地迈开双腿，一边走一边对着地下的世界连声说对不起。

蜡烛被再次点燃，墓园看起来有了温度，各家各户的乐队也先后站好位置继续表演，这时亡灵们也该下凡了吧。我就近选了一家人丁特别兴旺的家庭，里三层外三层，大家都跟着节奏群魔乱舞，不时有人传过来小纸杯，我接过来一闻，烈酒的气味，一定是龙舌兰了。我一口干掉，身子顿时暖了暖，然后也把双手高高举过头顶——原来“在坟头蹦迪”并不只是一句比喻。

晚上回到车里，刚才那股直抵胸口的热气已被消耗殆尽，这才感觉到冷。我把裤子和鞋脱掉，没有了湿漉漉的包裹，光着腿和脚反倒舒坦一些。

我蜷缩在座位上，闭着眼睛，直到这时，你才出现在面前。这和我预想的情景完全不同，在我的计划里，我会在墓园里找个地方坐一会儿，望着烛光，等你来。可该死的大雨搅乱了这一切，雨停之后，我变得异常亢奋，仿佛成了另外一个人。你能原谅我吗？我并非有意。

我当然知道你不可能飞跃千山万水来到我身边，但怎么一闭眼，你就来了，出现在生命中每一个有你的片段。那么清晰，仿佛触手可及。

我相信，人这一生，会两次离开世界。第一次，是肉体的死亡，第二次，是被所有人遗忘。

2019 年 4 月，一场大火把巴黎圣母院推到各大媒体头条。当我看着她的塔尖一点点倒掉，那份心痛如刀割一般。

我已经记不清去过多少次圣母院了，有时陪朋友，有时也会抱怨门口的队伍怎么那么长。我还记得第一次与她合影的情景。那时的我既看不懂她的建筑艺术，也缺乏与她在信仰层面的沟通，我甚至都没看过《巴黎圣母院》的小说和《钟楼怪人》的动画片。那时也并不流行自拍，于是找路人帮我拍了一张到此一游的纪念照。你看，我和巴黎圣母院之间只维持着一种蜻蜓点水般的浅淡缘分。

那我为什么会心痛？首先，直觉告诉我，这是一种世界级损失，超越了国家的界限；其次，我有几个生活在巴黎的朋友，他们的难过我完全可以感同身受；最后，毕竟我曾那么多次站在她面前，仰望过玫瑰花窗和檐角的怪兽，累加在一起的记忆让巴黎圣母院早已成为旅途中的一个章节，却也是写得极为潦草的一章。我是在为明明有那么多机会可以让这一章更出彩却已将机会白白浪费而难过吧——原来我并没有真的为巴黎圣母院心痛，我只是想起生活中那些因为没尽力而成为遗憾的人和事而已。

这其中，也包括那位逝去的朋友。你已经离开了一次，可这一次，我会努力把你留得久一点儿。我保证。是为纪念。

2019年11月［墨西哥，墨西哥城］

活下去

逛博物馆真累，尤其像墨西哥国立人类学博物馆这样的庞然大物，在这里逛一上午甚至比徒步越野都累。

在墨西哥的土地上，千百年来，各种文明你方唱罢我登场，玛雅、墨西卡、瓦哈卡、德奥蒂化坎、托尔特卡……除了玛雅，其他的我基本都没听过。以前提起文明，大脑会条件反射地蹦出三个字：了不起！可在这儿走一圈，我发现“了不起”已经被另外三个字代替：活下去！——是啊，只有先千方百计地活下去，才会有了不起的可能。其实我想说的是，很多想法，并不是提前预设到脑子里等着去验证，而要像我这样，在博物馆里漫无目的地游走，走着走着，一些诸如了不起还是活下去之类的想法就会自然而然冒出来。而任何新想法的出现，就像在白纸上画画，一方面需要人生阅历打底，另一方面需要感官刺激填色，这恐怕也是很多人一直在路上的原因吧。

▲ 重达二十五吨的太阳石是墨西哥国立人类学博物馆的镇馆之宝

墨西哥城还有一家必去的博物馆，弗里达·卡罗博物馆，即弗里达故居，人送外号“蓝房子”，博物馆外墙被涂满深蓝色，就像高原地区被阳光反衬的天空颜色。这也是墨西哥最火的一家博物馆，火到什么程度？无论几点去都得排队，去晚了连排队资格都没有。

我早晨十点前来到博物馆门口，队伍已经一眼望不见尽头。总算幸运地排在队尾，不幸的是，从这里到进门还要等六个小时（那天正好是成灵节翌日，相当于大年初一的雍和宫，平常也不用排这么久）。工作人员不厌其烦地跟后来者解释：“今天没票了，不用再等了。”一边说，一边跟着队伍一寸一寸地往前挪动一根用来押队的隔离铁杠。

不时有街头艺人走到队伍旁边进行表演，说不定他们在想：“反正你们哪儿也去不了，看也得看，不看也得看。”一位骑自行车来的老先生，须发皆白，还戴着墨镜，看起来很酷。自行车后座上立着一个两米高的白色纸扎骷髅，每个关节都能动，老先生像操纵木偶一样指挥骷髅做出各种滑稽动作。卖椰子的路边摊生意也好得不行，小贩用菜刀三两下削开壳子，椰汁汩汩而出。椰肉也不浪费，被麻利地切成软嫩润滑的小白块，撒上胡椒面、柠檬汁，看起来就像铁板鱿鱼，味道却酸甜可口。

六小时的等待也并非无事可做，正好可以看那部关于弗里达的自传电影。之前我对弗里达的了解非常有限，只知道她是墨西哥国宝级的女画家，是《寻梦环游记》里花枝招展的女明星，还有她那著名的一字眉自画像。在这部自传电影的帮助下，我得以快速浏览了一遍她的人生。

▲ 街头艺人临摹的弗里达自画像

弗里达投胎时一定选择了困难等级最高的模式：

六岁，患小儿麻痹，落下终身残疾。

十八岁，一场车祸差点儿要了她的命，颈

椎、脊椎、腿骨、脚，骨折的骨折，粉碎的粉碎。电影中车祸这场戏有个极致残忍又极致华丽的镜头：倒在血泊中的弗里达被一根铁棒（汽车上的扶手）穿过下体，她手中捧着的一把金粉（用来装饰天花板）漫天洒落，覆在她的身上，和鲜血混在一起。她浑身打满石膏，在病床上躺了十八个月，随后被男友抛弃。她拿起画笔，先在胸前的石膏上画了几只彩色的蝴蝶，又让人把镜子架在头顶，望着镜中的自己，在痛苦和孤独中完成了人生中第一幅自画像。

二十二岁，嫁给比自己大二十多岁的壁画大师里维拉。他们俩就像一对拆不散的冤家。丈夫一次次偷情，其中包括妻子的妹妹。妻子流产后不育，不仅睡了丈夫的朋友，还和几个漂亮女性有染（她是双性恋），之后离婚又复婚。

在弗里达生命的最后阶段，只能靠铁架和塑身衣支撑身体，截肢后又染上肺炎……

影片把弗里达的画作当成划分章节的回车键，出现在每一次命运发生转折的时刻。她画自己，画残缺的肢体，画死婴，画满身刀口的女人……她只画自己心里的那个世界，而其他人画的都是外面的世界。丈夫如此评价她的作品："讽刺而柔和，像钢铁般坚硬，像蝴蝶翅膀般自由，像微笑一样动人，又悲惨得如同生活中的苦难。"

排在前面的人有的逐渐失去耐心，他们的离开将队伍缩短。最终用时四个半小时，我才走进蓝房子。入口连着一处露天花园，长满绿油油的植物。墙角的亡灵节贡桌上还摆着弗里达的遗像。

参观有规定线路，开头的几个房间成了画廊，她的画室和卧室仍旧保持着原貌。

白色墙壁上用西班牙语和英语复制了几句她的日记。

如果拥有翅膀可以飞翔，那还要双脚何用？

时光流逝，永不复回。我们将如何度过这一生，是需要全力以赴回答的问题。

我永远不会忘记你的出现。遇见你之初，我支离破碎，而你将我完整带回。

▲ 生命万岁！

整个参观过程只需要半个小时就能结束，可因为等了太久，我又报复性地在院子里转了二十分钟。院子一角还有一个服装展，都是弗里达生前所穿服饰，每一件都色彩丰富，造型夸张，充满墨西哥风情，据说这些服装还成了一些著名设计师的灵感源泉。

在弗里达的所有作品中，给我留下最深刻印象的，并不是那些充满疼痛感的自画像，而是她临摹的一张西瓜图，红红绿绿又普普通通。弗里达在生命即将走到终点之前，在一块瓜瓤上添了一行短语：VIVA LA VIDA！

生命万岁！

——老娘用不着别人给我盖棺定论，我现在就告诉你，老娘这一趟走得很值，也不愿意再回来。

就像拼尽全力升到最高处的焰火，总得绽放一回，让所有人看见。

▲ 弗里达的画室一角

2019 年 11 月［西班牙，圣地亚哥之路］

世界的边缘之地

下午三点半，方瑟巴东村（Foncebadon）已经被大雪染成白色，只有朝圣者庇护所看起来还有点儿烟火气。

我看到从庇护所窗户里冒出的灯光，又看到从烟囱里腾出的烟雾，还有石墙上挂着的“住宿 / 咖啡 / 精酿”的招牌，于是使劲儿推开了那扇又厚又重的木门。

眼镜片儿在进屋的瞬间就花了，我摘下来擦掉雾气，才看清屋子里已经人满为患。右手边是一个 L 形吧台，老板正忙着给大家煮咖啡、沏茶，老板娘在忙着收钱、找零，还不忘笑着对我说：“欢迎。”左手边是一个壁炉，炉膛里的火苗烧得正旺，壁炉上方是一面留言墙，贴着花花绿绿的纸片。

我把背包和登山杖立在墙角，在烤火的人群中挤出一个位置，摘下被雪水浸湿的手套，然后就像个练武之人，平平向前推出手掌。双手马上就感到那火苗很烫，赶紧又往回缩了缩。膝盖也顶到离炉火最近的位置，不一会儿就看到裤子上冒起白烟，那是渗到里面的湿气被热力逼了出来。最惨的是登山鞋，鞋尖下的胶皮竟然在不知不觉中被烤化了，我赶紧把脚往回抽，熔化的胶皮迅速凝成一层漆黑的硬壳。

我找老板要来一杯茶，又加了一碗热汤。茶水寡淡无味，热汤像用方便面调味包直接勾兑的，闻起来呛鼻，喝起来咸得要命，便又要了两片面包蘸着吃。茶和汤都是用一次性纸杯端来的，纸杯不隔热，握在手里烫乎乎的。

方瑟巴东是圣地亚哥之路上必经的一个村庄。早晨从阿斯托加市（Astorga）出发，走到这里一共用了整整七个小时。上午天气还不错，阳光温暖着大地，还看到好几道彩虹。中午进入山区后，风和日丽迅速被风雪交加代替，走到后来，就只剩白茫茫一片真干净。因为顶风，因为飞雪，因为泥泞，速度也跟着降下来，有时还不得不倒着走，用后背和屁股跟风雪抗衡。狂风在耳边呼啸，像要把世界吞没。

我越走越崩溃，开始自问：我在哪儿？为什么要来这里？

这是世界上最著名的一条徒步线路，被联合国认证为世界文化遗产，每年吸引超过二十万徒步者。大概在一千多年前，那些虔诚的教徒就已经开始走在这条路上，他们为了忏悔或者赎罪，有的还相信会有奇迹发生。现代人走这条路的理由就变得五花八门，在电影《朝圣之路》（*The Way*）里，有的为了戒烟，有的为了减肥，有的为了寻找写作灵感，男主角则是为了帮儿子实现遗愿。

我来这儿没有特别的动机。至少徒步可以锻炼身体，如果能在路上找到一些灵感，那就算额外奖励。这种无欲无求的心态让我看起来更像一个游客，每天吃吃喝喝，走走停停。

今天的计划是从阿斯托加走到里格安布洛村（Riego de Ambros），全程四十公里，走到方瑟巴东村时才刚走了二十七公里。

四点一过，我决定继续出发。裤子基本干了，身子也完全暖和过来。

我穿好冲锋衣，戴上帽子和手套，正要去拿背包和登山杖，就听见身边的人异口同声地问道："你还要继续？"我看到他们脸上闪过一丝担心的表情。

我反问："是啊，你们都不走了吗？"

所有人摇头。其中一个说："建议你还是考虑考虑，雪还没停，天也已经快黑了，看起来有点儿危险。"

我望向窗外，天色果然不如刚才进屋时明亮了，大雪依旧纷纷扬扬，远近参照物的轮廓已经模糊不清。我问大家："如果，如果只是走到曼加林村（Manjarin）呢？还有不到五公里。"

另一个说："我本来也要去那里过夜，可我放弃了，前面还有一大段上坡路，天黑后可能连路标都看不见。你要是觉得自己足够强壮，也可以试试，反正也死不了人。"

我当然知道自己并不强壮，这份自知之明还是有的，也意识到隐藏在风雪中的危险，可最终让我打起退堂鼓的，是他说的后半句，"反正也死不了人"，我知道事实并非如此，每年都有人在这条路上死去，《朝圣之路》中男主角的儿子就是被比利牛斯山的恶劣天气夺走了生命，当时他也没听村民的劝告。

我在温暖的火炉和立在墙根的背包之间犹豫了几秒，最终走向了火炉。我看到大家脸上闪过一丝放下心来的表情。

所谓庇护所，是指那些为朝圣者提供基本食宿的地方。老板娘带我走进房间，屋子里比大厅还暖和，都是高低床，她还递给我一条加厚的毛毯。我爬上床，迅速补了一个解乏的餐前觉，醒来后别提多放松。

回到大厅，老板和老板娘正忙着布置餐桌，其他徒步者都在各自聊着天。我站在壁炉前研究那面留言墙。最醒目的是世界各地的纸钞，根据我的经验，面值越大，越不值钱；写在小纸片上的留言有英语、西班牙语、日语、韩语等，其中一张用英语写着：困难的事和正确的事，

往往就是一回事；代表不同信仰的照片和信物，俄罗斯的萨满，印度的三主神，道士画的符咒，尼泊尔的苦行僧，磕长头的藏族大叔，尖鼻子的女巫，还有特蕾莎修女……各路神仙都在这面墙上和谐共处，我甚至有个大胆的假设——莫非，所有信仰本质上都是相通的？

七点整，晚餐开始。一张长桌两边已经坐满人。除了我和一个韩国哥们儿是亚洲面孔，其他人都来自欧美，年纪基本在三十往上，有的第一次走圣地亚哥之路，有的走过若干次，有的走八百公里全程，有的只走其中一段。

前菜是切片香肠，刚上桌就被扫荡干净。主菜是素版的西班牙海鲜饭，米粒个个饱满，就是把海鲜换成了蔬菜。即使这样，每个人都至少吃了两大盘。餐后甜点可选苹果或者香蕉。从旺盛的食欲和爽朗的笑声中就能看出大家都健康得要命。

老板拿出两瓶酒，一边给大家倒酒一边介绍，这是加利西亚特色烧酒，专门用来饭后消食。一瓶是透明的金盏花的淡黄色，一瓶是浑浊的可可粉的淡灰色，每个人分到一小杯，喝下肚又甜又暖。有位来自俄罗斯的哥们儿站起来宣布："再来四瓶，我买单！"这种请全场的行为顿时收获四面八方的掌声，也成了派对的催化剂，老板也适时加大了背景音乐的音量，迅速将大家交头接耳的闲聊盖过。都是老歌，每首都引发全场合唱，《难以抗拒》（*Hips Don't Lie*）、《扑克脸》（*Poker Face*）、《乡村路带我回家》（*Country Roads*）……我记不住歌词，就跟着一起哼哼。唱到后来就没人坐在椅子上了，各种舞姿，身体摩挲交错，有的还站到桌子上领舞。

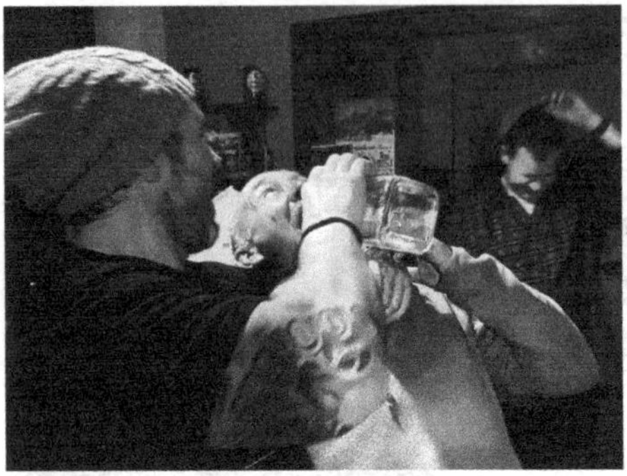

▼ 豪放的灌酒方式

老板继续给每个人倒酒，这一轮可不是倒进酒杯，而是拉过每个人，让我们扬起脖子，张开嘴，直接用酒瓶往下倒。第一次轮到我时，我没控制好角度，他没控制好流量，一口呛出来，溢出的酒液直接流进脖子。第二次配合就变得天衣无缝，然后就听见他在我耳边大喊："棒极了！"

原本我还有点儿沮丧，因为行程被耽搁了下来，可现在心里只有庆幸两个字。我庆幸自己留在了这个世界的边缘之地，又遇到了这场计划之外的狂欢。在这一刻，没人记得自己来自哪儿，也没人在乎自己是不是唱歌跑调、跳舞难看，只记得此时此刻，我很快乐，即使明天就各自天涯。

这时身后吹来一阵冷风，原来是有人推开大门到外面抽烟。我也跟着走出去，想体验一下室外室内的冰火两重天。风和雪都已经停了，村子里的石头房子就像一个个冰雪巨人，安静地站在路灯之下，一动不动。

一头是静谧与寒冷，一头是欢腾与燥热，而那扇厚重的木门，就成了从冬天到夏天的摆渡人。

已经有1000多年的庇护所是否就是青年旅舍的雏形？在这样的氛围中，很容易让人找到自信，可能因为遇见了生活在同一频率的人，又或者因为这里就是那些自由灵魂的栖息之所。

2019 年 11 月［西班牙，圣地亚哥之路］

同路人

圣地亚哥之路有很多条，法国之路（最著名，也是走的人最多的一条）、北方之路、阿拉贡之路、冬季之路、葡萄牙之路……都殊途同归，指向西班牙版图西北角的圣地亚哥·德·孔波斯特拉（Santiago de Compostela）。这里是基督教三大圣城之一，与罗马和耶路撒冷齐名。

所有人都单向行驶，你只会遇到数学中的追及问题，也就是你超过我还是我超过你，而不会遇到从对面走过来朝你打招呼的人。擦肩而过时，一定会互致问候“Buen Camino（一路顺风）”，往往语速飞快，音量也不大，却可以被迅速识别，就像接头暗号，连眼神都不用确认，就知道是自己人了。除了这句例行公事般的“一路顺风”，大家都沉默地走着，有的人甚至关掉手机。在这里，最基本的礼貌就是互不打扰，说不定多说一句，就能把别人脑子里的宇宙搅翻。

▲ 朝圣路上的同路人

每天入夜，大家各自抵达下榻的住宿地，呈现的又是截然相反的热闹景象。各种酒瓶在吹，各种消息在追，各种故事在飞——也不用过分当真，只要能打开一扇看世界的窗口，就值得凑近耳朵。我也遇到过几个有意思的同路人，他们的某些观点也可以让我点头认可。比如：

一个来自墨西哥的圣诞老人。

那天翻越雪山时跟他打了一个照面。当时我走在一条公路的右边，他走在对面。汽车一辆辆从我身后开过，我都是后知后觉，即使听到从身后传来的喇叭声，也无法快速做出反应。这时圣诞老人朝我招手，示意我走到对面去。原来在狭窄路段最安全的行走方案就是跟汽车头对头，这样彼此都能第一时间看见。我连忙感谢圣诞老人给我上的交通安全课。他戴着一顶红色圣诞帽，帽子压住的头发连带胡子都是灰白色的，一件黑雨衣像斗篷一样从头盖到脚，背包也被裹在里面。这身装扮不仅让他在雪地里异常醒目，也好像浑身上下都藏着圣诞礼物。那天晚上我们在庇护所再次相遇。圣诞老人跟我拍了一张合照，他说我是他遇到的第一个中国人，他想看看走到最后能碰到多少来自不同国家的徒步者。他说还会把照片发给家人，跟他们说，这一路，并不孤单。

一个来自爱尔兰的假神父。

尼尔比我大了整整一轮。他在四十五岁时卖掉公司，不仅实现了财务自由，也实现了时间自由，从那时起，每年都会来圣地亚哥之路走一遭，到今年已是第六次，遇到我那天，正好是他在这条路上的第一百八十天。

他自称是一个Spiritual的人。这个词不太好翻译，有灵性？通灵的？最后我决定借用佛家常说的“慧根”这个词。是的，尼尔自称是一个有慧根的人，他说可以从清晨的雨露、沿途的路碑、一束阳光或者一道阴影中获得对自然、对自己的再认识。我问：“那你都悟出了什么道理？”他笑而不语，这一点倒是跟说话只说半句的老和尚有点儿像。他故弄玄虚地说：“我的是我的，你也会得到你的，每个人都不同。”

他说起第一次走朝圣之路的感受。第一周，痛苦，每天都想放弃；

第二周，渐入佳境，慢慢找到呼吸的节奏；第三周，感觉浑身都是力量；第四周，已经恋恋不舍，发誓明年还要再走一遍。“你也会上瘾的，我打赌你会再回来！”

这时他的手机振了两次，然后他对我说：“抱歉，有个工作邮件。”等他再回来，我疑惑地问：“所以，你现在又有了新工作？”他笑起来说：“我现在是个婚礼主持人，兼职，不是神父那种正式的。我喜欢做这件事，我能把气氛弄得很不错，客户也都认可这一点，但我给自己定了规矩，每年不能超过六场。刚才发邮件的客户来自加拿大，要到爱尔兰的城堡举办婚礼，我需要了解他们喜欢什么、不喜欢什么，有什么浪漫的故事，然后把这些放进主持词里。不过跟婚礼比起来，我更喜欢主持葬礼。”

我马上追问理由。

尼尔慢条斯理地说：“在婚礼上，每个人都是快乐的，每个人都在溢出能量，我的工作嘛，就是串个场，工作结束就可以收工回家了。在葬礼上，每个人都很悲伤，都带着一身负能量，作为唯一的旁观者，我可以带给他们安慰，就像半个心理医生，很有成就感！你要记住，死亡才是一生中最真实的事情，不可逆转，你看婚姻就不是，结了还能离，但死了就是死了。不过我相信每个人都有灵魂，它不会消失，还会以某种形式再回来。”

一个来自奥地利的青旅老板。

托马斯比我年长几岁，他的太太是古巴人，女儿已经大学毕业。托马斯的身材保持得相当不错，金色的头发，蓝色的眼珠，说话时音量不大，却能让你把每个字都听清楚。他的青旅开在奥地利的网红小镇哈尔施塔特，几乎每天都有来自中国的客人专门前往。他说自己从小生活在阿尔卑斯山区，每天都要翻山越岭，所以这条没有太多起伏的朝圣之路对他来说难度系数很低，有一天竟然不知不觉走了五十公里。他说他在月圆之夜出发，也打算在月圆之夜抵达。

他每天都会苦思冥想一个问题，遇到我的那天，他的主题是“LET IT BE”（《顺其自然》，披头士乐队的著名单曲），我说我知道这首歌，然后就唱起“LET IT GO”（《随它吧》，电影《冰雪奇缘》主题曲）。他看出我在开玩笑，也跟着我一起唱起来。我说：“‘LET IT GO’和‘LET IT BE’也差不多嘛！”他说：“的确，这也是我今天思考的一个方向。我觉得‘LET IT GO’有一种跟过去说再见的果断，就像艾莎成为冰雪女王之前。‘LET IT BE’是放弃抗争了，爱怎样就怎样，顺其自然，跟自己和解。”我说：“完全同意！其实每个走在这条路上的人，心里都有不同目的，看风景也好，戒烟也好，减肥也好，如果把重心压在上面，这些目标也容易实现，因为这世界最不缺的就是方法论。可这真的是我们想要的结果吗？会不会就像每天都在低头寻找六便士，而忘了抬头看月亮？顺其自然，学会跟自己和解，不去想能不能得到，只把注意力放在脚下，就是这条路，就是这个方向，就是一直往前走，管它通向哪里，LET IT BE！至于能不能看见月亮，恐怕只有走到终点才能找到答案。”

▲ 此地距离终点还有整整一百公里

除了这几位新朋，还遇到了一位故交。

我那天在阿斯托加发了一条朋友圈，正好被雷雷看到。他说我们好近啊，原来他效力的西班牙球队就在我即将路过的蓬费拉达（Ponferrada）。两天后当我拖着一路的风尘和一身的疲惫抵达蓬费拉达时，他先送给我一个大大的拥抱，又马上安排他的按摩师为我做了全身放松按摩，按摩师还帮我处理了脚后跟一个蚕豆大小的水泡。

晚上他问我想吃什么？我就说了一个字——肉！他也说了一个字——好！

蓬费拉达面积不大，用不了多久就能走到边界，也算是个熟人社会，雷雷又是本土球星，于是总能看到热情的球迷跟他打招呼，他也一点儿架子都没有，往牛排馆走的路上不知道说了多少遍“你好”。

牛排馆八点半开门，九点可以点正餐，差不多九点半才能上桌。雷雷看我都饿得吞口水了，就去跟主厨商量，于是刚过九点，一整块阿根廷潘帕斯大牛排就被端上餐桌。那块肉足有六七厘米厚，滋滋冒出香气，一刀切下，软嫩的牛肉上还挂着丝丝血迹。面对着眼前肥瘦相间的一大块肉，什么垂涎欲滴、风卷残云、大快朵颐这些词加一块都无法形容我的食欲，再加上佐餐的香肠、烤面包、葡萄酒，那天晚上令我担心的不再是肌肉酸痛的问题，而是不知自己的胃液能否把侵略者统统消灭。

我在蓬费拉达住了两天。雷雷训练时，我就和他的翻译、助手到场边观战，虽然他的年纪在球队里应该算是老大哥级别，可每个训练科目都完成得比年轻人还认真，跑动依旧积极，脚法依旧精准，四十岁还能在西乙效力，也是从来没服过输吧。训练之余他会带我到小城里闲逛，他说冬天人少，夏天时到处都是徒步的人，每个人都背着一个大包，“等我退役了，也要去走一趟”！

说起来我们已经认识了十几年，2005 年齐秦跨年演唱会结束后，因为有共同的朋友，我们一起去吃的夜宵，也都还记得那天演唱会上有个鼓手摔下舞台并最终不治。这十几年偶尔有交集，我去过他开在南锣鼓巷的日料店，他也来过丽江，还一起做过公益。2012 年我们去四川马边县，给他捐建的小学送去衣服、文具和蛋糕。

相聚有时，离别亦有时，也不知道下次再见又是在哪里，可我们在蓬费拉达这样的犄角旮旯都能相遇，那还有什么不可能。

又想起那天我们在一间咖啡馆聊天，说起这么多年，我还在旅行，他还在踢球，还不是因为来自心底的热爱？这份热爱还可以让我们继续无限期地坚持下去，成为两个一直走在路上的老男孩。

最后再来说说这一路的收获吧，前面写了半天“LET IT BE”和月亮，总要把这个句号画圆。

徒步第一天。一个人行走，尤其是这种接近冥想的行走，总会有各种念头在脑子里飞转，如果把它们完整记录，那一天就能写一本书，一个星期就自成一个宇宙。其实我们苦苦寻觅的所有答案，全都藏在潜意识中，构成答案的原材料无非就是我们走过的路，读过的书，遇到的人。

第五天。那天并没有发生特别的事，却感到耳朵和眼睛都变得更加敏锐，仿佛能听见更多声响，分辨更多色彩。我相信自己的所见所闻与另一位同路人的收获截然不同。我听到的，你可能充耳不闻；你看见的，我可能熟视无睹。最关键的，就是如何让“THE WAY（那条路）”转化成“MY WAY（我的路）”，让普遍性延展出特殊性。就像“假神父”尼尔说的：“我的是我的，你也会得到你的，每个人都不同。”

倒数第二天。这天的收获后来成了我向出版社主编阐述为什么要写《背包二十年》的理由：

> 我想跟您分享写作这本《背包二十年》的一个原因。
>
> 当然已经2020年了，正好背包二十年，时间因素是一方面。

另一个，也是更重要的原因：去年11月我去走了圣地亚哥朝圣之路。走到倒数第二天时，那天也是最漫长的一天，走得筋疲力尽。原本我都是走七八公里才停下休息，走到下午时，我几乎每隔一两公里都要停下来，看到咖啡馆会停下来，看到路边的凳子会停下来，看到晚霞也会停下来，那是我给停下找的一些很随便的理由。

就在我看到晚霞之后，天色暗下来，我有点儿担心，因为原本早就应该抵达的目的地，现在看起来还遥不可及。天是那种混沌的颜色，深蓝里裹着一点点光芒，就像将死之人的瞳孔，地平线上有薄雾，视线已无法穿透。脚也麻了，就像一只机械脚，得先用意志力发出指令，它才能完成行走的动作。

就在那一瞬间，眼前的一切都不存在了，疲劳感也消失了。我从心底产生了一个想法，我觉得自己很帅——我当然知道自己长什么样，尤其在走了一整天之后，如果照镜子，嘴角一定是耷拉的，眼神也一定是涣散的，这样的外表离“帅”这个字一定相距十万八千里。但是在那个瞬间，我真的觉得自己很帅，然后我意识到，这是一种自我意识的觉醒。我们这一代人，从小到大，被灌输的就是你要努力学习，找更好的工作，赚更多的钱，总而言之，就是你还不够好。可就在那一瞬间，我不仅觉得自己很帅，同时也觉得我的整个人生都帅极了，因为我可以按照自己的想法生活。然后接下来的那段路，我就越走越高兴，简直抑制不住地快活。因为我接纳了自己，接纳了自己的全部。我不只在那一刻认为自己很帅，而是从那之后的每一刻。

最近重读《刀锋》，我才意识到那一刻正是开悟的瞬间，那个状态和主人公拉里在印度开悟时的状态实在太相似。我觉得之前对人生的所有思考在那一刻都有了答案。这也是我在《背包二十年》

里最想说的一件事。虽然我的笔力笨拙，但是我真心想要把这种喜悦分享给更多人，说不定也能为他们的生活带来喜悦。这已经与背包无关，与旅行无关，能够获得这样的启悟，是人生对我的嘉奖。

2019 年 12 月［美国，纽约］

我在时代广场撒了一泡尿

纽约曼哈顿，2019 年的最后一天。

我站在第八大道和 52 街的交口，眼前就是最后一个检查站。电子公告牌上滚动播放着注意事项：双肩包，NO！酒精饮料，NO！轮椅，NO！

我和检查站之间，还有不到十米的距离，可在这十米之内，同样挤着上千个等待进入时代广场跨年的游客，我身后的人群也已经挤成了一个黑疙瘩，等待的队伍更是一眼望不到头。我担心检查站会突然关闭，反正把一个人关外面和把一万个人关外面也没什么区别。

已经下午四点半，天也慢慢黑下来。

最初的剧本可不是这么写的，至少不会让我陷入这种可能要白来一趟的绝望。

不得不说，计划三天往返纽约绝对是一个疯狂的决定：12 月 28 号订好机票，30 号晚上抵达，跨年之后，1 月 2 号一早飞回国内。让我决定疯狂一把的原因，是想选择这样一个特殊的时间与空间，为背包的第二个十年收个尾，再为第三个十年起个头。

昨天到酒店后一直睡不着，可能是因为兴奋，也可能是因为时差，一直折腾到半夜三点。这一觉倒是昏天黑地，一直睡到十一点才睁眼。洗澡之后，我穿的第一件衣服并不是内裤，而是一条纸尿裤，这是我为

▼ 位于时代广场正中的乔治·科翰先生雕像

这次旅行准备的特殊装备，因为等待跨年时不允许中途退场，即使一天不喝水，我也担心憋出膀胱炎。我把一条崭新的雪白的肥大的软绵绵的纸尿裤打开，从胯下穿过，再从侧面粘好。然后套上内裤、秋裤、牛仔裤，整个胯部顿时看起来臃肿不堪，好在羽绒服是长款的，可以遮一遮。不过这也只是自己的心理作用，就像穿一双破鞋出门，你以为自己成了众人眼中的焦点，其实根本没人看。

狭义来说，时代广场是以乔治·科翰雕像为地理中心，并把他围在其中的一圈建筑，包括麦当劳旗舰店，纳斯达克广告牌，百老汇剧院，街头艺人，豪华酒店，高密度的游客和车流……没人否认这里是世界的十字路口，可在纽约人眼里，这就是全宇宙的中心。只是狭义的时代广场容不下跨年的百万游客，于是在它周围的每一条道路，从 38 街到 52 街，从第五大道到第八大道，全被警察隔离出一块块观众席。我幼稚地认为，成为这百万分之一并非难事。

中午十二点半，我从靠近 42 街的地铁口钻出地面，然后不慌不忙地找了个快餐店解决早午餐，还在离开前买了一瓶矿泉水和一块芝士蛋糕，这就是一整天的口粮了。我沿着 42 街走向第五大道，这里的入口已经戒严，一辆防爆卡车横在马路中间，应该是为了防范恐怖分子的汽车炸弹。我跟警察打听入口在哪里，他把手往南一指，说 38 街有个检查站。等我慢悠悠地走过去，这个口也被封了。下一个，是 49 街。

直到这时，我才有了点儿危机意识，然后大步走向49 街。一边走还一边想，是不是因为今天天气不错，还能看到蓝天白云，凑热闹的人

比往年多？这时眼前出现了一条长长的队伍，从49街往南一直排到46街，我赶紧站在队尾，没过多久，身后也成了一条人龙。我长长吁了口气，总算找到大部队，只要按秩序排队，那就总能进得去。只是队伍推进的速度极其缓慢，一个小时过去，才往前走了一个街区。这时已经两点半，又等了一个多小时，一阵骚动突然从前方传来，原本衔接得十分紧密的队伍一下子垮掉，就像拧紧的发条突然松了，排在前面的人竟然跑了起来。我心中一阵狂喜，以为这下所有人都能进去了，也跟着跑起来。可还没高兴两秒钟，就听见流言传进耳朵，49街的检查站也关了，只剩下52街，那是最后一个入口。

我也顾不上体面了，拉下羽绒服的拉链，敞开怀（长款羽绒服裹在身上总感觉行动不便），袒露出臃肿的大胯，以最快的速度往前跑。要知道跑起来的可并不只有我一个，就像同时听到发令枪响。

在距离52街还有一个街区的时候，眼前已是黑压压一大片，我也义无反顾地成为其中一员。还有看热闹不嫌事大的，站在人群上方的三楼窗口朝下面大喊“新年快乐”，下面的回应则是一声高过一声的“别挤”！

动弹不得时就会倍感无聊，此时国内已经过了午夜十二点，朋友圈里的信息越刷越少。我打开同在美洲的Ricky的私聊窗口，跟他抱怨：“我在时代广场，太可怕了，从下午一点就过来排队，但是很有可能进不去。”Ricky也是环球旅行者，上个月刚在墨西哥见过面。

他在第一时间发来一串“哈哈哈”，旅行者向来没有同情心，因为我们都知道，这未必是坏事，说不定拐角即有奇遇。然后鼓励我说：“你一定要坚持，你可是飞了一万公里才来的！”我马上打断他说：“两万！回去还有一万！”他说：“那要是进不去，可就太亏了！绝不能这么算了！”说完又是一连串“哈哈哈”。

身前身后都是汹涌的人潮。人群不再呈单向运动，有时候前进一步，可能会被挤回来两步。所有人形成一股合力，我就像海上浮萍，随波逐流，身不由己。

就在这世界末日般的战场，站在我身边的一个家庭还开了一个临时会议。爸爸和大儿子在前面，妈妈和小儿子在我旁边。两个血气方刚的小伙子还想挤进去，可妈妈的脸都快变形了，最后爸爸主持大局，决定退出这场疯狂的战斗。

大约在五点左右，我终于通过最后一道闸门，又经过三轮安检，悬着的心才终于落地。

我站在距离时代广场最远的一个“人圈”里，这里跟牛圈羊圈真的没什么两样，都是用隔离栏围出一个四四方方的空间，把人轰进去，然后关门上锁。从现在到夜里十二点，离开就别想再回来。每个“人圈”之间相隔二三十米，中间站着几个巡逻的警察，如果把他们比作牧羊人也是恰当的，因为还牵着“牧羊犬”。

六点整，LED 屏幕开始十秒倒计时，这是个预热环节，目的是让大家熟悉零点时的流程。可在我们这个位于最远端的方队，并没有掀起任何波澜。

水晶球慢慢升到最高处。它实在太小了，小到什么程度呢？需要先用长焦镜头拍下来，然后在显示屏上把照片放大，才能隐约看见。原来以前的我们都被直播画面上的特写镜头给骗了，颇有点儿卖家秀和买家秀的区别。

接下来还有表演环节，第一个节目来自中国，是一支跟敦煌有关的舞蹈，演员们穿得像一团团火焰。可我们离表演场地太远了，那边的人声鼎沸传过来就像遥远的回声。现场表演也不是不间断地持续进行，更像主办方看大家被冻得想要退场时，赶紧来点儿小刺激，让你转移一下注意力。在某些影视剧里，警察刑讯时把犯人打到昏厥，然后再泼一盆冷水，用的也是同样的技巧。

实在太冷了，我已经在摄氏五六度的天气里站了七八个小时，双脚彻底失去知觉，双手冰凉凉地握在一起，揣在羽绒服袖子里。完全无法想象往年那些在零下二十几度的天气里等待十几个小时的人们，究竟靠怎样的意志力才能坚持下来。晚上还下起小雨，终于有人扛不住开始退场。我不会退，虽然这念头也滑来滑去好几次，可已经忍了那么久，现在放弃，那之前的努力岂不白费！

一对悉尼来的情侣站在我旁边，跟我说起家乡的大火如何惨烈，袋鼠考拉死了一大片，但语气中并没有悲伤的成分，就像在说别人的故事。悉尼男孩突然坐在地上，地面刚被雨水淋湿，我暗自惋惜他的裤子，他又一不做二不休地躺在地上。得！一身衣服全湿了。我看他紧闭双眼，一定是冻坏了。正要把他扶起来，只见他自己摇摇晃晃地站起来，然后一句话都没说，直接朝人群外面走去。他的女朋友倒是异常淡定，根本没去追，而是跟我说，他就是想抽烟了，我也马上明白是哪种“烟”了。

负责我们这个片区的是个身材高大的黑人警官。他用戏谑的口吻问大家：“明年还来不来？”所有人笑着大喊：“NO！”这一句倒是喊出了新年快乐的气势！他得便宜卖乖地笑着说道：“我也不想来，可我是有工资拿的。”——你说气不气人。他接着说道：“真不明白你们为什么花那么多钱到纽约看这玩意儿。”（当晚全城酒店价格至少翻番。）

我是被一段电影台词怂恿而来。在电影《新年前夜》中，水晶球升空时出现故障，主持人为了安抚全世界的观众，对着镜头说道：

每年这个时候，在我们举起香槟之前，要记得过去这一年，那些荣耀与失败的时刻，那些守住和打破的承诺，那些我们勇敢面对的冒险，和因为害怕而退却的事，这就是新年的意义，一个崭新的机会，选择原谅，拥抱未来，善待彼此。

我也想在这个特殊的时刻，去思考过去的十年，可以在遗愿清单上删掉些什么，未来又可以增加哪些全新的选项；那些关于爱情友情亲情的承诺，实现了多少，又有哪些可以做得更好；还有哪些梦可以放手一搏，哪些责任必须兑现。可现在我发现自己的大脑完全无法思考，脑仁儿都快冻住了，只希望时间可以快进，让我结束这漫长的煎熬。你看这就是理想和现实之间的距离。

终于等到三十秒倒计时，大家的热情已经所剩无几，应付差事似的跟着倒数，直到数字变成“十”，才有了点儿百米冲刺的激情。十、九、八、七……焰火腾空……六、五、四……我只能听见自己的喊声……三、二、一……年份牌终于变了两位数字，从“2019”跳到“2020”，水晶球同时降落，数以百万计写满新年祝愿的小纸片洋洋洒洒飘落，就像下了一场人造雪。

▲ 世界的十字路口

警察先生们并没有给大家留出太多接吻拥抱的时间，他们把隔离栏打开，把人群怎么轰进来的就怎么轰出去。我们踩着满地的垃圾，从时代广场的各个出口走进纽约的夜色。

最后再说回纸尿裤。整晚一口水都没喝，寒冷的天气也让新陈代谢几乎停滞，直到散场，才感觉到一点点尿意。其实我完全可以到酒店再解决，但纸尿裤也飞了一万公里，我决定不能给它留下遗憾。

于是我在世界的十字路口，突然停下了脚步，人群从身边快速经过，模糊成一道道影子。我微微闭上双眼，暗自发力，感到一股暖流从一个点扩散成一个面，又从前面流到后面……只是在收尾阶段，我轻轻地皱了一下眉，那是在担心，会不会因量大而侧漏……

2019年11月，当我走完圣地亚哥之路，就开始海选跨年目的地，究竟该在哪里为背包的第二个十年画个句号？

我首先想到乌斯怀亚，那是世界最南端的城市。我连文案都想好了：站在世界尽头回眸，眼前出现的，又是一个完整的世界。选择乌斯怀亚还有另一个原因，2013年的夏天，当我纵穿南美大陆之后，也打算到那里终结旅程，后来因为签证问题最终没能成行。现在签证政策越发宽松，可以申请电子签，于是早早买好机票并提交了申请。直到圣诞将至，帮我办理签证的琳琳跟我说："小鹏哥，你被拒签了。"让我惊讶的是，我在听到这个消息后的第一反应并不是"怎么那么倒霉"，而是特别平静地接受了这个结果。至于拒签理由，据说是因为12月正好赶上阿根廷旅游旺季，申请人太多，签证官又必须在十五个工作日内给出答复，眼看圣诞假期临近，就直接发了拒签信，也算是另一种形式的懒政。机票钱最终只退回一半，刚好够飞纽约。

纽约的跨年之行也是一步一蹒跚。这可能也是旅行和旅游的区别之一。旅游总是尽在掌握，旅行则插曲不断，想象中的风花雪月往往被现实狠踹一脚。

可我一点儿都不后悔，就像曾被朋友问过的一个问题：“如果给你一台时光机，你愿不愿意回到过去？比如回到二十二岁，回到你本科毕业的时候，再重新选择一次自己的人生。”

我的回答是：“不愿意！虽然这一路走得很辛苦，但我的运气实在太好了，哪怕一点点转向，一点点偏差，一点点意外，都会被蝴蝶效应无限放大，我就无法成为现在的这个自己。路途艰辛，但我乐在其中，因为这是我自己选择的人生。所以你问我愿不愿意重新选择，我的回答是：不愿意！绝对不愿意！打死都不愿意！”很奇怪，在第三遍强调“不愿意”时，情绪竟有点儿上头，可那天明明只喝了一口酒。

2020年3月［中国，丽江］

停顿的美好

新型冠状肺炎疫情暴发之后，我和爸妈形影不离地生活了一个多月。我跟我妈说，以后只能您养我了，可她怎么看起来还挺高兴！每天住在同一片屋檐下，马勺难免碰锅沿，有时还和我爸顶几句。现在想来，这也是生活中的美好吧，吵吵闹闹几十年就过去了，我终于长大，他们也不可避免地老去。不过无论到了什么时候，我在他们眼里，永远都是那个长不大的孩子，我们也依旧是相亲相爱的一家人。就像前两天我爸转发了一条关于我的视频，他在朋友圈写道："成就也好，成绩也罢，不要停留。既然定下了目标，就去实现。父母为你高兴。"

疫情期间我还看到一条让我感动的微博。如果不是读者提醒，我都不知道李文亮医生在几年前曾转发过我拍的一张照片和一篇旅行博客。能够在一个遥远的瞬间和他产生交集，并为他带来一丝微小的快乐，对我来说，何其荣幸，也让我越发觉得，认真写下的每个字、拍下的每张照片都是有意义的。后来我在他留下的那条树洞微博下留言："我知道你也喜欢旅行，你现在一定在风景看都看不完的天堂吧。"

在云南解除封禁之后，我回到束河古镇的另一个家。由于国外疫情依旧肆虐，很多原本计划环球旅行的朋友，都跑到阳光灿烂的彩云之南，于是"背包十年"青旅客似云来，我也上岗成为一名尽职的接待员。

佳楠姐回来了。开业时她就来过，这次回来直接去了新开不久的石头城店，过了将近一个月的隐居生活，还和当地村民打成一片。

007回来了。最初因为他的女儿是我的读者，他就把一家人都带来。后来发现我们都热爱旅行，就成了可以称兄道弟的朋友。他原本计划这段时间去环游加勒比海，机票都买完了，又不得不全部退掉。每天他都要在束河古镇走两万步，这里本来就不大，看来他已经走遍古镇的每个角落。

一天喝茶时，007问我："小鹏啊，你看你已经背包二十年，有没有哪个坎儿觉得迈不过去？"

我想了想，笑着说："以前我会说孟威村的经历，那是我人生中的低谷，但我现在想说的却是另一个答案。其实最难的一件事，就是能不能形成可以自洽的世界观，这件事我也是刚刚才做到。您看我从二十多岁就不管不顾地往前走，可是心里一直存着一份担心，担心有一天，我不能再去旅行了，那该怎么办？是不是整个世界就崩塌了？早点儿崩还好，还有救，要是等到五六十岁再崩，可能这车就没法掉头了。"我顿了顿，喝下一口普洱茶，继续说道："好在经过这二十年的野蛮生长，我不仅拥有了一套可以自洽的世界观系统，还建立起护城河。就拿这次疫情来说，如果长期控制不住，可能辛辛苦苦创立的青旅牌子就没了，现在也哪儿都去不了，这可能就是以前最害怕面对的至暗时刻。但您看我现在，特别坦然，我觉得这就是世界观在发挥作用。而这套世界观的核心，就是找到了那条通往自由的道路，它由三部分组成：是否可以接纳自己的全部，是否可以坦然面对生死，是否找到了灵魂的栖息之地。我想我已经有了自己的答案。"

小郑回来了。2016年到2017年拍摄旅行纪录片时，他是摄影师，节目停播后，他去了北京发展，现在已经成了资深摄像和剪辑师。跟他同时期工作的哲宁留在了丽江，成立了自己的摄影工作室——称尼照相馆，一边经营事业一边经营爱情。那天我们仨一起吃饭，说起这几年的变化，发现变化最大的，竟然是跟我们一起去印度旅行的那个大三学生李升。去印度之前，他的护照还是一个白本，可回来之后，他就拜哲宁为师学习摄影，现在已经成了新闻类自媒体人。这小子的嗅觉非常灵敏，总能抓住热点，最火的一条新闻浏览量过亿，还被国家级媒体转发。其实正是小郑、哲宁、李升们赋予了“背包十年”一个全新的功能，让它成了一个人生的转换器。小郑以前在贸易公司做销售，哲宁在外资公司做市场，后来都辞了职，到丽江进行间隔年旅行。我们在背包十年相遇，又各自在这里找到了一段崭新人生的起点。

有的人来来回回，有的人压根儿就没挪过窝，我说的是崔岩。本科毕业后，小崔先去黔东南三棵树镇一所农村小学支教了半年，然后在2013年3月来到丽江。转眼七年过去了，他一直是我的左膀右臂，从一个二十啷当岁的毛头小伙成长为束河五百强公司的CEO，虽然这名头听起来唬人，其实就是什么活都得干，从司机（拖拉机到垃圾清运车）、砍柴达人、多肉饲养员到育狗专家（两条金毛已经儿孙满天下）、通下水道小能手、米其林三星烤串专员、小崔的忧伤诗社创办人，除此之外，他还是精酿啤酒爱好者、六块腹肌小王子、客户维护专员……多亏了他，“背包十年”才能渡过一个又一个难关，让我们离百年老店也不过还剩下九十四年。再过几个月，我这个异姓兄弟就要结婚了，媳妇儿是云南人，人美心善，祝你们白头偕老。

▲ 背包客小崔

就在我和小郑、哲宁出门觅食那天，我看到出现在车窗正前方的玉

龙雪山。今年似乎下了很多雪，都已经3月了还没有融化的迹象。我被眼前的一片白色惊呆了，赶忙掏出手机拍了一条视频，雪山与城市街景融合在一起，美得很不真实。我在心里想，丽江还是那个丽江，跟我第一次来时一模一样。其实早在一两年前，我有点儿厌倦了这里的生活，因为每天做的事情差不多，我们无数次带客人去骑行，举办了无数次旅行分享会，连每年的店庆派对、跨年派对、春节派对都雷同得毫无新意。

可能还是因为疫情吧，让我从紧张忙碌的状态中松弛下来，才能重新发现身边的点滴美好。我也忽然明白，之前那些让我感到厌倦的时刻，就像长跑比赛的疲劳期，其实雪山和古城没有丝毫变化，改变的只是我们的心境，既然已经过了这个阶段，这一次，应该可以跑得更久一点儿吧。

前两天我看新闻上说，威尼斯的河道因为游客大潮的暂时离席而变得清澈见底，我在想，我们是否也能在这段被按下暂停键的当下，把自己的人生看得更透亮一些呢？

在电影《朝圣之路》中有句直抵灵魂的台词："你的人生并不是你自己选择的，不过就是随随便便活一场罢了。"是的，太多人因为在人生的终极盘点中发现没有活成自己想要的样子而心有不甘。

那究竟怎样才算活一场呢？我不是哲学家，也不是仁波切之类的灵魂导师，我只是一个背包客，一个写作者，一个青旅掌柜，我也只能以自己为例尝试着回答。

简单来说，就是找到你喜欢并擅长的那件事。我知道这是一句陈词滥调，但之所以一次次被提起，就是因为大多数人做不到。

生活太忙了，信用卡要还，房贷车贷要还，孩子的学费，父母的养老……是的，这些都是现实且紧迫的问题，我们要去做，也必须去完成。但是否还有很多事，一直搁在我们心里，只是因为这些事的紧迫程度还不够高，就一再被搁置，并最终成为遗憾？

你可能会说，我不知道自己究竟喜欢什么。那就去看看在疫情最严重那几天刷屏的“人生必做一百件事”，看看哪些还没完成，自己又是否感兴趣，当然人生中好玩的事绝对不止一百件，那还可以列一份遗愿清单，把它们一件件写下来，做不做先放一边，至少要自己心中有数。

你也可能会说，虽然知道自己喜欢什么，但我不确定是否擅长。那也有两条路可以走。第一条是天才之路，天才之所以被称为天才，是因为他们在做喜欢的事情时，毫不费力。另一条就是努力之路，这也是像你我一样的普通人通达梦想的必由之路，走通这条路的诀窍无非就是苦作舟，勤为径，唯手熟尔。

等我们终于可以摘掉口罩自由呼吸的时候，是否可以把这些事的优先级稍微往前提一提？乐高也好，旅行也好，做饭也好，甚至仅仅是陪在家人身边，都是能让我们感到幸福快乐的事情吧。

其实每个人都是独立的个体，都拥有独一无二的灵魂，既然我们都是孤独来客，那就祝你 GOOD LUCK！

在这本书的收尾阶段，浩瑜跟我说起一个佛法概念：刹那相续相。他深入浅出地讲道：我们的人生和电影一样，都是由一个个静止的画面快速连接而成，因为连接太快，看起来就像每一秒由二十四帧画面组成的电影。于是在这一帧与下一帧，这一秒与下一秒，世界和自己都是不同的。我们活在每一个当下的刹那，在这个瞬间，快乐很重要，我们同样拥有无穷无尽的未来，所以希望也很重要。

原来我们都是在拥抱着快乐和希望走向未来啊！

▲ 是的，我们始终相信梦想

后
记

我要写游记

一

我从 2001 年开始写游记，到现在已经整整写了二十年。我的写作效率堪称龟速，通常一段旅行结束之后，总要沉淀一段时间才能把故事变成稿纸，短则两三个月，最夸张的要算《孟威村的雨季》，2008 年发生的故事直到 2017 年才完成写作。

游记就是记录旅途中发生的事，即所见所闻，但我又不想把游记写成以时间为线索的流水账，于是我会把着眼点更多地放在情绪、细节和故事这三个方向，因为每个人的性格、见识和阅历都千差万别，即使让他们看到一样的风景，遇到一样的人，发生一样的故事，每个小宇宙运算后的结果也会各不相同。比如面对同样一场日落，摄影师会想到色温、光圈和快门，情侣会因为身边有人依偎而感到幸福，孩子却在担心辛苦搭建的沙堡会不会被潮水冲垮。

我的游记差不多都是这个模式，也曾担心就这么一直写下去，早晚有一天会过时。十几年前，人们爱看游记，是因为很多人渴望远方却无法成行，现在我们钱包鼓了，路子野了，地球上任何一个角落似乎都已留下中国人的足迹。连我自己都把别人的游记当成攻略看，比如去意大利前就连着搜索了好几篇相关游记，于是知道了哪个点位拍照最佳、哪家的比萨最地道，原来罗马的西班牙台阶已经禁止游客坐在上面休息了……于是游记的价值在降低，变成了可有可无的出行参考。那是否还要继续写下去？

其实旅途中的所见所闻仅仅是游记中记录事实的部分，而游记最大的价值则寄存在写作者的所思所想上面，即对那些情绪、细节与故事的概括与梳理，这种创作性的思考让游记升了级，也更容易引起读者的共鸣。

比如我想表达旅行可以弱化人与人之间的差异，于是我写："一个快乐的旅行者一定是个能在旅途中忘记时间、忘记地点、忘记身份、忘记年龄，甚至忘记性别的人。"

比如看到焰火的昙花一现而产生惋惜情绪时我写："美好的成因可能就来自美好的稍纵即逝吧。"

比如在夜色中抵达一个让眼前一亮的城市时我写："如果不想对一座城市失望，一定要在夜色中抵达。夜晚的灯光会巧妙地把璀璨突出，把粗陋隐藏。"

如果只从记录的角度出发，那么我写的很多游记早就因为不再具有时效性而失去了原有的价值，但是从创作角度出发，这些文字依旧熠熠生辉。让它们闪光的，其实就是隐藏在事实之下的经验、逻辑和想象力。即使有朝一日连这种创作性的思考都失去价值，但这种求索、琢磨，绞尽脑汁又豁然开朗的态度和精神也依旧拥有生命力。

所以你看，一件事要想做到极致，哪像看起来那样随随便便？

二

前几天一位陌生的朋友给我留言，说我写的游记很普通，也没什么惊世骇俗的观点。

我写得不好吗？我一直有这份自知之明：一直在进步，但和“惊世骇俗”之间还有很大的差距。从这个角度来看，那位朋友说得没错。但是我输出的是游记吗？如果具体到某个时间点、某一篇文章，的确是。可是如果把这将近二十年的游记连起来看，其实我输出的是一个人，和他人生旅途中的磕磕碰碰，追梦时的热血、低谷时的自励、达成目标后的喜悦，以及这些感受循环往复的过程。以前觉得人生应该是个 V 字，跌进谷底再爬出来，可能就会一路高歌猛进，这实在太小看了人生的丰富、完整和立体，它一定是由无数个小 V 连在一起组成的，关键要看把那些小 V 的底部连在一起的那条线，究竟是向上还是向下。这，恐怕要到盖棺定论的那天才能见分晓吧。所以，我需要做的，仅仅是真实努力地活着，然后用文字去记录。这很像在做一个实验，把每一天的数据扎扎实实地完整记录，这的确是一件枯燥的事，最终也不知能否推演出什么“惊世骇俗”的结论，但实验对象是自己，试错成本又极其高昂，所以我必须努力。因为做自己，比当英雄，更了不起。